The Kraken Wakes

克拉肯苏醒

〔英〕约翰·温德姆 著　韩笑 译

图书在版编目(CIP)数据

克拉肯苏醒/(英)约翰·温德姆著;韩笑译. —
北京:人民文学出版社,2023
(约翰·温德姆科幻经典系列)
ISBN 978-7-02-017737-0

Ⅰ. ①克… Ⅱ. ①约… ②韩… Ⅲ. ①幻想小说-英
国-现代 Ⅳ. ①I561.45

中国国家版本馆 CIP 数据核字(2023)第 013551 号

责任编辑 **卜艳冰 张玉贞 傅 钰**
装帧设计 **汪佳诗**

出版发行 **人民文学出版社**
社　　址 **北京市朝内大街 166 号**
邮政编码 **100705**

印　　刷 **山东临沂新华印刷物流集团有限责任公司**
经　　销 **全国新华书店等**

字　　数 **143 千字**
开　　本 **890 毫米×1240 毫米 1/32**
印　　张 **9.25**
版　　次 **2023 年 3 月北京第 1 版**
印　　次 **2023 年 3 月第 1 次印刷**

书　　号 **978-7-02-017737-0**
定　　价 **59.00 元**

目录

楔　子

眼前的冰山看起来如同搁浅一般，一动也不动。海浪裹挟着大西洋的海水拍打着冰山，就像拍打在坚硬的岩石上。更远处还有一些大型的冰山，因退潮也被困在了那里，这些冰山看上去就像突兀的白色山峰。漂浮在冰山间的小冰块在水流和风力的推动下，慢慢地涌向英吉利海峡。那天早晨我们看到的冰山比之前看到的都要多。我停下来，注视着蔚蓝的大海中那些令人炫目的白色峭壁。

“我应该把这一切记录下来。”我说。

“你是打算把整件事情写成一部长篇小说还是写成一本书？”菲丽斯问道。

“嗯，我想它不会是一本布面硬皮精装的印刷书——但应该还是一本书。”我表示同意。

“即便这本书只有作家和他的妻子读过，它仍然算是一本书。”她说。

“其他人也有可能把这本书写出来。我有种感觉这本书应该被写出来。毕竟，我们对整件事的了解和其他人也差不多。当然，专家们对这件事的特定领域会有更多的了解，但是，我们应该能够拼凑出一幅完整的画面。”

“在没有参考资料或文字记载的情况下？”菲丽斯问道。

“如果有人曾经确实读过这本书，那么他就有兴趣去挖掘其他的文献。我的想法只是简单地描述一下整件事情在我看来——在我们看来——是怎样的。”

“你还是坚持你自己的想法吧，你不能从两个角度来看待同一件事。”她建议道。

菲丽斯裹了裹大衣，呼出的气息遇冷形成一团雾气。我们注视着冰山。冰山似乎比之前想象的数量还要多。远处的冰山在波峰浪谷中时隐时现。

“写作有助于度过寒冬，”菲丽斯说，“也许，当春天到来的时候……”她没有说完，想了一会儿接着说道：

“你从哪儿开始写起呢？”

“我还没想那么多呢。”我坦白地说。

“我想你应该从船行至几内亚湾的那个晚上开始写起，当时我们看到……”

“但是，亲爱的，没有人能证明我们看到的与此事有任何关联。”

“你说过，这只是一种描述。如果所有事情都需要证据，我看你还是不要写了。”

“从第一次下潜写起怎么样？”我建议道，“这件事情确实和那里密不可分。”

她摇了摇头。

“如果读者读了你的书之后不喜欢，他们也就不在乎你写了什么。但是，如果你只是因为不确定而略去一些可能重要的内容，那么这样做对任何人都毫无益处。”

我皱了皱眉。

“我从来没有真正相信那些火球——毕竟，巧合这个词确实存在，因为有时事情就是这样的。”

“直说吧，从几内亚湾开始写起确实是个很好的开头。”

“好吧，”我做出了让步，“第一章：有趣的现象。”

“不幸的是，在有些方面，我们似乎不是生活在十九世纪。如果我是你，我会把整个事情分成三个阶段。这样显得更自然些，第一阶段也许是……”

“亲爱的，这是谁写的书？”

“表面上是你的，亲爱的。”

“我明白了，就像我遇见你以后的生活一样？”

“是的，亲爱的。第一阶段——天哪！快看！”

一座巨大的冰山，被海水侵蚀、融化后，在惊涛骇浪中翻滚着。一片巨大扁平的冰面“啪”的一声落入海中，掀起高高的巨浪。冰山在海水里翻滚着，渐渐速度慢下来，停滞了一会儿，然后又开始滚动。我们看着它懒洋洋地滚来滚去，随着翻滚的幅度越来越小，最后终于安稳下来，呈现出另一种全新的面貌。

菲丽斯又回到刚才的话题上来。

“第一阶段，”她坚定地说，忽然停了下来，“不。在这之前，你需要在整页纸上提出一个关键的问题。”

“是的，”我表示赞同，“我曾想过——”但她又若有所思地摇了摇头，突然喊道：“想起来了！是艾米莉·佩蒂菲尔写的一本书，我想你可能没听说过这个名字。”

“没错，”我告诉她，“我曾想过——”

“书名是《粉红色育儿书》。”菲丽斯边说边将戴着手套的手从口袋里拿出来，开始背诵起来。

我摇了摇头，说：“太长了。请允许我冒昧地说一句，你不觉得那本《粉红色的育儿书》有点不合时宜吗？”

“但是迈克，最后两行还不错吧。”她继续背诵道：

> 妈妈，请告诉我，那些从海里悄悄爬上来的东西到底是什么？

“很抱歉，亲爱的，我的回答还是‘不’。”我说。

“你再也不会找到比这更合适的了，你究竟在想什么？”

“嗯，我想起了丁尼生的诗歌。”

“丁尼生！”她痛苦地喊道。

“听着！”我说，这次轮到我背诵了，“这首诗不是他的主要作品，”我承认道，“但丁尼生也曾经年轻过啊。”

“我刚才说的对句更恰当。”

克拉肯苏醒

我告诉她说：“此刻，在言语上而不是在精神上，我的想法最终可能会成为现实。”

我们一直无法达成一致，但毕竟这是我的书。如果菲丽斯喜欢，她也可以写属于她自己的书。我写道：

在雷鸣之下
深海之中
北海巨妖克拉肯正在沉睡
古老，无梦，无光，无人惊扰
它侧身在朦胧幽暗中
驱赶一切光亮
千年深海巨怪
奇妙的生物和奥秘的细胞
无数巨大的息肉
散发出微弱的光
海怪巨大的鳍摇曳在沉睡的绿色中
它亘古不变地躺在那里
并将继续安枕在巨大的海虫之上
直到有一天
火焰将深渊炙热
人和天使会一同目睹
它从深海中咆哮而起
海面上的一切将毁于一旦。

——阿尔弗雷德·丁尼生

第一阶段

你和我都是可靠的见证人，事实上，所有上帝的孩子都认为自己是可靠的见证人，让人觉得有趣的是，对同一件事的不同看法究竟是怎样产生的。我所认识的人中，几乎只有菲丽斯和我对七月十五日晚上的所见所闻意见完全一致。而且，由于菲丽斯碰巧是我的妻子，人们在背后善意地说，我“过分地说服”她：这种想法和委婉的说法只能出自不了解菲丽斯的人之口。

时间：晚上十一时十五分；地点：北纬 35 度、西经 24 度，吉尼维尔号的船上；我们在度蜜月，关于这些事实没有什么争议。我们乘坐游轮到过马德拉、加那利群岛、佛得角群岛，然后向北，在返程的途中又去了亚速尔群岛。菲丽斯和我靠在轮船的栏杆上休息。酒吧里传来人们跳舞和歌手低声吟唱的声音。月光下，大海如丝绸般在我们面前延伸开来。这艘船平稳地航行着，仿佛行驶在一条河上。我们默默地凝视着无边的海天。在我们身后，那个歌手还在唱着。

“很高兴我对这种声音没感觉，否则它一定会让我萎靡不振。”菲丽斯说道，“你说，人们为什么还在大量制造这种颓废的呻吟声？”

我还没有准备好回答这个问题，她的注意力突然又转移到别处去了，我也省却了寻找答案的麻烦。

“今天晚上火星看起来是不是很生气啊？希望这不是什么事情的预兆。”

我顺着她手指的方向望过去，在夜空无数白色的斑点中有一个红点，我不禁有些惊奇。今晚火星看起来确实红红的，虽然我从来没有见过像今晚那样红的火星——但是，在这里看到的星星确实比在家里看到的星星明亮得多。可能是身处热带地区的缘故吧。

“今晚的火星的确很明亮。”我说。

我们盯着那个红点看了一会儿。菲丽斯说：

“真有趣。它似乎越来越大了。”

我解释说，这显然是因为长时间凝视一个物体而产生的幻觉。我们继续盯着那个红点看，它变得越来越大。

“又出现一个。不可能有两颗火星吧？”菲丽斯喊道。

果然在第一颗火星的右上方，出现了一个小红点。她又惊叫道：

“还有一个。在左边。看到了吗？”

确实在左边又出现了一个红点，这时第一颗散发着耀眼的光芒，成了夜空中最亮的星。

我说：“我们看到的可能是飞行的喷气式飞机或者是一团发光的气体。”

我们注视着那三个红点慢慢变得愈加明亮，在空中下沉到略高于地平线处，并在我们面前的海面上反射出一条粉红色的路径。

“现在有五个亮点了。”菲丽斯说。

我们曾被多次要求详细描述一下我们见到的这些亮点，但是，也许我们并不像其他人那样，天生对细节具有非常敏锐的眼光。我们当时所说，并且现在仍然认为，在当时情况下没有真实的形状可见。我们看到的红点的中心是纯红的，周围是一圈模模糊糊的东西。我能给你的最好的建议是，你想象在浓雾中有一盏明亮的红灯，在红灯周围形成很强烈的光晕，当时看到的效果就是这样。

当时除了我们，还有其他人靠在栏杆上休息，为了公平起见，我也许应该提一下，他们中有的人似乎看到了雪茄形状、圆筒形、圆盘形、卵圆形以及碟形。我们没有看到这些形状。并且，我们也没有看到八个、九个或一打亮点。我们只看到了五个。

光晕有可能是，也有可能不是由于某种喷气驱动引起的，但这并不意味着速度很快。当它们靠近我们时，这些东西是慢慢变大的，所以人们有时间跑到酒吧里，把他们的朋友叫出来。因此，不一会儿，就有一排人斜靠在栏杆上，边看边猜测着。

我们没有比例的概念，无法判断它们的大小和距离；我们所能确定的是，它们当时是以一种长距离的滑行方式下降，看起来好像会穿过我们的航迹。我旁边的那个人正在跟一个从来没听说过圣埃尔莫的人高谈圣埃尔莫大火的事，她也没觉得自己错过了什么，这时第一颗火球落到了海里。

一股巨大的蒸汽腾空而起，汇聚成一缕粉红色烟雾。紧接着，更大的一片雾气低低地扩散开来，这片雾气已经失去了粉红的色彩，变成了月光下的一朵白云。当传来灼热的嘶嘶声时，这团雾气已经开始消散了。火球掉落处周围的水冒着气泡、沸腾着。当蒸汽退去时，除了一片逐渐归于平静的湍流外，什么都没有。

第二颗火球以同样的方式，差不多也落在了同一个地点。五颗火球就这样，伴随着震耳的呼啸声和蒸汽的嘶嘶声，一个接一个地落入水中。等到烟消云散，海面上只剩下几片被搅浑的海水。

在吉尼维尔号上，铃声叮当作响，引擎的节拍改变了，我们开始改变航向。船员们登上了小船，旁边的人将救生圈扔给他们。

我们在这片区域来来回回搜寻了四次，什么也没有找到。除了我们所乘轮船的尾流，月光下的大海显得那样的平和、空旷、宁静。

* * *

第二天早晨，我把我的名片递给船长。那时，我为EBC工作，我向他解释说，他们肯定会让我将昨晚的事情写成报道。他和其他人如出一辙地问道：

“你是说BBC？”

EBC成立得比较晚，几乎每次我都要向提出同样问题的人解释。这次也一样，我说：“据我所知，每位乘客对昨晚发生的事都有不同的描述，所以我想和你们的官方版本核对一下。”

“好主意，”他同意了，“好吧，先说说你的版本是什么样的。”

我说完后，他点了点头，然后把日志上的记录拿给我看。我们大体上意见一致；无疑都认为，有五颗火球，而且不可能描述出它们确切形状。当然，他对速度、大小和位置的评估属于技术问题，我注意到他们已经在雷达屏幕上记录下来了，并初步假定是一种未知的飞行器。

“你个人是什么意见呢？”我问船长，“你以前见过类似的东西吗？”

“不，从没见过。”他说道，但他似乎犹豫了一下。

“怎么？”我问道。

他说：“好吧，但之前见过的这类事情没有记录在案，去年我听说过两起与此差不多的情况，但都没有正式的记录。有一次是在晚上出现了三颗这样的火球；另一次是在白天出现了六颗——尽管出现的时间不同，但它们看起来差不多，呈现出一种很模糊的红色。不过这两处都在太平洋上，不是在这里。”

“为什么‘没有记录在案’呢?”我问。

“这两次场景只有两三个人看到——你知道，一个水手因为看到某些东西而出名不会给他带来任何好处。这种事情最好让专业人士去解决，可以说，我们并不像陆地上的人那样总是持怀疑态度：在海上时不时也会发生一些有趣的事情。”

“你能给我一个能引用的解释吗?”

“从专业角度来说，我不想这样做。我会坚持我的官方说法。但这次不一样。因为有几百个甚至更多的人见证了这一幕。”

“你觉得我们值得去搜寻一下吗?你已经知道了它们的精确定位。”

他摇摇头：“那里太深了。起码超过三千英寻①：那是一段漫长的距离。”

“在其他类似的事件中也没有留下任何残骸的痕迹吗?”

“没有。要是有证据，人们就可以进行调查了，没有留下任何的蛛丝马迹。”

我们谈了一会儿，但我没法让他给出关于这件事情的任何解释。过了一会儿，我回到船舱，把我所看到的一切

---

① 长度单位。1 英寻等于 1.8288 米。

记录下来。之后，我拨通了伦敦的电话，EBC 将我口述的报道录了下来。当天晚上我的这篇报道就作为一种凑时长的新闻播出了，这种奇怪的现象不会引起太多人的注意。

我碰巧见证了整个事件的全过程，我也没有找到任何资料，能够证明与船长提到过的两种现象相类似事件的发生。即使是现在，这么多年过去了，虽然我在心里确信这只是一个开始，但我仍然无法证明这一定是一种有关联的现象。以这种方式开始之后的结局是什么，我不想考虑得太多：如果梦在我的可控范围之内，我宁愿梦不到那个场景。

开始的时候它是如此难以辨认。如果它能清晰一点——然而，即使我们意识到了危险，也很难弄清楚可以采取哪些有效的措施。认识和预防不一定齐头并进。我们很快就认识到了原子裂变的潜在危险，但对此无能为力。如果当时我们立即进攻——嗯，有这种可能。但是，在危险完全确立之前，我们没有办法知道是否应该进攻——等确定下来的时候为时已晚。

然而，为缺点哭泣是无益的。我的目的是尽可能地简要地说明目前的情况是如何出现的。首先，人们只是偶然看到……

不久，吉尼维尔号如期停靠在南安普顿，没有再遇到任何奇怪的现象发生，我们也不再有更多的期待，但这件事是值得纪念的；在遥远的将来的某个场合，我会说：“我和你奶奶度蜜月的时候，看到了一条海蛇，虽然看得不是很清楚。但尽管如此，那是一次美妙的蜜月旅行，我从没想过还会有比那更好的蜜月了。”菲丽斯也说了几句意思差不多的话，我们斜靠在栏杆上，望着下面喧嚣的场景。

“只是，”她补充道，“我不明白为什么我们就不能偶尔在这么好的地方待一段时间。”

我们下了船，在切尔西安顿下来，第二天早上我来到 EBC 的办公室，发现在我度蜜月期间，我的名字被改成了火球华生。原来是因为信件的缘故。他们递给我一大捆信件，说既然是我惹的麻烦，我最好做点什么。

我想，一定有很多人只是渴望被困惑，而且，他们觉得自己与那些承认有大致类似困惑的人有种亲密的关系。我之所以说“大致”，是因为当我阅读这些信件时，我清楚地意识到这种分类是可能存在的。他们属于困惑阶层。我的一个朋友在针对他的怪异经历做了一次演讲后，收到了大量关于空中飘浮、心灵感应、物化和信仰治疗方面的信件。然而，我触动了另一个层面。大多数寄信人都认为，看到火球一定激起了我对各种奇怪现象的必然兴趣，包括飞碟、青蛙雨、神秘的灰渣瀑布、天空中各种各样的光，还有海怪。我把这些信件做了一下筛选，发现有六封信的内容可能与我们所看到的那些火球有关。其中有一封提到最近在菲律宾附近的一次经历，我相当肯定地认为吉尼维尔船长告诉我的事情确实存在。其他信件里的内容似乎也值得跟进——尤其是其中一封，写信人采取了一种相当谨慎的方式，邀请我去拉菲姆多尔见一位作家，称那里的午餐非常值得一吃。

一个星期后我去赴约。写信人原来只比我大两三岁，他点了四杯缇欧·佩佩[1]，然后坦率地承认，信上的名字不是他本人的名字，他是皇家空军的一名中尉。

他说："目前，有些棘手的问题是，人们认为我产生了某种幻觉，但如果有足够的证据表明这不是幻觉，那么他们肯定会将其列为官方机密。你看，很麻烦，是吧？"

我很赞同他所说的。

"不过，"他接着说，"这件事还是让我很担心，如果你在收集证据，我希望你能得到这个证据——不过最好不要直接使用。我是说，我可不想因为这件事受到责备。我想没有什么规定来阻止一个人谈论他的幻觉，但你可能永远无法找到证据。"

我点头表示理解。

他接着说："那是大约三个月以前的事了。我当时正在执行一项常规巡逻任务，在福尔摩沙以东大约几百英里的地方……"

"我不知道我们……"我开口说。

他说："有很多事情并没有被公开，尽管它们也不是什么特别的秘密。在我还没有看到这些东西时，雷达先捕捉到了，它们正从西边快速地向我飞来。"

他决定看看究竟是怎么回事，就拉升飞机去拦截。雷达继续显示那架飞行器在他飞机的后上方直线行驶。他试

① 西班牙雪利酒品牌。

着和它们交流，但无法取得联系。等到他的飞机飞到飞行器正上方的时候，他看见三个红点，即便是在白天也很明亮，而且飞行的速度很快，而他的飞机的速度当时已经快到五百码[①]了。他又试着用无线电呼叫它们，但没有成功。它们一直向前，渐渐地超过了他的飞机。

他说："我是去那儿巡逻的。所以我告诉基地，我遇到了一种完全未知的飞船——如果它们真的是飞船的话——由于它们不愿说话，我提议对它们发起攻击。或者就放它们走，但如果就这样放过它们，我的巡逻就毫无意义。基地很谨慎地同意了我的建议。

"我再次尝试和它们联络，但它们对我和我发出的信号置之不理。当它们越来越近的时候，我怀疑它们是否真的是飞行器。就像你在广播里说的，中间呈深红色，周围带着一圈红晕：据我所知，它们可能是微型的红太阳。不管怎样，我越看越不喜欢它们，所以我把枪调成雷达控制，让它们继续前进。

"我估计它们从我身边经过的时候肯定有七百码的速度。一两秒钟后，雷达瞄准了最前面的一个，枪声响起。

"就在枪声响起的同时，那东西就炸开了。天哪，它真的爆炸了！它突然膨胀起来，从红色变成粉色，又变成白色，但仍然可以看到一些红点——后来我的飞机剧烈震动，可能撞上了一些碎片。几秒钟后，我回过神来。可能我还

① 长度单位。1码等于0.9144米。

算走运，因为当我镇定下来，我发现我的飞机在迅速下降。不知什么东西削掉了飞机右舷四分之三的机翼，并把另一侧的翼尖也搞得乱七八糟。所以我想是时候试试这个喷射器了，出乎我的意料，它居然奏效了。”

他若有所思地停顿了一下，然后补充道：

“除了确认有这类事情之外，我不知道我的经历是否对你有用，但有两点是确定无疑的。一是它们运行的速度比你见过的任何飞行器要快得多。二是，不管它们是谁，它们都不堪一击。”

我们详细讨论了他提供的所有信息，以及当那个飞行器被击中时，它们并没有裂成碎片，而是完全炸开来，这一点应该传达出了更多的信息。

在接下来的几周里，又有几封信陆续寄来，但没有带来多少有用的信息，接下来的事情看起来就像要重蹈尼斯湖水怪的命运了。我之所以想到这些，因为在EBC大家都认为火球这种东西是我负责的。一些天文台承认探测到一些高速移动的不明红色小天体，但他们在声明中说得极为谨慎。没有一家报纸登载这篇文章，因为在编辑看来，认为整个事件与飞碟的事件过于相似，而他们的读者喜欢更新奇的东西。尽管如此，零零碎碎的信息慢慢地积累起来了——将近两年之后，此事才得到了广泛的报道和关注。

这是人们第十三次看到不明飞行物。在芬兰北部的一个雷达站首先探测到了这些飞行物，估计当时的飞行速度为每小时一千五百英里①，方向大约是西南方向。在传递相关信息时，他们简单地将其描述为“不明飞行物”。该飞行物在穿越瑞典领空时，被瑞典人探测到，且肉眼可见，瑞典人称其为小红点。挪威也证实了这一消息，但估计其飞行速度每小时不到一千三百英里。苏格兰的一个气象站也记录了这种不明飞行物以每小时一千英里的速度飞行，也是肉眼观测到的。爱尔兰的两个观测站报告说，这些飞行物在西南偏西的上空从他们的头顶飞过。更偏南的观测站给出了他们的速度为每小时八百英里，并声称这些飞行物“清晰可见”。一艘位于北纬65度的气象船，给出的描述与早期对火球的描述完全吻合，并计算出火球的速度接近每小时五百英里。从那以后，再也没有人看见过它们。

这次事件之所以能登上头版头条——而之前人们见到的不明飞行物却没有引起关注——的原因不只是因为这一次有许多观测站记录了它的飞行轨迹；更多地在于所划定的界线的含义。然而，在含沙射影和直接暗示下，东方国家还是一言不发。自从俄国发生第一次原子弹爆炸后，他们匆匆忙忙地做出了令人难以信服的解释，她的领导人发现，至少暂时假装对这类问题充耳不闻是很方便的。这项政策的优点是不需要耗费精神，同时在公众的头脑中建立一种感觉：隐藏的力量必须戴上神秘的面纱。既然那些熟悉俄国事务的人不打算公开他们与俄国人的交情，那么这

① 长度单位。1英里等于1.609344千米。

种冷漠的把戏就很容易继续上演下去。

瑞典人笼统地宣布，他们将对任何类似的侵犯领空的行为采取行动，不管入侵者是何人。英国报纸认为，某大国有足够的热情守卫自己的边界，以证明其他国家有理由采取类似的措施来保护自己的边界。美国杂志说，对付任何飞越美国领土的俄国飞机的方法是先开枪。克里姆林宫显然是睡着了。

观测到火球的事件接二连三地发生。来自四面八方的报道铺天盖地，以致我只能整理出那些更具想象力的资料，把其余的放在一边，等有空时再加以考虑。但我注意到，其中有几篇描述火球落入大海的报道，与我自己的观察完全吻合——我不能绝对肯定他们的稿子是不是来自我的报道。总之，这些报道都是些乱七八糟的猜测、荒诞不经、道听途说和完全杜撰的故事，对我来说毫无用处。然而，有一点让我印象深刻——没有一个观测者声称看到火球降落在陆地上；而且，没有一个观测者是在岸上看到火球落入海里的：他们当时或者是在船上，或者是在飞机上。

几个星期以来，不断有目击者报告称他们看到大大小小的火球群出现。怀疑论者正在动摇；只有最顽固的人还坚持认为那是幻觉。然而，我们对火球的了解没有丝毫进展，也没有任何照片。很多时候，观测者是在没有武器的情况下目睹了火球出现。但接下来一群火球就碰到了一个有武器的家伙。事情是这样的——

这个人当时恰好是在美国海军航母塔斯基吉号上。当时这艘航母行驶在波多黎各圣胡安附近的海面上时，从库拉索岛传来消息说，八颗火球正直接飞向航母。船长一度认为它们会侵犯领土，并做好了战斗准备。这八颗火球，像往常一样，保持着绝对的直线飞行，它们穿过小岛，从塔斯基吉号上方飞过。船长得意洋洋地在雷达上注视着它们越飞越近。他一直等到技术上的违规无可争辩的时候才下令每隔三秒钟发射六枚导弹，然后在昏暗的夜色下走上甲板观察。

透过望远镜，他看到六个红点一个接一个地爆裂成白色的大泡泡。

“好了，解决了。”他得意地说道。他看着剩下的两个红点向北方飞去，逐渐缩小，继续说道：“现在，看看谁会告发，这将是一件非常有趣的事情。”

但是日子一天天过去，没有人告发。报告观测到的火球数量也没有减少。

对大多数人来说，这种巧妙的沉默政策只说明一个问题，他们开始认为打击火球这种行为是正确的。

在接下来的一周中，又有两颗火球因为飞过了伍默拉实验站的范围而为自己的鲁莽行为付出了代价，另外三颗火球在飞越阿拉斯加后被科迪亚克附近的一艘船炸毁。

华盛顿在向莫斯科提交的一份关于多次侵犯领土的抗议照会中指出，在采取激烈行动的几起事件中，对飞行器上人员的亲属造成的痛苦感到遗憾，但责任不在驾驶飞行器的人，而在于那些公然违反国际协定派遣他们的人。

经过几天的酝酿，克里姆林宫拒绝了华盛顿的抗议。

它宣称克里姆林宫对华盛顿将自己的罪行归咎于他人的策略不以为然，并说，最近由俄国科学家为保卫和平而研制的武器，已经在苏联领土上摧毁了二十多架这种飞行器，并将毫不犹豫地对在间谍活动中发现的任何人给予同样的待遇……

因此，局势仍悬而未决。非俄国人的世界大体上分为两类，一类是相信俄国人的每一个声明，另一类对俄国人说的话完全不相信。第一类人没有疑问，他们的信仰是坚定的。对于第二类人，解释就不那么容易了。比如说，有人推断整个事情是不是就是一个谎言？或者仅仅是说，当俄国人声称击中二十颗火球时，他们实际上只炸毁了五颗左右？

不时被交换照会打断的紧张局势持续了好几个月。火球无疑比以前多了许多，但究竟比过去多了多少，是否比原来更活跃，或是否比之前报道得更频繁了，这些都很难做出评估。在世界各地，时不时有一些火球被摧毁，而且还不时宣布，许多资本主义火球的下场已有效地表明了，在唯一真正人民民主的领土上进行间谍活动的人所受到的惩罚。

公众的兴趣必须得到满足才能持续活跃；没有新鲜的营养，人们的兴趣很快就开始减弱。东西确实存在；它们在空中高速飞行；如果你撞到它们，它们就会爆炸；但是，除此之外，它们做了什么？它们似乎什么也没做，至少没有人知道。它们也没有做任何事情来履行它们似乎承诺的耸人听闻的角色。

新奇感消失了，就到了该给出解释的时候了。不久，我们又回到了圣埃尔莫火球下落的位置，因为人们最普遍接受的观点是，它们一定是某种新的自然界中电的表现形式。随着时间的推移，船只和岸站不再向它们开火，让它们继续神秘地飞行，仅仅记录它们的速度、时间和方向。事实上，它们很令人失望。

然而，将世界各地的海军部和空军总部的记录和报告汇集在一起。之后将不明飞行物的航线绘制在地图上。渐渐地，一种模式开始出现了。

在 EBC，任何与火球有关的报道，都会推给我。尽管这个话题暂时死气沉沉的，但我还是保留了这些材料，以防哪一天这个话题重又勾起了人们的兴趣。与此同时，我向当局传递了一些我认为他们可能会感兴趣的信息，为构建更大的图景做出了小小的贡献。

没过多久，我被邀请到海军部去看一些结果。

温特斯上尉接待了我，他解释说，虽然向我展示的东西并不完全是官方机密，但我还是不把它公开使用为好。我同意后，他拿出一些地图和图表。

第一张是一幅世界地图，上面画着细线，每一条线旁边都有数字编号和日期。乍一看，就像一张蜘蛛网，到处都是一簇簇的小红点，看起来很像织线的蜘蛛。

温特斯上尉拿起一个放大镜，在亚速尔群岛东南部的区域查看着。

“这是你的第一份贡献。”他告诉我。

透过放大镜，我立刻分辨出一个红色的点，上面写着数字“5”，以及菲丽斯和我斜靠在吉尼维尔栏杆上看着火球在蒸汽中消失的日期和时间。这个地区还有许多其他的红点，每一个红点上都贴有标签，而且更多的红点串起来延伸到东北方向。

“每一个点都代表一个火球的下落?”我问道。

“一个或多个，”上尉告诉我，“当然，这些路线只针对那些我们掌握了足够的信息，可以标绘出航线的火球。你觉得怎么样?”

“好吧，”我如实地告诉他，“我的第一反应是意识到它们比我想象的要多得多。第二个是想知道为什么它们会那样成群结队地飞行。”

“啊，”他说，“现在离地图远一点站着。眯起眼睛，感受一种多层次的效果。”

我照做了，明白了他的意思。

“有一片集中的区域。”我说。

他点了点头，说道：“有五个主要的区域，还有一些次要的。古巴西南部地区最密集；另一个区域位于科科斯群岛以南六百英里处；在菲律宾、日本和阿留申群岛附近的海域也相当密集。我不打算假装认为这种密度的比例分配是正常的，事实上，我很确定并非如此。比如，你可以看到一些航线向福克兰群岛东北的一个地区汇合，但那里只有三个红点。这很可能仅仅意味着在这些区域很少有人观测到它们。你还想到了别的什么吗?”

我摇摇头，不明白他指的是什么。他拿出一张水深图，放在第一张图的旁边。我查看着。

“它们都集中在深水区吗?”我问道。

“没错。深度小于四千英寻的降落报告不多，深度不到两千英寻的降落报告几乎没有。”

我仔细想了想，却一无所获。

“那又怎么样呢?”我问道。

“没错,”他也说道,“那又怎么样呢?”

我们考虑了一会儿这个提议。

“所有的火球都沉下去了,”他说,“但是没有它们上来的任何报道。”

他拿出了各主要区域的大比例地图。我们研究了一会儿后，我问道:

“你知道这一切意味着什么吗?还是你不想告诉我你知道的一切?”

“在第一个阶段，我们只是一些理论，但都因为这样或那样的原因而不能令人满意，所以第二个阶段并没有真正出现。”

“那俄国人呢?”

“与他们无关。事实上，他们比我们更担心这件事。对资本主义的怀疑是他们不可或缺的一部分，他们就是无法摆脱掉这样一个想法:我们一定是此事的真正根源。他们也无法弄清楚，这个游戏可能会是什么样的。但我们双方达成了共识，这些事情不是自然现象，也不是偶然发生的。”

“如果有其他国家在操纵这件事，你会知道吗？”

“一定会的。这一点毫无疑问。”

我们又默默地看了一遍这些地图。

我对他说道：“人们经常引用著名的福尔摩斯对我的同姓者说过的话给我听，但这次我也要引用：‘当你排除了所有不可能的事情，剩下的，无论有多么不可能，一定是真的。’也就是说，如果不是地球上的国家在这么做，那么……”

他说：“我不喜欢这样解决问题。”

“这也不是任何人想要的解决方案。”我赞同道，“然而，”我接着说，“如果说深海中的某些东西一直在遵循着自己的进化路线，而且现在已经随着技术的成熟而蓬勃发展，这似乎有些牵强。但这似乎是唯一剩下的可能性了。”

“这一点更加不可信。”他说。

“在这种情况下，我们一定是在排除一些不可能的情况的同时，也排除了一种可能。如果能解决技术上的难题，海底将是一个很好的藏身之处。”我说。

“毫无疑问，”他表示同意，“但在这些技术难题中，如果有一片人们碰巧感兴趣的区域处在每平方英寸①四到五吨的压强之下。”

“嗯，也许我们最好再考虑一下，”我做出了让步，“另一个显而易见的问题是，它们似乎在做什么事情？”

---

① 长度单位。1英寸等于2.54厘米。

“是的。”他说。

“什么意思，没有线索?”

“它们来了，”他说，“也许它们会离开。但最主要的是，它们来了。这是我们现在所知道的全部。”

我低头看了看地图上那些纵横交错的线条，以及标着红色圆点的区域。

“你们采取什么措施了吗？或者我不该问这样的问题?”

“哦，这就是你来这里的原因。我仔细考虑过这件事，”他告诉我，“我们打算去检查一下。目前我们认为这不是一个可以直接播报的新闻，甚至也不是一件可以公开发表的事情，但应该留下一个记录，我们自己也需要保存一份记录。所以，如果你的上级碰巧对此事感兴趣，能不能派你带上一些工作用的装备……”

“会去哪里?”我问道。

他用手指在一片区域画了一个圈。

“哦——我妻子酷爱热带阳光，特别是西印度群岛的那种。”我说。

“嗯，我好像记得你妻子写了一些很不错的纪录片稿件。”他评价道。

“如果EBC错过了此事，事后可能会感到非常遗憾。”我思索道。

* * *

直到我们做了最后一次告别，完全看不见陆地了，才被允许去船尾看装在一个特制的摇篮里的一个大家伙。当负责技术行动的少校下令除去盖在上面防水布时，举行了相当隆重的揭幕仪式。但揭开的谜底有些令人扫兴：那只不过是一个直径约十英尺①的金属球体。它的各个部分都有圆形的舷窗；在顶部有一个突起，形成一个巨大的耳朵。这位少校看了一会儿这个金属球体，像一位自豪的母亲看着自己的孩子，然后以演讲的口吻对我们说话。

“你现在看到的这个仪器，”他带着赞叹的语气，边说边欣赏着，“就是我们所说的深海探测仪。”

“毕比②不是？”我低声问菲丽斯。

“不，”她说，“那是探海球。”

“哦。”我答道。

少校接着说：“制造这台仪器是为了承载每平方英寸接近两吨的压强。因此，理论上说，它在一千五百英寻的深度下是可以使用的。在实践中，我们不建议在超过一千二百英寻的深度使用它，这样就可以为每平方英寸提供大约七百二十磅③的安全系数。即使这样，它也会大大超过毕比博士和巴顿④的成就。毕比博士的仪器能够下潜到五百多英寻的深度，而巴顿的仪器能够下到七百五十英

① 长度单位。1 英尺等于 0.3048 米。

② 查尔斯·威廉·毕比（Charles William. Beebe, 1877—1962），美国探险家、博物学家。1934 年，创造了当时的潜水下沉记录。与下文中的巴顿共同发明了球形潜水装置。

③ 重量单位。1 磅约等于 453.6 克。

④ 奥蒂斯·巴顿（Otis Banton，1899—1992），美国深海潜水员，发明家，与上文的毕比一同潜水。

寻……”他以这样的语气继续讲了一会儿，我有点走神了。当他看起来有点疲乏时，我对菲丽斯说：

“我不习惯用英寻去思考问题。这些英寻核算下来是多少英尺？”

她查阅了一下她的笔记。

“他们要去的深度是七千二百英尺，他们可以到达的深度是九千英尺。”

我说：“这两个英尺数听起来都够吓人的。”

在某些方面，菲丽斯做事更精确。

她告诉我说：“七千二百英尺刚好是一点三三英里多一点，压强将是一点三三吨多一点。”

“你就是我的场记员，”我说，“没有你，我都不知该怎么办。”我看了看深海探测仪，“尽管如此……”我满是疑虑地补充道。

“什么？”她问。

“嗯，在海军部的那个家伙，温特斯，他所说的四五吨的压强，大概是指在水下四五英里的深度。”我转过身去问少校，“我们要去的地方有多深？”

他说：“开曼海沟位于牙买加和古巴之间。其中一部分低于五千。”

“但是……”我皱着眉头刚要说话。

“英寻，亲爱的，”菲丽斯说，“差不多三万英尺。”

“哦，”我说。“那深度是——呃——大约是五点五英里？”

“是的。”他说。

“哦。”我答道。

少校又恢复了演讲般的讲话方式。

他对我们这群人讲道：“这是目前我们肉眼直接观察能力的极限。不过……”他停下来像个魔术师似的向旁边两个人做了个手势，于是这两个人从另一个形状相似但更小的球体上拉下防水布。他继续说道：“我们现在有了一种新的仪器，我们希望用它能够观测到大约两倍于深海探测仪所能达到的深度，甚至能到更深的地方进行观测。这台仪器是全自动的。除了能记录压强、温度、电流等数据外，它还能将数据传输到海面，它配备了五台小型摄像机，其中四台提供全方位的水平覆盖，一台摄像机垂直传输球体下方的图像。”

“这台仪器，”有人模仿少校的声音说道，“我们称它为遥控巴斯。”

开玩笑也不能使少校这样的人乱了方寸。他继续讲着。这台仪器之前已经有名字了，但后来一直就被称作遥控巴斯。

在到达指定位置后的三天里，我们一直忙于测试和调整这两台仪器。在一次测试中，菲丽斯和我被允许潜到三百英尺左右的深度，我们在深海探测仪里缩成一团，“只是为了感受一下”。我们做到了，这让我们从此不再羡慕那些深潜的人。在检查了所有的装备之后，第四天的早晨宣布正式下水。

日出后不久，我们就围拢在海底探测仪周围，它静静地躺在摇篮里。怀斯曼和特伦特两名海军技术人员准备随探测仪一起下潜，他们从狭窄的入口钻了进去。在海水深处需要的保暖衣服也随后递了进去，因为他们穿着这些衣服，根本不可能挤进那个狭窄的入口。接着又递进去几包食物和装着热饮料的真空瓶。他们做了最后的检查，给出了“OK”的手势。圆形入口塞被提升机翻转过去，慢慢拧入底座，并用螺栓固定。探测仪被吊到船舷外，挂在那里，微微摆动。里面的人打开了手提摄像机，从仪器里我们看到自己以及仪器内部的画面，都出现在了屏幕上。

“准备就绪，”扩音器里有个声音说道，“放。”

绞盘开始转动。海水拍打着慢慢下降的探测仪。不久，它就消失在了海水中。

探测仪的下降是一个漫长的过程，我不打算详细描述。坦白地说，正如在轮船屏幕上看到的那样，这对不是新手的人来说是一件相当无聊的事情。海洋中的生命似乎以相当明确的层次存在着。在生存条件较好的水层，水中满是浮游生物，它们就像一场持续不断的沙尘暴，除了非常靠近摄像机的生物外，其他一切都被这些浮游生物遮蔽了。在其他没有浮游生物可供食用的水层，鱼类也变得稀少了。除了非常有限的视野或黑暗空虚的乏味之外，长时间注视轻轻摇摆转动的摄像机屏幕也会让人产生一种眩晕的感觉。在探测仪下降过程中，菲丽斯和我大部分时间都是闭着眼睛，依靠扩音器把我们的注意力吸引到有趣的事情上来。

偶尔我们会溜到甲板上去抽支烟。

对这项工作来说，今天是再好不过的一天了。灼热的阳光照在甲板上，需要不时喷水来给甲板降温。军旗毫无生气地耷拉着，几乎一动不动。一望无边的大海，与苍穹相接，一片低低的云层延伸到古巴的北部天空。除了大厅中传来的扩音器低沉的声音、绞盘上安静的嗡嗡声，以及甲板上一个水手不时在读取水深的声音之外，其他什么声音也听不见。

坐在大厅里的那群人几乎很少说话；他们把说话的机会留给了远在海平面以下的人。

每隔一段时间，指挥官就会问道：

“下面一切正常吗？”

两个声音会同时回答：

“是的，正常，先生！”

有一次一个声音问道：

“毕比当时有电热服吗？”

似乎没人知道这个答案。

“如果他没有，我应该向他脱帽致敬。”那个声音说道。

指挥员一边注视着屏幕，一边密切观察着仪表盘。

“快剩下半英里了。注意。”他说。

下面传来了计数的声音：

“四百三十八……四百三十九……现在！还有半英里，先生。”

绞盘继续转动。没什么可看的。偶尔瞥见成群结队的鱼儿匆匆游进阴暗的地方。一个声音抱怨道：

“当我把摄像机对着一个窗口时，一条该死的大鱼游了过来，从另一个窗口朝里看了看。”

“五百英寻。你现在到达毕比曾经下降的深度。”指挥官说。

“再见了，毕比，”那个声音说道，“但其实在大海里的任何地方看起来都差不多。”

过了一会儿，那个声音又说道：

“这里有很多生物。无数大大小小的鱿鱼。你们应该能在屏幕里看见它们。在光线的边缘有个很大的东西。我不太确定——可能是一只大乌贼——不！天啊！鲸鱼不可能在这么深的地方出现！”

“确实不大可能，但也不是不可能。”指挥员说道。

“好吧，既然这样——哦，反正它现在已经游走了。天啊！我们哺乳动物确实能去任何地方，不是吗？”

这时，指挥官宣布：“现在经过巴顿到达的深度。”紧接着又意外地改变了态度说，“从现在起，一切都靠你们了。你们真的很开心吗？如果你们不舒服，只管说。”

“还好，先生。一切正常。我们会继续的。”

甲板上的绞盘仍然在嗡嗡作响。

“还剩一英里了，”指挥官宣布，检查完后，他问，“你们现在感觉怎么样？”

“上面天气怎么样？”一个声音问。

“很好，风平浪静。”

下面的两个人商议了一下。

“我们会继续的，先生。这样好的天气状况可能要等上几周才能遇到。”

“好吧，如果你们俩都确信没问题。”

“放心，先生。”

“非常好。那么，大约还要再走三百英寻。”

过了一段时间，下面传来的声音说道：

“现在这里一片漆黑，再也看不见有生命的东西了。有趣的是，这些水层是完全分开的。啊，现在我们可以开始在下面看到一些东西了，还是鱿鱼……发光的鱼……小鱼群，看见了吗？天啊！——”

他突然停了下来，一条可怕的鱼在屏幕上恐怖地瞪着我们。

“这是大自然的一个无忧无虑的时刻。”他说道。

他继续说着，摄像机继续让我们瞥见大大小小的不可思议的怪物。

不久，指挥官拿起对讲机，对着甲板大声宣布道：

“到一千二百英寻停止。”绞盘慢了下来，然后停止了转动。

“到此为止吧。”他说。

“啊，”停了一会儿，从下面传来的声音说，“好吧，不管我们来这里的目的是找什么，我们都一无所获。”

指挥官面无表情。我不知道他是否期望取得实实在在的结果。我想不会吧。事实上，我想知道我们是否真的有过这样的结果。毕竟，这些探测活动都是在深水区进行的。从这一点看来，原因应该在最底层。回声图显示这里的底部仍然在下面三英里左右的地方，那两个人现在悬在那里……

“好了，”指挥官说，“我们现在要把他们拉起上来。准备好了吗？”

“是，先生！都准备好了。”两个声音同时说道。

指挥官拿起对讲机。

“启动！”

我们能听到绞盘开动的声音，然后开始慢慢地加速。

“现在开始返航。一切都正常吧？”

“一切正常，先生。”

大概有十分钟左右的时间大家都没有通话。这时一个声音喊道：

“外面有个东西。一个很大的东西——看不太清楚。它一直在光照的边缘。在这么深的地方不可能是条鲸鱼。我尽量拍给你们看。”

屏幕上的画面切换后稳定下来。我们可以看见从水里射出来的光线，光束中夹杂着微小生物的明亮斑点。他把镜头聚焦在一片可疑的颜色稍浅的斑点上。很难确定那是什么东西。

“它们似乎在围着我们转。我觉得我们也在转。我试试——啊，看得更清楚了。反正不是鲸鱼。好了，现在看见了吗？”

这一次我们非常清晰地看到一个比较明亮的斑点。它大致呈椭圆形，但还是看不太清楚，没办法辨别它的大小。

“嗯，”下面传来一个声音，“这肯定是一种新的生物。可能是鱼，也可能是其他乌龟形状的东西。不管怎么说，是一种大得吓人的东西。现在转得更近了，但我还是看不清任何细节。你们跟上我们的镜头。”

当它经过探测仪的一个孔时，摄影机捕捉到了它，但我们还是没法看得太清楚。清晰度实在太差了，我们无法确定它究竟是什么。

“现在它向上游去了，上升的速度比我们快。不在我们摄像机拍摄范围内了。应该在探测仪的上面设个窗口……现在它游到了我们上面去了，看不见它了。也许它会……”

声音突然断了。与此同时，屏幕上划过一道耀眼的光，然后一切归于沉寂。外面的绞盘随着速度的加快，声音也变了。

我们坐在那里面面相觑，沉默不语。菲丽斯伸出手来，紧紧拉住我的手。

指挥官伸手去拿对讲机，却又改变了主意，一言不发地走了出去。不一会儿，传来了绞盘加速的声音。

卷起一英里多的重型电缆要花相当长的时间。大厅中的人群不安地散去了。菲丽斯和我走到船头，坐在那里沉默不语。

似乎等了很长时间之后，绞盘慢了下来。大家不约而同地站起来，一起向船尾走去。

探测仪终于被拉了上来。正像我们预料的那样，钢丝绳的末端松散开来，钢丝绳股像刷子一样张开着。

他们不在。他们被融化在一起。主电缆和通信电缆变成了一团熔化的金属。

大家都目瞪口呆地望着这一切。

晚上，船长主持了葬礼仪式，朝失事地点鸣了三枪……

天气很好，风平浪静。第二天中午，指挥官把我们召集到大厅中。他看上去很疲乏，不带感情地、简短地说道：

“我命令：用自动仪器继续展开调查。如果我们的安排和测试能够及时完成，并且天气状况仍然良好，我们将在明天破晓后尽快开始行动。我奉命将仪器降到足以毁灭它的深度，这样做的结果是，我们没有第二次观察的机会了。”

第二天早上大厅里的安排和前一次不同。我们面对着一排五块电视屏幕坐着，四块屏幕展示的是仪器周围的四个象限，一块屏幕用来展示仪器垂直下方的情况。还有一台摄影机同时拍摄所有五个屏幕，以供记录。

我们又重新观看探测器穿过海洋，一层层下降的过程，但这次大家都没有发表任何评论，仪器外部安装的麦克风接收到了各种令人惊异的吱吱声、刺耳的声音和咕噜声。在有动物栖居的深海区域似乎是一个可怕的不和谐的地方。探测仪大约又下降了四分之三英里，四周一片寂静，有人喃喃地说：“啊！那些麦克风承受不了水下那么大压强吧。”

屏幕上继续显示着水下的状况。鱿鱼向上滑过摄像机，鱼群紧张地逃走，其他的鱼好奇地打量着观测仪。丑陋的庞然大物隐约可见。探测仪继续下降。一英里，一英里半，两英里，两英里半……就在这时，屏幕上出现的一个东西，引起了所有人的注意。在能见度极低的地方，有一个巨大的、模糊的、椭圆形的东西绕着下降的仪器在旋转，它在屏幕之间来回移动着，足有三四分钟之久。但总是模糊不清，看不清楚，光线太暗，以至于连它的形状也难以辨认。渐渐地，它漂向屏幕的上部边缘，很快就不见了。

半分钟后，所有的屏幕都一片空白……

* * *

为什么不赞美一下自己的妻子呢？菲丽斯的专题报道写得非常好，这是她写得最好的报道之一。但没有受到大众的热情回应，这真是太糟糕了。

稿子完成后，我们将它送到海军部审查。一周后，海军部来电话要求我们去一趟。接待我们的是温特斯上尉。他向菲丽斯表示祝贺，这是他应该做的，尽管他显然没有像他表达出的那么祝贺她。我们一坐好，他就遗憾地摇了摇头。

“不过，”他说，“恐怕我得请你把稿子搁置一段时间。”

菲丽斯看上去很失望，这是可以理解的；她为那个稿子下了不少功夫。她不只是为了钱。她曾试图用它来纪念怀斯曼和特伦特，他们随着探测仪一起消失了。她低下了头。

“很抱歉，”上尉说，“但我确实警告过你丈夫，这个稿子不能马上播。”

菲丽斯抬起头看着他。

“为什么？”她问。

这也是我想知道的事情。我自己有关准备工作的笔记，我们对探测仪做的短暂下潜的记录，以及官方磁带记录中没有的各个方面的记载，全部都被封存起来了。

“我会尽我所能解释的。这是我们欠你的。”温特斯上尉说道。他坐下来，身体前倾，手肘放在膝盖上，手指交叉在两膝之间，注视着我们俩。

“问题的关键——当然你们两个早就知道了——就是那些熔化的电缆，”他说，“一想到有一种生物能够咬断钢缆，真是让人难以置信——尽管如此，还是得承认有这种可能性。然而，当人们听到这样一种说法：有一种生物能够像氧乙炔火焰一样切割电缆时，就会产生反感。只要人们觉得反感，肯定就会拒绝接受这种说法。

“你们俩都看到了那些电缆的情况，我想你们必须同意，电缆的情况打开了一个全新的局面。这样的事情不仅仅对深海潜水造成危险，在我们发布之前，我们想更多地了解这到底是一种什么样的危险。”

我们又谈了一会儿。上尉向我们表达了歉意和理解，但他是按照命令行事。他向我们保证，一定会尽早通知我们稿子可以发布的时间；我们只好照办了。菲丽斯用她一贯的处乱不惊的理智掩饰着她的失望。在我们离开之前，她问道：

“老实说，温特斯上尉——如果你愿意的话，我们可以私下谈谈——你知道这是什么原因造成的吧？”

他摇了摇头，说道：“不管是公开还是私下，华生太太，我都想不出任何可能的解释——哪怕这种解释不会公开，但我怀疑军队里其他人是否对此有想法。”

事情就这样闹得很不愉快，我们离开了。

然而，禁令持续的时间比我们预期的要短。一周后，正当我们坐下来吃晚饭的时候，温特斯上尉打来电话。菲丽斯接通了电话。

“噢，你好，华生太太。我很高兴是你接电话，我有好消息要告诉你。”温特斯上尉说道，“我刚刚和你们EBC的人讨论了我们共同关心的事情，同意你继续做你的专题节目，以及整个报道。”

菲丽斯向他表达了谢意。“能告诉我发生了什么事情吗？”她问道。

“反正事情有了转机。你会在今晚九点的新闻或者明天的报纸上看到。在这种情况下，我觉得你应该尽快抓住机会。权威人士看到了这一点——事实上，他们希望你的特写尽快面世。他们同意这样做。就是这样。祝你好运。”

菲丽斯向他再次表达谢意后挂断了电话。

“你认为发生了什么事？”她问道。

我们一直等到九点钟才听到这条消息。新闻上的内容不多，但在我们看来已经足够了。报道称，一支美国海军部队在菲律宾附近海域进行深海环境研究时，探测用的深海舱，连同舱内的两名船员失踪。

很快，EBC 打来电话，谈论了很多优先要做的事情，并修改了节目时间表和可用的职员。

音频评估结果表明，这篇报道收听率极高。在美国宣布这一消息后不久，我们的报道就达到了公众兴趣的顶点。官员们也很高兴。这让他们有机会表明，他们并不总是追随着美国——尽管我始终认为，没有必要把美国作为首次公开这件事的礼物。然而不管怎样，考虑到接下来发生的事情，我认为这无关紧要了。

在这种情况下，菲丽斯重新改写了稿子，在电缆熔断这件事上加大了笔墨。信件如潮水般涌来，但当所有试探性的解释和建议都被筛除后，我们变得更加困惑不解。

也许很难预料我们会这样。听众们甚至连地图都没有看到过，在这个时候，公众也没有想到下潜灾难和有点过时的火球话题之间有任何联系。

但是，看起来似乎皇家海军打算静坐片刻，从理论上思考这个问题，而美国海军就没有这样做。后来我们听说美国海军准备再派一支探险队到失事的地方去。我们立即申请加入，但被拒绝了。我不知道有多少人申请加入，但足够装满他们派出另一艘小船。在这条船上也没有我们的位置。所有的空间都留给了他们自己的记者和评论员，但他们也会向欧洲发回报道。

然而那是他们自己的事情。他们也为此付出了代价。

尽管如此，我还是很遗憾我们错过了这次考察，因为，虽然我们确实认为他们可能会再次失去探测的仪器，但我们从来没有想过他们连那些船只都失去了……

* * *

事情发生大约一周后，一名一直在报道此事的NBC人员过来了。我们几乎是连哄带骗地带他去吃午饭，希望能搞到些内部消息。

他说："从来没见过这样的事——也从来没想过会见到。他们用的是自动仪器，跟你们失踪的那台差不多。想法是先把它送下去，如果它能完好无损地上来，他们就用一个载人深舱再进行一次尝试——更重要的是，有几个志愿者愿意做这件事；有趣的是，你总能发现一些人似乎厌倦了地球上的生活。

"不管怎样，这就是那个项目。我们离科考船有几百码甚至更远的距离，但是我们之间有一条电缆连接着用来转播电视，这样我们可以像他们一样在屏幕上观看。

"我们盯着屏幕看了一段时间，但我想每个人必修的一件事就是要保持兴趣。在我们看来，这更像一场考验。我们的目标是从深舱潜水中得到真正的东西，因为那里有人类的视角，即便深舱不会下降到那么深的海域。

"我们看着那个东西被吊在船舷外，然后大家走进酒吧去看屏幕。我想我们当时所看到的很可能就是你曾经看到过的；有时雾蒙蒙的，有时又很清晰，有时还能看到好多古怪的鱼和鱿鱼，还有一大群我从来没有听说过名字的东西，其实，我想说的是，我们也不需要知道它们的名字。

“屏幕上方有一块发光的面板记录着水下的深度——这是个好主意，因为它看起来就像在一个环带上旋转。深舱下到一英里时，心理素质好的人都来到甲板上的遮阳篷下，在那里抽烟、喝冷饮。深舱下降到两英里时，我也出来了，留下两三个清教徒式的角色盯着屏幕，如果有什么新东西出现，他们会告诉我们。过了一会儿，其中一个人也出来了。

“‘还有两英里半了，最后半英里就像爱情隧道一样黑暗——他们告诉我，连鱼都不会对黑暗感兴趣。’他说道。

“他给自己倒了杯可乐，向我走过来。他突然停住了。

“‘天啊！’他喊道。与此同时，酒吧里传来了叫喊声。

“我转过头去和他一起看向那艘科考船。

“就在那之前，她一直静静地躺在那里，船上没有任何明显的动静，只有绞盘的声音从水面上传来，表明她在正常工作。可是现在她……

“嗯，我不知道你们这里的雷暴雨是什么样子的，但在有些地方，下雷暴雨时，闪电看起来像是在一栋楼里乱窜。科考船当时就是那个样子，还能听到噼噼啪啪的声音。

“这种转态持续不超过几秒钟，尽管感觉上时间要长得多。随后这艘科考船爆炸了……

“我不知道船上装了什么，但它确实爆炸了。我们每个人都在一瞬间摔倒在甲板上。到处都是飞溅物和碎屑。当我们再看向科考船时，那里什么都没有了，只有大量的水正在慢慢地散开。

“我们只打捞起几块木头，六个救生圈，三具严重烧伤的尸体。我们把所有的东西都收起来后，就打道回府了。”

他很长时间不再说话，菲丽斯又给他倒了一杯咖啡。

“那是什么东西？”菲丽斯问。

他耸了耸肩，说：“这可能是巧合，但如果我们排除了这种可能性，那么我猜如果有闪电反过来从大海划向天空，那应该就是这个样子。”

“我从没听说过这样的事。”菲丽斯说。

他说道：“这当然不会被记录在案。但凡事总有第一次。”

“我不太同意这种说法。”菲丽斯反驳道。

他把我们打量了一番。

“既然你们两个参加了英国的钓鱼派对，我想你们应该知道我们为什么在那里吧？”

“我不会感到惊讶的。”我告诉他。

他点了点头。“好吧，听着，”他说，“有人说不相信高电荷，比如说几百万伏特，在海水中能让一条没有绝缘的缆绳运行，所以我必须接受这一点，但这不是我的职责范围。我想说的是，如果这种情况可行，那么我猜效果可能和我们看到的有点像。”

“也会有绝缘电缆——连接摄像机、麦克风、温度计，等等。”菲丽斯说。

“当然。还有一根绝缘电缆将电视转播到我们所在的船上；但是它无法承受那样高的负荷，也付之一炬——这对我们来说是件天大的好事。在我看来，那会让它看起来像跟在主钢缆后面——如果不是这样的话，物理学家们就不会这样安排了。”

“他们没有别的说法吗？”我问。

“哦，当然。有好几个。对一个没亲眼见过这种情况发生的人来说，其中有些听起来很有说服力。”

“如果像你所说的那样，这确实很奇怪。”菲丽斯若有所思地说道。

NBC 的人看着她。“好一个英式的轻描淡写——但即使没有我的说法，这也够奇怪的了。”他谨慎地说道，“不管他们怎么解释，物理学家们还是被那些熔化的电缆难住了，因为，不管怎样，这些电缆的断裂不可能是意外。”

“另一方面，一路向下，承受那么大的压强？”菲丽斯说。

他摇了摇头，说：“我不想做任何猜测。就算结果是这样，我也想要更多的数据。可能我们不久就会得到。”

我们疑惑地看着他。

他压低了声音说道：“既然你们也对此事感兴趣，但一定要严格保密，他们现在已经有了更多的探测器。但这次没有公开，最后这批仪器很危险。”

“在哪里？”我们俩异口同声地问道。

“一个在阿留申群岛的某个地方；另一个在危地马拉盆

地的一个深坑里。你们的人准备做什么？”

“我们不知道。”我们坦诚地说。

他摇了摇头。“你们的人似乎一直很关注此事。”他同情地说道。

是的，他们一直密切关注着此事。在接下来的几个星期里，我们一直竖起耳朵，徒劳地等待着这两项新的调查的任何一项消息。但是，直到一个月后，NBC 的那个人再次经过伦敦时，我们才有所了解。我们问他发生了什么事。他皱了皱眉头说道：

“在危地马拉附近，他们一无所获。在阿留申群岛以南的科考船正在进行下潜作业时，该艘船上的无线电发送信息突然停止。接着有人报告说那艘船连同船上所有的人一齐沉没了。”

* * *

官方对这些问题的认知仍然是在秘密进行的——如果这可以被认为是深海调查可以接受的术语的话。我们时不时会听到一种说法，表明人们对深海调查的兴趣并没有减退。有时，当把一些看似孤立的东西放在一起时，就可以给出一些暗示。我们的海军联系人保持着一种亲切的回避态度，我们发现大西洋彼岸的对手在海军资源方面做得也好不到哪里去。令人欣慰的是，如果他们取得任何进展，我们很可能早已经听说了，所以我们把他们的沉默视为停滞不前。

公众对火球已毫无兴趣，很少有人再费心提交有关火球的报告。而我仍然保存着那些资料，它们现在如此没有代表性，以至于我无法判断这种明显的低发生率到底有多真实。

据我所知，迄今为止这两种现象从未被公开联系在一起过，现在，这两种现象又莫名其妙地消失了，就像在新闻缺乏期想要制造些引起轰动的新闻一样。

在接下来的三年里，我们的兴趣也几乎消失殆尽。其他的事情分散了我们的注意力。我们的儿子威廉出生了——但十八个月后他去世了。为了帮助菲丽斯克服悲伤的情绪。我设法给自己搞了一个旅行记者系列节目，我们卖掉了房子，开始了一段时期的旅行。

理论上，这个任命完全是我的事；实际上，大部分让EBC满意的稿件上的修饰和润色都出自菲丽斯之手，大多数时候，当她不帮我修改稿件时，她都在忙着赶写自己的稿子。当我们回到家的时候，我们的声望得到了很大的提升，有很多的材料要处理，感觉自己已经走上了一条平稳的道路。

就在那个时候，美国人在马里亚纳群岛附近损失了一艘巡洋舰。

这份来自一家政府机构的报告内容不多，在当地稍有夸大；但是这里面一定隐藏着重要的事情——尽管只是一种感觉。菲丽斯从报纸上读到这条消息时，也感到很震惊。她拿出地图册，查看着马里亚纳群岛。

“这片区域三面都很深啊。”她说道。

“那份报道的处理方式不太正常。我也说不清楚。但不知怎么的，这种方式有点离谱。”我附和道。

菲丽斯决定道：“我们最好顺藤摸瓜查一查。”

我们去查了，但没有结果。并不是我们的线人对我们有所隐瞒；好像某个地方出了问题。我们拿到的只是官方的宣传材料。这艘基维诺号的巡洋舰，在天气晴朗的时候沉没了。二十名幸存者被救起。官方会对此展开正式的调查。

可能公布过调查结果，但我从来没有听说过。因为在这一事件发生的同时，一艘俄国船只莫名其妙地在千岛群岛以东、堪察加半岛以南的那一串岛屿间沉没了，这艘船只执行了一些从未明确说明的任务。由于苏联的任何不幸都必须在某种程度上归因于资本主义的豺狼或反动的法西斯鬣狗，这是不言而喻的，这件事的重要性使美国那次更严重的损失黯然失色，尖刻的含沙射影持续了一段时间。在谩骂的喧嚣中，勘测船乌斯卡彭号在南大洋上神秘失踪，除了在它的归属国挪威，几乎没有引起任何人对此次事件的关注。

随后又发生了几起类似的事件，但是我都没有得到这几起事件的详细记录。我的印象是，美国人在菲律宾海域再次遭受灾难之前，已经有差不多六艘船只失踪了，这些船只似乎都以某种方式从事海洋研究。这一次，美国人失去了一艘驱逐舰，也失去了耐心。

由于比基尼的水太浅，无法进行一系列的深水原子弹试验，这些试验的地点将向西移大约一千英里，这一坦率的声明可能欺骗了一部分公众，但这一消息在广播和报界引发了新闻争夺大战。

菲丽斯和我现在最好马上行动，我们也很幸运。飞到那里的几天后，我们加入了一些船只的候补队伍，这些船只与基韦诺号在马里亚纳群岛附近沉没的地点保持着战略距离。

我无法告诉你那个专门设计的深水炸弹长什么样，因为我们从未见过它。我们只能看到一个木筏上面有一个半球形的金属小屋，小屋里装着炸弹，我们只知道它很像一种更常规的原子弹，但有一个巨大的外壳，如果需要的话，这种外壳可以承受海面以下五英里深的压强。

测试当天，天刚蒙蒙亮，一艘拖船拖着木筏突突地穿过地平线。从那时起，我们只能通过安装在浮标上的无人电视摄像机来观察。拖船卸掉木筏后，全速驶离。过了一段时间，拖船匆匆地驶离了危险地带，木筏朝着基维诺号消失的确切地点漂去。经过精心设计的漂流持续了大约三个小时，而这条木筏在屏幕上看起来似乎一动不动。

广播里传来一个声音，告诉我们大约三十分钟后将进行发射。每隔一段时间，广播就会发出提醒的声音，直到所剩时间很短了，这个声音才开始缓慢而平静地倒计时。我们盯着屏幕，四周一片寂静。

“三——二——一，**开始！**”

话音刚落，一枚火箭弹从木筏上腾空而起，拖着红烟，飞上天空。

“投弹完毕！”那个声音喊道。

我们等待着。

有很长一段时间，一切似乎都很平静。大家站在屏幕前，没有人说话。我们都盯着屏幕上的画面，画面里那只木筏平静地漂浮在洒满阳光的蓝色海面上。除了慢慢飘散的红色烟雾，没有任何迹象显示那里刚刚发生了什么。什么也看不见，什么也听不见，感觉整个世界都屏住了呼吸。

突然平静的海面喷出一大团白雾，云团蔓延、沸腾、向上翻滚。船上一阵震动。

我们离开屏幕，冲到船边。这团云雾以一种可怕的方式升腾着，翻滚着升到空中。这时，传来了震耳欲聋的声音。过了好长时间，我们才看到一道黑线，那是向我们冲来的第一股汹涌的水流。

* * *

那天晚上，我们与《消息报》的马勒比以及《参议院报》的本内尔共进晚餐。我并不认为自己能跻身于这样的名人之列，只是在菲丽斯还没有意识到自己可以选择的对象有多广之前，我就很明智地娶了她，并让她习惯了有我陪伴左右。这是她展示的时刻。我们深谙此道。我参与其中只是为了出于社交的目的，不足以干扰她的行动计划。其余的时间我都在观赏。这有点像熟练的杂耍和象棋高手的结合，她出其不意的一步棋使满盘皆活。她很少输。这一次，她让马勒比和本内尔坐在她觉得合适的地方。

马勒比说："人们不愿意假设智能是主要的障碍，但在这里，我们终于得到了一半的认可。"

"我还是会质疑'智能'，"本内尔回答道，"如果只是因为两者往往会产生相同的反应，本能行为和智能行为之间的界限，尤其是在自卫方面，可能非常不确定。"

马勒比说："但你不能否认，无论是什么原因，这都是一个全新的因素。"

这时，我注意到菲丽斯放松下来，静静地听着他们的辩论。

本内尔说："我可以说，这个东西可能已经在那里生活了几个世纪，只要我们不去探测它所在的环境来干扰它，它也不会对我们感兴趣。"

"你可以这样说，"马拉比表示同意，"但如果我是你，我就不会让毕比和巴顿下潜到那么深的海里，并且他们还能安然无恙。你也忽略了熔断的电缆。当然这并不是出于本能。"

本内尔咧嘴一笑，说道："我承认，他们很让人难堪，但我迄今为止听到的任何理论都会包含六个相当棘手的因素。"

"那艘带电的美国船只呢？——我想是静电干扰吧？"

"好吧——我们对当时的情况了解得够多了，可以肯定不是这样吧？"

马拉比哼了一声。

“看在上帝的分上！那是哄骗婴儿和傻瓜的。”

“嗯哼。但如果在哄骗和接受博克尔说法之间做出选择，我倾向于选择前者。”

“我不是博克尔的声援者。我怀疑他所说的事情在你听来是否比在我听来更可笑，但是看看我们面对的众多解释吧：自说自话或者前后矛盾的说法；或者博克尔的说法。不管我们怎么看待这件事，他确实比其他人协调了更多的影响因素。”

“那么，毫无疑问，儒勒·凡尔纳也是这样认为的吧。”本内尔说。

博克尔的引入让我和菲丽斯都不知所措，尽管从她说话的方式很难看出来。

“博克尔的说法当然不能全盘否定吧？”她说话的时候皱了皱眉头。

这句话奏效了。不一会儿，我们就对博克尔的观点有了充分的了解，他们俩谁也没有想到，这是我们第一次接触到博克尔的观点。

当然，阿拉斯泰尔·博克尔的名字对于我们来说并不是完全陌生的：他是一位著名地理学家，通常后面跟着几组首字母。然而，菲丽斯现在提出的关于他的信息对我们来说是相当新的东西。经过对这些信息的整理和收集，大致如下：

差不多一年前，博克尔向伦敦海军部提交了一份备忘录。因为他的名气，这份备忘录吸引了一些重要人物的关注，其论点的要点如下：

某些船只被熔化的电缆和电气化，必须被视为在海洋某些较深的区域智能生物在活动的无可争辩的证据。

这些地区的条件，例如压强、温度、永久的黑暗等，使任何智能的生命形式都无法在那里进化——他用几个令人信服的论据来支持这一说法。可以假定，没有一个国家有能力建立能够在证据所表明的那种深度上运作的机制，也不会有企图这样做的目的。

但是，如果海洋深处的这个智能生物不是本土的，那么它一定来自其他地方。而且，它必须以某种形式体现出来，它能够承受每平方英寸两吨的压强，甚至是每平方英寸四吨的压强。现在，地球上还有什么地方能找到在这种压强条件下能够实现进化的生物呢？很明显，哪儿也找不到。

很好，那么如果它不可能在地球上进化，它一定是在其他地方完成的进化——比如说，在一颗压强非常高的大行星上。如果是那样的话，它又是如何穿越太空到达这里的呢？

博克尔又重新唤起了人们对这些“火球”的关注，这些火球在几年前就引起了很多猜测，现在偶尔还会出现。没有人知道它们是否曾降落在陆地上；事实上，除了深水区以外，没有人知道它们还会降落到哪里。

此外，一些火球被导弹击中后，曾发生剧烈爆炸，这表明它们一直保持着非常高的压强。

同样重要的是，这些“火球”总是寻找地球上唯一有与运动相容的高压条件的区域。

因此，博克尔推断，我们正在经历星际物种的入侵，尽管我们几乎没有意识到这一点。如果有人问他这种物种的来源，他认为木星最有可能满足这么高的压强条件。

他的备忘录最后指出，这种入侵不一定就是敌对行为。或者它们要逃离已经变得无法忍受的环境。在他看来，生活在每平方英寸十五磅压强下的一种生物，不太可能在每平方英寸几吨压强的环境下生存。因此，他主张，应尽最大努力开发某种方式，对海洋深处的新居民采取同情的态度，以促进最广泛意义上的科学交流。

权威人物对这些阐述和建议的看法没有公开发表过。然而，众所周知，博克尔很快就从他们无情的办公桌上收回了他的备忘录，并在不久之后把该备忘录交给了《消息报》的编辑。毫无疑问，《消息报》在给他回复中，表现出了一贯的机智。这位编辑为了同行们的利益说道：

“这家报纸在没有连环画的情况下生存了一百多年，我认为现在没有理由打破这一传统。”

没过多久，这份备忘录出现在《参议院报》的编辑面前，他扫了一眼，要了一份概要，扬起眉毛，客气地说一些遗憾之类的话。

后来，它又出现在另外两个比较固步自封的编辑那里，但之后就不再被传阅了，只在一个小圈子里口口相传。

“我一直不明白的是，”菲丽斯微微皱了皱眉头，摆出一副很熟悉这种情况的样子说，“为什么像《每日新闻》或《母鸡》之类的报纸没有报道过这件事呢？这不是他们想要的东西吗？或者美国的那些小报对此也没有兴趣吗？”

马拉比告诉她：“《每日新闻》差点就刊出了。不过，博克尔说，如果他们在报道里提及他的名字，他就要起诉他们——他要的是体面的出版，否则干脆就不报道。因此，《每日新闻》试图让其他一些知名人士支持这个想法，就当成他们自己的想法一样。结果没人对此感兴趣。博克尔把他的东西打印出来，存档，并要求了版权保护，所以《每日新闻》的报道就取消了，因为如果没有有力的支持，那将只是《每日新闻》造成的又一次恐慌，发行量数据并不能证明最近两次的恐慌是正确的。《镜头报》和其他出版机构境遇大致差不多。美国一家小报确实使用了一个经过处理的版本，但由于这是他们四个月来第三次报道星际危险，因此没有引来太多的关注。其他人经过深思熟虑后认为，从爆炸的基韦诺号美国人的生命损失中获取廉价资本很容易被指责，于是他们放弃了。但该来的还是会来的。过不了多久，他们中的一个肯定会把这件事公之于众，不管有没有提到博克尔的名字，以及是否征得他的同意——几乎可以确信的是，他们肯定不会提到与博克尔有任何联系的主要观点。他们会强调本内尔所说的，就是刚才强调的——恐怖连环漫画，制造一些让你毛骨悚然的新闻。”

"你还能把这样一堆大杂烩的东西用在什么地方?"本内尔问道。

"好吧，就像我以前说过的那样，你至少可以说，他确实纳入了比其他人都多的因素——而任何纳入了大部分因素的东西，当然都是了不起的。我们可以谴责它，但尽管如此，在更好的东西出现之前，这就是最好的。"

本内尔摇了摇头。

"起初你就想知道整个事情的经过。假设我现在承认海底确实存在某种智能动物——你没有确凿的证据证明，这种智能动物无法像在每平方英寸十五磅的压强环境下那样轻松地在每平方英寸几吨的压强下进化；除了纯粹的常识，你没有其他可以支撑你观点的东西——就像你通常认为比空气重的飞行器永远飞不起来一样。证明给我看……"

"你弄错了。他认为智能动物一定是在高压强下进化出来的，但在其他条件下，在海底深处，它就没法完成进化。但无论你做出何种让步，无论海军高层对博克尔的看法如何，很明显，他们一定有一段时间一直在假设，在海底深处存在着某种智能动物。你知道，你不可能在五分钟内设计和制造出那种特殊的炸弹。不管怎样，不管博克尔的理论是否纯粹是空话，他已经失去了他的主要观点。这枚炸弹并不是他所倡导的亲切友好又富有同情心的做法。"

马拉比停顿了一下，摇了摇头。

"我见过博克尔好几次。他是一个有教养的、思想开明的人，当然他也有思想开明的人常有的烦恼；他们以为别人也和他们一样。他有一颗好奇心。他从未意识到，一般人在遇到新事物时都会感到害怕，他们会说：‘最好打败它，或者压制住它，要快。’他再次阐释了普通人的思维方式。”

“但是，”本内尔反对说，“如果像你说的那样，官方认为这些船只损失是由智能动物造成的，那么，有些事情细思极恐，你不能把今天的事情说成报复。”

马拉比又摇了摇头。

“亲爱的本内尔，我不仅能，而且会付诸行动。现在，假设有个什么东西悬在一根绳子上，从外太空向我们飞来；假设那东西发出的光线的波长使我们非常不舒服。甚至它可能给我们带来身体上的痛苦。我们该怎么办？我建议我们应该做的第一件事是剪断绳子，让它失去作用。然后我们应该检查这个奇怪的物体，看看我们能做些什么。

“假设有更多奇怪的物体从太空垂下来，给我们的市民带来不适。我们应该说：‘这看起来像一种入侵，或者像一种侦察。无论如何，这对我们来说是极其痛苦的，所以无论它们做什么都必须停下来。’我们应该立即采取一切可能的措施来阻止这种行为。这样做可能只是为了结束一件讨厌的事情，也可能是怀着某种敌意，并被视为——报复。那么，到底是我们还是上面垂下来那个东西，该受到谴责呢？

“照目前这个情况，经过今天的讨论，这个问题就变成了单纯的学术问题。很难想象有哪一种智能生物对我们所做的事情不会产生怨恨。如果深海区域是唯一一个发生麻烦的地方，很可能智能生物不会有什么怨恨——但你知道，这不是唯一的地方；绝对不是。那么，这种非常自然的怨恨会以何种形式出现，我们将拭目以待。”

“你认为他们真的会有所反应吗？”菲丽斯问道。

他耸了耸肩。“我再给你打个比方吧：假设某种猛烈的破坏性力量将从太空降临到地球上的一座城市，我们该怎么办？”

“嗯，我们能做些什么呢？”菲丽斯很明智地反问道。

“我们可以让那些研究人员去做。如果这种情况再发生几次，我们应该很快就会给他们充分的优先权。”

“你想得太多了，马拉比，”本内尔插嘴说道，“首先，这是一种几乎平行的发展状态。甚至，‘优先权’一词的意义在语义上也依赖于条件。在一个世纪以前，这个词几乎没有任何意义。而在十八世纪，你可以大声喊‘优先权’，喊得脸红脖子粗，而这根本不会带来任何技术进步，因为那时还没有现代的研究观念，甚至没有人会理解你到底想要什么。”

“没错，”马拉比同意道，“但在那些船只出事之后，我认为我有理由假设那里的技术已经发展到了相当先进的程度。”

菲丽斯说：“现在真的太迟了吗？我是说，对于博克尔想要的那种方式来说，真的太迟了吗？只有一枚炸弹。如果这种事不再发生，他们可能会认为之前发生的只是一场自然灾害，一次火山爆发或其他什么。”

马拉比摇了摇头。

“不会只有一枚炸弹的。一切都太晚了，亲爱的。你认为地球上的人类能不问出处地去容忍任何形式的竞争对手吗？除了我们自己种族内部最狭隘的观点分歧，我们对任何事情都不能容忍。不会的，”他摇了摇头，“不会的，恐怕博克尔这种博爱的想法从来就没有生存的机会。”

* * *

我想，马拉比所说的很可能是真实的情况；但如果曾经有过任何机会，在我们回到家的时候它已经消失了。不知怎的，显然是一夜之间，公众终于把好几个人联系在一起了。把深海炸弹作为一系列试验之一的三心二意的尝试已经完全失败了。人们对基维诺号和其他几艘船的损失抱有一种模糊的宿命论，但随之而来的是一种强烈的愤怒，一种对已经采取了第一步报复的满意，一种对进一步报复的要求。

当时的气氛类似于宣战时的气氛。昔日的冷漠者和怀疑论者，突然之间变成了十字军东进的狂热布道者，他们要反对——嗯，反对任何胆敢干涉海洋自由的东西。在这一基本观点上，大家的意见几乎是一致的。但是，猜测就以这个为中心蔓延开来，因此，不仅是火球，而且多年来发生的所有其他无法解释的现象，都在某种程度上归因于或至少与深海之谜有关。

在回家的路上，我们在卡拉奇停留了一天，全世界的兴奋浪潮震撼着我们，这个地方充斥着海蛇的故事和来自太空的探访，很明显，无论博克尔对他的理论的传播施加了什么限制，现在已经有数百万人通过其他途径得出了类似的解释。

这让我想到了给伦敦的EBC打个电话，看看博克尔本人现在是否有心情接受采访。他最终同意了——但只接受几个精心挑选的机构的代表——但这对我们并没有太多的帮助，因为在从卡拉奇到伦敦的旅途中，我们已经将稿子整理好了。他一再请求采取同情的态度，这与公众的情绪截然相反，几乎毫无用处。

然而，我们再一次表明，好战的愤怒是无法自持的。你不可能用猛烈抨击的方式进行长久的激战，几乎没有什么事情能使局势活跃起来。几周以来，英国皇家海军采取的唯一措施，就是投下了一枚炸弹，部分原因是出于对公众情绪的尊重，但可能更多的原因是出于威望。

据我所知，这次爆炸相当壮观，但唯一有记录的结果是，爆炸发生后数周内，南桑威奇群岛的海岸上到处都散发着死鱼烂虾的恶臭。接着，渐渐地，一种感觉开始形成：这完全不是人们所预料的星际战争的样子；所以，很有可能，这根本不是一场星际战争。当然，从此，我们只需要迈出一步，就可以断定一定是俄国人干的。

俄国人在独裁者的统治下，一直不鼓励任何怀疑偏离资本主义战争贩子目标的倾向。当星际概念的秘密以某种方式穿透他们的帷幕时，他们遭到了以下这些说法的反驳（1）这一切都是谎言：口头上的烟幕掩盖了战争贩子的准备工作；（2）这一切都是真的：资本主义者一如既往地立即用原子弹袭击了毫无戒心的陌生人；（3）不管这是真的还是假的，除了细菌外，苏联将用它所拥有的一切武器坚定不移地为和平而战。

局势还在摇摆不定。人们会说："啊——那个星际的东西？"说真的，我当时差点就上当了。但是，当然，当你真正开始思考这个问题的时候，我想知道俄国人究竟在玩什么把戏？一定是什么大东西，他们才会用原子弹去炸它。这样，在很短的时间内，关于氦的假设又恢复到原来的状态，我们又回到大家都熟悉的国际间的猜忌。唯一持久的结果是海上保险价格上涨了百分之一。

* * *

菲丽斯抱怨道："我们好像对这种事情没了兴趣。我们曾经看起来像火球方面当红的权威——事实上，有一两周内我们确实是。后来公众的兴趣就逐渐消失了，关注这方面的人也越来越少了，现在如果有人看到了一颗火球，他只会认为这是自己产生的幻觉，不会信以为真的。我们在第一次下潜的时候做得并不差，但你不可能仅仅对几根熔化电缆保持长久的兴趣。博克尔的说法几乎都要过时了，我们才了解到他的观点，这一点让我们感觉很失望，我仍然不明白我们是怎么错过的。在投炸弹的时候，我们只是人群中的两个人。当人群兴奋沸腾起来的时候，我们似乎还沉浸在自己的世界里——但现在人们对此不再感兴趣了。到处又都恢复了平静；我们不可能装作什么事情也没有发生过吧。”

“不是的，”我说，“如果你仔细阅读报纸，你会发现上周又投了两枚炸弹：一枚投在科科斯基林盆地，另一枚落在爱德华王子深海区域。”

“我没看到这条新闻。”

“目前的新闻价值几乎为零。你必须读小号字体印刷部分。”

“他们选择在这些古怪的地方投下炸弹，不会有太大的作用。人们一定听说过很多深海区域。”

“想必没有一个文明地区会忍受投在自己家门口的炸弹——这又能怪谁呢？”

“就我自己而言，我也不会喜欢一条海岸线上遍布放射性的水域，里面漂满了死鱼。”

“但这确实表明他们并没有把所有事情都搁置起来，我是说海军。”

“是的。”

“我们是否值得再去白厅见见那位海军上将？”

“他是名上尉。”我告诉她，但我考虑了一下这个想法，“上次会面，我们聊得并不愉快。”我说道。

“哦。哦，我明白了，”菲丽斯说，“嗯。周二一起用晚餐吧？”

“我替你向他转达。”

“我相信这种东西一定有个名字，”她说，“这就是我要做的事情，有一天你会发现它们没有被炸弹炸毁，而我们自己却身陷囹圄。”

“亲爱的，你知道你很喜欢左右别人。如果我让你不要锋芒毕露，你肯定会不高兴。”

“很好，”她说，“但我只是想再确定一下，我在左右谁。”

温特斯上尉来吃晚饭了。

菲丽斯双手放在脑后，看着天花板，问道：“你觉得米尔德丽德漂亮吗？”

“是的，亲爱的。”我立刻回答。

“噢，”菲丽斯说，“我想也许是吧。”

我们沉思着。

“看起来这是相互的。”她审视着我。

“看上去——呃——很迷人。”我对她说。

“哦，确实如此。”她很肯定地说。

“亲爱的，你的问题让我很尴尬，”我说，“如果我告诉你，你最好的朋友中有一个长得不好看……”

“我根本不确定她是不是我最好的朋友之一。但她并不是没有魅力。”

“你自己的样子，”我说，“我可以用神魂颠倒来形容。举止可信，眼神明亮，带着令人陶醉的笑容，整体非常迷人。你当然知道，但我想我得说说，你真是太完美了——

我觉得，无可挑剔。”

她微微动了一下。

“上尉是个非常有魅力的男人。”她说。

“啊，好吧，那我们和两个迷人的人度过了一个愉快的夜晚，不是吗？必须阻止他们互相吸引；在某种程度上，这种事情需要给予引导。

“嗯。”她允诺道。

“亲爱的，你不嫉妒我可怜的表演才能吗？”

“没有——只是好像有所进步，仅此而已。”

“亲爱的，”我说，“我经常看到各种各样的男人与诱惑的痛苦搏斗，我对他们深表同情。”

她将一只手从脑后抽出来。“我不想要那样的男人。”她说道。

“亲爱的，”过了一会儿，我说，“我在想我们是不是应该多见见米尔德丽德。”

“嗯，”她拿不准地说道，“还有上尉也应该多见见。”

“这倒提醒了我，你要是不太困的话——上尉是怎么说的？”

“哦，很多好话。我想是他有爱尔兰血统的缘故吧。”

“从真正重要的事情到全世界都关心的问题。”我耐心地建议道。

“他不愿透露太多信息，但他说的话并不令人振奋。有些还挺可怕的。”

“说说看。”

“嗯，表面上看，主要情况似乎没有太大变化，但他们越来越担心下面会发生的事情。普遍的不安和恐慌使当局感到忧虑，也使人们感到不安，他们担心这种兴奋和激动会变成恐慌。从他说话的方式来看，我认为这一切平息下来的背后一定有很多计谋。

“实际上，他也没有说调查没有取得进展，但他所说的话暗示了这一点。例如，回声探测没有提供什么帮助。你可能知道海底在哪里，但这并不能告诉你海底可能有什么。较浅的二次回声可能来自某种大型生物、鱼群或任何东西，但无法确定它们来自何处。有些回声似乎是静止的，但没人能确定这一点。

“深度麦克风没有多大帮助。在某些海水层面上，几乎什么声音都没有，而在另一些层面上，只有鱼群发出的毫无意义的嘈杂声，就像我们通过遥控巴斯听到的声音。因为那艘科考船和其他一些船只的遭遇，他们不敢让船只在钢缆的牵引下沉得太深。他们尝试了一种非导体的电缆，但麦克风的导线在大约一千英寻处烧坏了。他们送下去一台运用红外线而不是可见光的电视摄像机，理论上红外线的摄像机可能不那么具有挑衅性，并使该设备与船上的所有其他设备绝缘。这是一件好事，因为在大约八百英寻的地方，有一股电荷穿过保险丝，将一半的仪器都熔化了。

“他说，至少目前原子弹已经爆炸了。这些原子弹只能在偏僻的地方使用，即使这样，放射性物质也会广泛传播。这些物质徒劳地杀死了大量的鱼，并且制造出了更多的放射性物质。大西洋两岸的渔业专家一直在闹腾，他们说，正是由于原子弹的爆炸，一些鱼群才没有出现在它们该出现的地方。他们一直指责炸弹破坏了生态环境，影响了动物迁徙习惯等诸如此类的。但其中一些人说，这些数据不足以绝对肯定是爆炸造成的，但肯定是某些东西造成的，而且可能对食品供应造成严重影响。由于似乎没有人非常清楚炸弹的预期用途，爆炸带来的只是以巨大的代价杀死和迷惑大量的鱼，所以人们对这种方式已经不买账了。”

“大部分内容我们已经知道了，”我说，“但当这种新闻被拿来炫耀时，肯定会有一大堆不折不扣的负面报道。”

“嗯，还有一件事你不知道。在他们投下的炸弹中，有两枚没有爆炸。”

“哦，”我说，“那我们从中能推断出什么呢？”

“我不知道。但这让他们很担心，非常担心。你看，炸弹的运行方式是由给定深度的压强决定的：简单而准确。”

“这意味着这两枚炸弹从未达到预期的压强范围？”

“一定是在下降的过程中被拦截在了某个地方？”

菲丽斯点点头。“仅此一点就需要一些解释，但让他们更担心的是，投下去的炸弹还有一个相当独立的辅助设置，以防万一炸弹碰巧降落在海底山脉或什么地方。这种辅助装置设有时间开关——但是那两枚炸弹就是没有爆炸。”

“啊，”我说道，“这很简单，我亲爱的华生——设备进水了，钟就停了。”我说。

“你的名字很适合叫华生——我只是暂时被贴上这个标

签。”菲丽斯冷冷地说，“不管怎么说，这事并不是真的这样简单；这让他们非常焦虑。”

“可以理解。如果我错放了几枚原子弹，我也高兴不起来。”我承认，“还有什么？”

“三艘电缆维修船莫名其妙地失踪了。其中一艘船正在尽力寻找一条有问题的电缆时，无线电信息突然中断。”

“这是什么时候的事？”

“一艘是六个月前失踪的，另一艘是三个星期前，还有一艘是上星期失踪的。”

“它们可能跟这件事没有任何关系。”

“也许没有，但每个人都认为有关联。”

“没有幸存者告诉我们究竟发生了什么吗？”

“没有。”

过了一会儿，我问道：“还有别的什么吗？”

“等一下。哦，是的。他们正在研制一种高爆炸力的制导纵深导弹，不是原子弹。但还没有经过测试。”

我转过身来赞赏地看着她。“没错，亲爱的。真正的玛塔·哈莉范[①]。你拿到图纸了吗？”

“你这个傻瓜。只是因为他们不想让人们不安，所以没有在报纸上发表——而且报纸也认可这一事实。上一次的喧嚣让销售处处下滑，广告商不喜欢这样的局面。没有必

---

① 1931年美国电影《魔女玛塔》女主角玛塔是个舞娘，利用她在上流社会间的人脉收集情资，游走于两国的谍报网之间。

要采取普通的安全措施。没人会把电话拨进棉兰老岛老沟，问下面有没有人想买一些有趣的信息。”

“我想不会吧。”我表示同意。

“即便军队有时也会运用一些常识，”她直言不讳地说道，然后想了想又补充说，“不过他可能有几件事没告诉我。”

“可能吧。”我再次表示同意。

“最重要的是他要将海洋学家玛泰特博士介绍给我。”

我坐了起来，说道：“但是，亲爱的，上一个稿子播出后，海洋学会已经带着差不多威胁的口吻说，任何和我们打交道的人都将被逐出学会——这是他们反对博克尔理论的一部分。”

“哦，玛泰特博士是上尉的朋友。他也看过火球分布图，他是半皈依者。不管怎么说，我们也不是坚定的博尔克派，对吧？”

“我们认为自己是什么样的人，别人不一定也这样认为。不过，如果他愿意的话——我们什么时候可以见他？”

“我希望几天后就能见到，亲爱的。”

“你难道不觉得我应该……”

“不。不过你还是不相信我，很好。”

“可是……”

“好了。现在我们该睡觉了。”她果断地说。

采访的开场白，据菲丽斯说，一成不变：

“EBC？”玛泰特医生扬了扬像小门垫一样浓密的眉毛，

说道，“我以为温特斯上尉说的是 BBC。”

他是一个身材魁梧的秃头男人，他的头看上去似乎应该属于身材更为魁梧的人。高高的黝黑的额头，光秃秃的头顶被耳后一簇簇细长的灰色头发包围着。高高的罗马式鼻子两侧镶嵌着一双明亮的眼睛。微凹的下巴上方是一张反应灵敏的大嘴。这颗大脑袋对他来说好像有点太重了，他弯腰驼背。菲丽斯说，让人感觉他似乎被悬挂起来。

她在心里叹了口气，开始为这家英国广播公司的存在作例行的辩解，并保证赞助并不一定意味着腐败、淫威甚至乏味。他发现这是一个有趣的观点。菲丽斯列举了一些 EBC 的杰出人物和事例，不断地劝说他，直到他认为我们是好人，正在努力摆脱掉被认为是二流新闻机构的劣势。后来，他明确表示，他提供的任何材料的来源都必须严格匿名，我们答应之后，他才开口说了一点。

从菲丽斯的角度来看，他是在相当高的学术层面谈论这件事，充满了她难以理解的奇怪的词和例子。他要告诉她的要点似乎是：

一年前，有报告称某些洋流出现了变色现象。在北太平洋的日本暖流中首次观测到了这种情况——这是一种不寻常的向东北方向流动的泥流，它沿着西风漂流逐渐变宽而变得不那么清晰，直到肉眼看不见为止。

“当然，取样被拿去检查了。你认为是什么东西引起的变色呢？”玛泰特博士问道。

菲丽斯看起来很期待。他告诉她：

“主要是放射虫软泥，但硅藻软泥的比例相当可观。”

“太好了！”菲丽斯放心地说道，“那么究竟是什么东西会产生这样的结果呢？”

“啊，”玛泰特博士说，“这就是问题所在。这是一次规模相当惊人的失常——即使是在大洋彼岸加利福尼亚海岸外采集的样本中，这两种软泥仍有相当严重的浸渍。”

“这太令人吃惊了，不是吗？”菲丽斯说，“会产生什么影响呢？”

“除了最明显的影响外，我们不能指望预见更多的影响。鱼类洄游的一些变化已经变得很明显，正如人们所预料的那样，沿途的海洋植被也有了一定程度的增加。自然，随着水里硅藻软泥的增多……”

他继续说了一会儿，菲丽斯尽量不让自己看上去像在他身后抓救命稻草似的。最后他说：“显然，这引起了人们极大的兴趣和重视，自然，我们最感兴趣的问题是，它为什么会发生，而且还在继续发生着。究竟是什么原因导致了这些沉积物以如此惊人的数量从海底到达海洋表面的呢？”

菲丽斯觉得到了她该上场的时候了。

“马里亚纳群岛附近有颗原子弹爆炸了。我想这会在海底掀起轩然大波。”她说。

玛泰特博士严肃地打量着她，说道：“那枚炸弹是在观测到这种现象之后投下的，无论如何，这种失常是否会集中在日本暖流附近引发某种后果，是很值得怀疑的。”

“噢。”菲丽斯说道。

“你知道，这里是火山活跃比较频繁的地区，”玛泰特博士再次说道，“因此，人们习惯于把这种失常归因于海底一个或多个新的火山的喷发。然而，地震仪的记录并不支持这一观点，因为没有记录到有大地震的发生。”

当玛泰特博士把地震作为一个可能的原因在阐述时，菲丽斯继续耐心地听着。

“然而，”等到玛泰特博士说完，菲丽斯问，“海底不仅是发生过，而是现在仍然在发生着什么？”

“是这样的，”他看着她附和道，然后，他突然用通俗的语言说道，“但是，老实和你说，上帝才知道那是什么。”

他继续说下去。菲丽斯了解到，同样无法解释的东西一直在搅起深海沉积物，这些沉积物随着季风漂流，流入危地马拉附近；同时，穿过地峡的另一边汇入蚊子洋流。我们观察到赤道中大西洋的水域变稠了，最近的报告是西澳大利亚洋流也出现了软泥。同样的事情也有一些小的不规律现象。菲丽斯尽量把它们列出来作为可能的参考，但就在她离开之前，菲丽斯就她认为最有趣和最重要的方面提出了一个问题。

“请问，玛泰特博士，”她问道，“你认为这很严重吗？我的意思是，你担心这件事吗？”

他笑了笑。“它不会让我夜不能寐，如果你是这个。不，我们担心的是，你可以这么认为，我们不想承认我们在自己的管辖范围内完全不知所措。至于它带来的影响——嗯，我认为这可能是有益的。海底大量有营养的软泥没有被利用，白白浪费了。涌上来的软泥数量越大，浮游生物就越多；浮游生物越多，鱼就越繁盛；因此，鱼的价格应该会下降，这对那些喜欢吃鱼的人来说是件好事——但我不喜欢吃鱼。不，让我烦恼的是，我觉得针对这个问题，我应该能够回答一个简单的‘为什么’——毕竟，对这方面我已经研究好几年了……”

* * *

菲丽斯说：“这里面包含了太多的地理学、海洋学、水深测量学方面的知识，还好没有鱼类学的知识。”

“给我讲讲。”我说。

她对着笔记，给我做了讲解。“还有，”她总结道，“我甚至希望霍克斯太太也能从这些资料中写出一份稿子来。”

“嗯。”我说。

“没有什么‘嗯’。也许会有个什么样的编纂者给那些趣味高雅的人和那些听不进去的人讲一讲，但即使他讲得通，又能从这些人那里得到什么呢？”

我说：“这是每次的关键问题所在，但是可以积少成多，就把这当成其中一次好了。不管怎么说，你也没想到会带着整个稿件的资料回来。他没说这和其他事情有什么联系？”

“没有。我是说最近在海洋最难到达的地方发生的一切，以及一些类似的事情都有点可笑。但他没有反驳，表现得非常小心谨慎。我认为他当时特别后悔当初自己同意见我的决定，他只坚持可证实的事实且不动声色——至少在第一次见面的时候是这样。他承认他清楚，但他不会做出任何可能让自己的名声像博克尔那样的猜测。这意味着他希望这是火山爆发造成的，但证据已证明这不可能是，也不太可能是由于任何形式的爆炸或一系列爆炸，因为它一直以差不多的形式稳定流动，这表明，作用力是巨大和连续的。现在你有机会了。”

“你看，”我说，“博克尔一定比任何人早知道这件事了。他应该对此有一些看法，也许我们值得试着把这些想法找出来。我们参加的那场精选的新闻发布会差不多就是他的这些想法的引子。”

“从那以后，他就忸怩作态了，”她拿不准地说，“不奇怪，真的。不过，我们并不是公开批评他的人，事实上，我们非常客观。”

“我们掷币决定谁给他打电话。”我提议说。

“我来打吧。”她说。

“我想我自己就拜倒在你的石榴裙下，我也不再嫉妒这种魅力所激发的极度自信了，”我说，“好吧。去吧。”

我舒服地靠在椅背上，听她在电话的开场白中清楚地表明她来自 **E**BC，不是 **B**BC。

* * *

我要对博克尔说，他提出了一个又长又拗口的理论，只有他自己相信这个理论，当他发现这个理论不受欢迎时，他并没有放弃这个理论。与此同时，他又不太想卷入另一场争论，因为这样一来，他会被狠狠地揍一顿，淹没在那些没本事的人的谩骂声中。我们见面时他说得很清楚。他恳切地看着我们，把头微微歪向一边，一绺灰白的头发微微前倾，双手紧握在一起。他若有所思地点了点头，然后说：

“因为你们想不出任何东西可以解释这种现象，所以想从我这里得到一个理论。好吧，那我就给你们一个。我认为你们不会接受它，但是你们一旦接受这个理论，请一定匿名使用它。等人们重新转而同意我的观点的时候，我会有所准备。不过我不愿意让人们认为我是在通过哗众取宠的零碎消息来保全自己的名声。明白吗？”

我们点了点头。

“我们正在努力做的是，”菲丽斯解释说，“把很多零碎的东西拼进一个拼图里。如果你能告诉我们其中一个应该放在哪里，我们就不胜感激了。如果你不想这样做，好吧，那是你自己的事，我们会尊重你的选择。”

“没错。好吧，你们已经知道我的关于深海智能动物起源的理论了，所以现在我们不谈这个。我们将讨论它们目前的状态，我的推论是：这些生物在最适合它们的环境中定居下来之后，它们下一步就是想按照自己的想法来发展这个环境，使之成为方便、有序、文明的状态。你看，它们处于——呃，不，它们实际上是拓荒者、殖民者：一旦安全抵达，它们就开始改善和开发它们的新领土。我们看到的是它们开始开发的结果。”

“它们在做什么？”我问。

他耸了耸肩，说道：“我们怎么知道呢？但是，从我们受到它们进攻的方式来判断，人们可以想象，它们主要关心的是为自己提供某种形式的防御，以对抗我们。为此，它们大概需要金属。所以，我向您建议，在棉兰老岛深海的某个地方，以及可可-基灵盆地东南部深海的某个地方，如果你能去那里，就会发现它们正在进行采矿作业。”

我开始明白了他要求匿名的原因。

“哦——可是在这种条件下加工金属？”我说。

“我们怎么能猜到它们可能开发了什么技术？我们起初认为在每平方英寸十五磅的大气压强下不可能做到的事情，现在大量的技术可以让我们做到了；在水下，我们也可以做一些不太可能的事情。”

“但是，在巨大的压强下，在无限的黑暗中，而且——”这时菲丽斯果断地打断了我的话，警告我闭嘴，不要争辩。

“博克尔博士，”她说，“你说出来了两个特殊的深海区域，这是为什么呢？”

他转向菲丽斯。

“因为在我看来这是有关这两个地方唯一合理的解释。正如福尔摩斯先生曾经对和你丈夫同名的人所说的那样，‘在没有数据之前进行理论分析是一个重大错误，但对已掌握数据的回避无异于精神上的自杀’。我不知道，也想象不出有什么东西能产生我们在这里所谈论的效果，除非有一台非常强大、不停喷射的机器。”

“但是，”我语气有些坚定地说，因为我厌倦了总是把我和福尔摩斯联系在一起，“如果像您所说的那样他们在采矿，那么为什么洋流变色是由泥浆而不是砂砾造成的呢？”

“嗯，首先，在到达岩层之前，需要移开大量的软泥，这样就可能产生大量的沉积物；软泥的密度比水的密度大不了多少，而沙砾很重，不管有多细，在它还没有到达海面之前就会开始沉淀。”

我还没来得及追问，菲丽斯又打断了我：

“其他地方呢，博士，为什么你只提到那两个地方？”

“我并不是说其他地方没有采矿，但从这两个地方所在的位置来看，我怀疑他们可能另有目的。”

“什么目的？”菲丽斯望着他，满怀少女般的期待。

“我想是通讯。你可以看到，罗曼切海沟虽然位于大海深处，但它距离赤道大西洋开始变色的区域很近。这是一条穿过大西洋洋脊水下山脉的峡谷。现在，当我们考虑到这条海沟是连接东西大西洋盆地的唯一深层纽带这一事实时，在那里出现活动迹象似乎不仅仅是巧合。事实上，我敢肯定，下面的东西对海沟的自然状态不满意。很有可能是那里到处都被落石堵住了。在某些地方可能既狭窄又危险；几乎可以肯定的是，如果想要利用，首先应先将软泥沉积物清除掉，露出坚实的底部。当然，我没有把握，但毫无疑问，在这条具有战略意义的海沟中正在发生的事情让我毫不怀疑：无论下面发生着什么都关系到改进在深海中的行动方式——就像我们改进了在水面上的行动方式一样。”

当我们明白了这一点，以及它的含义时，大家都沉默了。菲丽斯先回过神来。

“呃——还有另外两个主要的地方——加勒比海以及危地马拉西部呢？”她问道。

博克尔博士递给我们两支香烟，自己也点燃了一支。

“好吧，现在，”他靠在椅子上说，“难道你不觉得，对于这种深海生物来说，一条连接地峡两侧深海的隧道所提供的优势，与我们自己从巴拿马运河开通中获得的优势几乎相同吗？”

人们可能会说他们喜欢博克尔的理论，但他们永远不会如实地声称，他的思想范围是卑鄙或微不足道的。更重要的是，没有人能真正证明他是错的。他的主要问题是，他经常给人们提供庞大而难以消化的理论，这些想法让人难以理解——即便我这个自认为理解能力很强的人，也未能幸免。但这是我后来反思的结果。在采访快结束的时候，我主要的精力都集中在说服自己相信他所说的话，但除了我自己的抗拒之外，我什么也没有发现，我认为他并没有在讲真心话。

在我们离开之前，他还让我们考虑了一件事。他说：

“既然你们一直在关注这件事，你们是否听说过有两枚原子弹没有爆炸？”

我们告诉他我们确实听说过此事。

“那你们听说昨天发生了一起无主的原子弹爆炸事件吗？”

“没有。是之前没有爆炸的原子弹中的一枚吗？”菲丽斯问道。

“我非常希望如此——因为我不想认为可能是别的原子弹，”他回答说，“但奇怪的是，尽管其中一枚原子弹在阿留申群岛附近失踪，另一枚打算再次轰炸棉兰老岛深海区域，但这次爆炸是发生在离关岛不远的地方——距离棉兰老岛大约一千二百英里。”

* * *

“我真希望，”菲丽斯说，“我过去能对亲爱的波普尔小姐好一点，多关注她教我的地理知识，可怜的人儿。世界上每天都有我闻所未闻的地方。”

我对她说：“这很正常，你没注意到军事公报中提到的地方在地图上几乎都找不到吗？地理学家也从来没有听说过这些地方。”

“嗯，这里说，当‘tsunami’袭击烤牛肉岛时，有六十多人溺水身亡。烤牛肉岛在哪里？‘tsunami’是什么？”

“我不知道烤牛肉岛在哪里，不过我知道两个梅子布丁岛。‘tsunami’一词是日语，就是地震波的意思。”

她看着我。

“亲爱的，你不必看起来那么得意。你只说对了一半。问题是，这跟我们有关系吗？”

“我们？”

“嗯，我是说，和深海里的那些东西有什么关系呢？”

“除非海啸不是真的。”

“太有趣了！‘假海啸！’”她继续低声说着，“谐音……谐音……虚假……海啸……”自言自语了一会儿，她突然停下来：“我们怎么知道？”

“听着，我在想。知道什么？”

“当然，不管是不是假的。”

“嗯，你可以打电话给你那位学识渊博的朋友玛泰特博士。海洋学家有测量仪器和其他设备来辨别海浪的类型以及它们来自哪里。”

“真的吗？他们怎么做呢？”

“我怎么会知道？他们就是这样。如果有什么有趣的现象，他一定会听到的。”

“好吧。”她说着就走了。

不久她又回来了。

“没关系，”她失望地说，“这里写着：‘在圣安布罗斯岛附近发生了轻微的地震，经度多少、纬度多少，等等。’总之，就是在智利附近。烤牛肉岛是埃斯佩兰齐亚岛的另一个名字。”

“埃斯佩兰齐亚岛在哪里？”我问道。

“我不知道。”她高兴地说道。

她坐下来拿起报纸，说道：“最近似乎一切都很平静。”

“我没注意。如果你想做些事情的话，我可以陪着你。”

我回答道。

沉默了几分钟后，她说："温特斯上尉昨天打来电话。你知道已经两个多月没有火球的任何消息了吗？"

这是一个普通的早晨。我把笔放进笔筒，然后拿出一支香烟。

"我不知道，但这并不奇怪，它们现在已经很少见了。他说什么了吗？"

"哦，不。他只是稍微提了一下。"

"我想按照博克尔的观点，殖民化的第一阶段已经完成：拓荒者已经站稳了脚跟，新拓居地现在只能靠它们自己努力去求生存了。"

"终会灭亡。"菲丽斯说。

我对她说："任何碰巧无意中听到你这位聪明的EBC专题节目作者在家里喊喊喳喳所说的话的人，都可能会敲诈我们好几年。"

她没有回应我说的话。

"我一直在想马拉比说的话，"她说，"我不明白为什么人们就不能下定决心让那些东西就待在那里。我的意思是，如果世界上有一个地方对我们人类毫无用处，人类甚至都无法到达，而这个地方恰好适合某些生物，那为什么不把这个地方留给它们呢？"

"这种说法很合理——至少表面上是这样，"我表示赞同，"但马拉比的观点是，这是一个本能的问题，而不是理性的问题，我也同意这一点。自我保护的本能与外星智慧的概念正好相反——而且并非没有充分的理由。除了纯粹的抽象概念，很难想象会有一种智能生物不会为了自身的优化而改变环境。但是，如果让两种不同类型的生物所持的优化观点完全相同，这是非常不可能的。因此，不太可能提出这样一种假设，即鉴于两个智能物种在同一个星球上有不同的需求，一个物种迟早会灭绝另一个物种。”

菲丽斯想了想。

“这听起来很冷酷，像达尔文学说，迈克。”她说道。

“‘冷酷’不是一个客观的词，亲爱的。事情通常就是这样的。如果一个物种生活在咸水里，而另一个物种生活在淡水里，随着时间的推移，你会不可避免地遇到这样一种情况：为了各自种族的利益，一个物种要淡化海水，而另一个物种则要竭尽全力向湖泊和河流里加盐。在我看来，这似乎是必然的，除非需求是相同的——如果需求是相同的，那么它们就不会是不同的物种了。”

“你是说，你赞成继续发射原子弹之类的东西？”菲丽斯问道。

“亲爱的，如果我说，作为一个过程，夏天之后一定是秋天，这并不意味着我就会去找一架梯子把树上的树叶都摘下来。”

“我不明白你为什么要这么做。”

“我不赞成那样做。”

“你是说，你不赞成发射原子弹？你刚才说话的样子，我还以为……”

“听着，让我们暂时先把原子弹放下——不，该死，我是说，我们不要把原子弹扯进来。问题是，一旦我们的智能得到了发展，就不会满足于我们发现的这个世界；那么，海底的这些生物可能会对这个世界感到满意吗？我们掌握的证据表明它们不满意——例如，它们不喜欢被我们轰炸。那么，真正的问题是，为了双方都方便而改变这个世界的努力，从什么时候起变成了这种剑拔弩张的局面？”

“好吧，既然你问了我，我应该说你已经回答了你自己的问题：事情发生在我们用第一颗原子弹轰炸它们的时候。这正是我所抱怨的。”

“没什么可抱怨的，亲爱的，不管怎样，已经太迟了。即使我们以前没有这样做，那时我们一定已经在它们的环境改善名单上名列前茅了。它们采取防守的速度有某种不祥之兆——好像它们早就预料到会有这样的事情发生，并做好了准备似的。真正有待观察的是，现在将我们分开的自然障碍是否会打败它们的能力——就像它们几乎打败了我们的能力一样——如果无法战胜它们，那么当它们到来时，我们该如何去应对呢？”

“那么，总的来说，你赞成投炸弹吗？”菲丽斯问道。

“看在上帝的分上！让我们把这件事搞清楚。亲爱的，我和皇家海军都不赞成投掷原子弹：我们认为原子弹会污染大面积的水域，造成严重的后果。但我希望皇家海军同时做好战斗准备，在必要和有效的时候，拿起武器对付这一片麻烦之海。在这一点上，我肯定其他人也会与我们联手；而武器的选择主要取决于需要的时间、地点和性质。”

菲丽斯左手支着头坐在那里，心不在焉地盯着报纸。

“你说‘不可避免’，你真的这么认为吗？”过了一会儿，她问道。

“是的。即使博克尔的观点只有一部分是正确的。我们和它们不能同时在同一个地球上生存。”

“你觉得什么时候合适？”

我耸耸肩，说道：“你想想双方都必须克服种种困难，才能有效地对付另一方。看起来似乎需要花很长时间才能达到目的——可能是一两代人，或者一两个世纪。除了胡乱猜测，我看不出还能指望谁告诉我们确切的时间。”

菲丽斯拿起一支铅笔，出神地看着这支笔在她的手指间旋转。过了一会儿，她一动不动地坐在那里，呆呆地凝望着前方。我了解她的这种状态，不想被打扰。过了一会儿，她说：

“那会是怎样的呢？从狂风巨浪的声音开始。也许是一艘救生艇熄火了，人们说话的声音被淹没了。然后，除了风和海浪这些自然的声音外，所有的声音都消失了。你将如何设计沉入水下的效果呢？保持水声，减弱风声？然后让水的声音逐渐减慢节奏。有个声音在计数：‘三英寻——四英寻——五英寻——下降——下降——下降——’现在只有一股缓慢、变幻的汹涌水流表明水在流动。当声音变弱时，你开始听到鱼的唧唧声，接下来是嘎嘎声，然后是其他声音，直到一片混乱的鱼群出现，一切又重归到最后鱼群的唧唧声。我不确定这种声音是不是告知英寻的声音，还是神秘的沉默会更有效——但接下来是低沉的咕哝声、咆哮声和重击声。那声音在吟诵着利维坦和深海的怪物，不时地重复着‘下降——下降——下降——’偶尔会传来难以描述的声音，直到完全沉寂，有个声音传来：

“‘深海海底！地球的最深处！那里一片黑暗；那里一直是黑暗的；那里将永远是黑暗的，直到海水干涸，干旱的地球旋转着，永无止境，生命是一个早已被讲述和结束的故事。

“‘可是现在，那是遥远的未来，遥远到最终灼热的太阳会把我们头顶上五英里的水蒸发掉。那里一片黑暗。

“‘这里像冰川一样寒冷；而且寂静……无声……它已经沉寂了几千年了……

“‘我们从遥远的世界带来了光源，我们将它打开。展现在我们面前的是宽阔的地面，两侧是巨大的岩石峭壁。但这不是一个坚硬的地面。如果我们试图踩上去，我们就会陷进好几英尺深的淤泥中，淤泥还没有坚实到可以支撑起我们。

“‘在灯光的照射下，我们可以看到无数的微粒不断下降，形成了一个巨大的软泥床。

“‘这是一个诡异的地方，一个可怕的地方，一个死亡之地；除了悬崖的垂直峭壁、海底的淤泥、岩石，所有的一切都随着数不清的数百万微小生物的遗骸漂流到大海深处。你会说，这里什么都没有，绝对没有什么生物能在这里生存。这是生命无法企及的地方：是最深处的深渊。

“‘但是——’然后写一些在不可能的地点找到生命迹象的东西，得出结论：‘世界上最神秘的子宫不是一块贫瘠的土地吗？’呃，诸如此类的话。只字不提博克尔的理论：‘一种新的生命形式——不仅是生命形式，而且是智能生命形式——即将从大海的深处，从泥泞中出现，奋力穿过数英里的海水到达阳光下，也许是为了挑战人类自身的至高无上地位？数百万年前，我们的祖先从海洋爬到陆地上——’然后点缀一些支持这种可能性的片段。接下来你可以写一篇有关必然产生敌意的文章，我可以提出这样的观点，如果两种形式的智能生物是互补的，也许能够解决它们之间的所有宇宙之谜。按照这样的思路研究下去会怎样？”

我想了想，说道：“好吧，坦率地说，亲爱的，我不太明白全部的形式和结论。”

“我把它只是看作一个‘去向……’的问题，只不过以问题的形式结束，显得不太学术。”

“好吧。如果我可以这么说的话，那个声音似乎还没有完全确定自己是一个华丽的卫道士，还是一个象征性的向导。但我想我明白你急迫的心情，一种新的生命从一种类似超级凯尔特暮光的神秘中浮现出来。”

“好吧，我根本不应该这样表达——我想大概就是这样吧。”

“嗯，菲儿[①]，你会在那里找到大把资料的。因为，老实说，我认为不能把这玩意儿想得太浪漫。等到我们找到更多的事实，可以尝试拍些纪录片。你知道，纪录片永远是你的真命天子。”

她想了想，说道：“你可能是对的，迈克。但我想先从这个角度切入，因此，我希望我们很快就能得到更多的可供报道用的依据。”

“反之，我更希望我们永远不要拥有这些依据。如果我听到下面的东西自己淹死了，我会很高兴，但同时我也会失望的。”

我认为我是如此。然而，没有人真正为第二天的新闻做好了准备。

---

① 菲丽斯的昵称。

第二阶段

那天早晨我们很早就出发了。整装待发的汽车在外面停了一整夜，我和菲丽斯打算在英格兰南部道路拥挤之前尽量多赶些路，五点刚过我们就启程了。从这里到菲丽斯的小屋有二百六十八点八英里（此时不是二百六十八点七，也不是二百六十八点九英里）的路程，这幢房子是菲丽斯用海伦姨妈留给她的一小笔遗产购买的。

我很希望在距离伦敦五十英里左右的地方建一座小房子，但是要用现在属于菲丽斯的钱纪念她的姨妈，所以我们成了康沃尔州康斯坦丁河畔彭林玫瑰小屋的主人，电话号码是：纳瓦斯甘 333。这是一座灰色的石头房子，有五个房间，坐落在一个向东南倾斜的长满石南的山坡上，几乎没有屋檐的屋顶以真正的康沃尔风格紧紧地夹在上面。

在房子的正前方能看见赫尔福德河的对岸，我们甚至能一路望见那条蜥蜴谷。夜晚来临时，我们可以看到灯塔上闪烁的灯光。左边是福茅斯湾对岸的风景，如果我们向前走一百码，就会来到一处山坡的背风处，这座山坡能够抵御西南大风对玫瑰小屋影响，在这里我们可以看到对面的芒特湾、锡利群岛和更远处开阔的大西洋。玫瑰小屋距离法尔茅斯七英里；距离赫尔斯顿九英里；海拔三百三十二英尺；当你真的到了那儿，你才会觉得跑了这二百六十八点八（或点九）英里的路还是值得的。

我们以迁徙的方式使用这幢房子。当手头上有足够的任务和想法需要忙上一段时间时，我们就会回到那里，拿起笔，敲着打字机，在舒适、不让人分心的隐居环境里待上几个星期。然后我们会回到伦敦住一段，推销稿子，疏通关系，寻找任务，直到我们感到有必要再去那里完成一堆工作——或者，也许，我们干脆给自己放个假。

那天早上，我心情很好。直到八点半，我才把拥在怀里的菲丽斯唤醒："亲爱的，该吃早餐了。"我让她在我去拿报纸的时候，努力清醒过来，明明白白地吃早餐。等我回来的时候，她表现得很好，已经开始在吃麦片了。我把她的报纸递给她，然后开始翻阅我自己的报纸。两篇报纸的头条都是关于一起航运灾难。当看到失事船只是日本船只时，就应该表明其他地方平安无事。

我扫了一眼这艘船图片下面的"报道"。从充满人情味的描述中，我提炼出了这样一件事实：从长崎开往摩鹿加群岛的安波那的日本客轮八代号沉没了。船上载有七百多人，只找到五名幸存者。

现在，我和我的大多数同胞一样，虽然没有根据，但我有这样一种感觉：在西方，我们是在建设；而在东方，他们是在设计。因此，东方的桥梁坍塌、火车脱轨，或者就像现在的情况，轮船沉没的新闻，从来没有像西方的新闻那样引起新鲜感，因此人们的关注也就不那么强烈了。我不为这种现象辩护；我认为这件事应受到谴责。然而，事实确实如此，我带着悲剧感翻过了这一页，这在某种程度上是不足为奇的。然而，还没等我平静下来，菲丽斯的惊呼声打断了我。我朝对面看去。她的报纸上没有刊登那艘船的照片，而是印了一张该地区的小示意图，她此刻正在专心研究标有“X”的地点。

“这是什么？”我问。

她把手指放在地图上。“我记得，十字都是由有良知的人制作的，”她说，“这次沉船事件不是就发生在我们的老朋友棉兰老海沟附近吗？”

我看着地图，试着回忆那里海底的形状。

“是不远。”我表示同意。

我继续看下去，更加仔细地读着那篇报道。“女人尖叫着，当……”“穿着睡衣的女人从船舱里跑出来”“女人惊恐地睁大眼睛，紧紧抱着她们的孩子……”“当死亡无声地袭击了沉睡的客轮”，“女人”这个，“女人”那个。我们把描写女人的话和伦敦办事处的一系列表达海上麻烦的短语放到一边，一个赤裸裸政府部门信息的骨架就暴露出来——如此毫无掩饰，以致有那么一瞬间我很奇怪，为什么两家报纸决定大肆宣传此事却仅仅给出几英寸的版面。然后我察觉到了隐藏在所有虚情假意下的谜一样的报道。那就是八代号在毫无预兆的情况下，不知什么原因，突然像块石头一样沉了下去了。

后来我拿到了这条消息的稿件，我发现它的直白比这种穿着“睡衣”到处乱跑的描述更令人震惊和恐慌。他们也没有时间去描写那些事情，在给出时间、地点等细节之后。这条消息只简短地总结道：“天气不错，没有碰撞，没有爆炸，原因不明。警报响起后不到一分钟客轮就沉没了。船主说‘不可能’。”

所以那天晚上几乎没有传出尖叫声。那些不幸的日本女人——和男人——醒来后，也许，有一点纳闷，昏昏沉沉，然后他们就呛水了：没有尖叫声，只有一些泡泡。他们在一万九千吨的钢铁棺材里，一点点地下沉，下沉。

我读完这篇报道抬起头来。菲丽斯双手托着下巴，隔着早餐桌看着我。我们俩一时都没说话。然后她说：

“这里说‘——在太平洋最深处之一。’你认为这事会是他们干的吗？迈克——这么快？”

我犹豫了一下，然后说：“这很难说。这里很多东西显然是合成的，如果只有一分钟……不，我暂时不做判断，菲儿。我们明天去看《泰晤士报》，看看到底发生了什么，如果有人知道的话。”

我们继续开着车，在繁忙的路上耽搁了不少时间。我们在达特穆尔一家普通的小旅馆停下来吃了顿午饭，终于在傍晚时分到达了玫瑰小屋，这次我们开车走了二百六十八点七英里。我俩又困又饿，但我还记得打电话给伦敦，要求他们给我发送一些有关沉船的剪报，对于来自一幢灰色康沃尔小屋的担忧来说，似乎在世界另一端八代号的命运和泰坦尼克号的失事一样的遥远。

第二天，《泰晤士报》以谨慎的态度注意到了这一事件，给人的印象是，该报的工作人员守口如瓶，不愿以任何方式误导读者。然而，第二天下午到达的第一批剪报却并非如此。我们把那叠东西放在我们中间，然后从里面抽出来阅读。事实显然还是少得可怜，却有许多评论。我读了第一条：

“周一晚上，在菲律宾南部岛屿附近，一艘名为八代号的日本客轮遭遇厄运，除了五名幸存者外，包括妇女和儿童在内的六百九十五名乘客全部死亡。这艘日本客轮的命运仍然是个谜。至今仍未破解的‘玛丽·塞莱斯特号之谜’提出了更多令人费解的问题……”

下一条：

“八代号的命运似乎很有可能在海洋的一长串未解之谜中占有一席之地。自从玛丽·塞莱斯特号被发现和……一起随船漂流以来，还没有发生过这么离奇的事呢。”

下一条：

“五名日本水手是八代号灾难的唯一幸存者，他们的说法只会加深围绕这艘船命运的谜团。她为什么会沉没？为什么沉没速度那么快？这些问题永远不会有答案，就像玛丽·塞莱斯特号之谜永远不会有答案一样……”

下一条：

“即使在现代的无线电时代，海洋仍然能制造出击败我们的神秘事物。八代号客轮的失踪，像航海史册上的任何谜团一样令人困惑，而且看来似乎最令人满意的解释莫过于著名的玛丽·塞莱斯特号引起的问题。”

我正准备看下一条。

菲丽斯打断了我，她眉头微皱，看着手上的剪报读着：“‘八代号的不幸失事，在公海尚未解决的问题中名列前茅。从某种意义上说，它只比著名的玛丽·塞莱斯特号提出的那些仍然没有答案的问题少了一点困惑……’”

“是的，亲爱的。”我表示赞同。

“而前一位说：‘一个比围绕着著名的玛丽·塞莱斯特号的谜团更深的谜团掩盖了失踪的八代号的命运……’玛丽·塞莱斯特号谜团的全部意义不就是她没有沉没吗？”

“差不多吧——是的，亲爱的。”

“那么，这能说明什么呢？”

“这就是所谓的‘角度’问题，亲爱的。直白地说，就是没有人知道八代号沉没的原因。因此她被列为海洋之谜。这使她与海洋中的其他神秘事物有着天然的亲和力，而玛丽·塞莱斯特号海难是唯一能让人想起的特定的海洋之谜。换句话说，他们完全被难住了。”

“那么剩下的就不值得看了？”

“没多少值得看的。但我们最好还是看看吧。我想知道是否有人在猜测——如果没有，为什么没有？我们不可能是唯一依据事实推理的人。所以我们要继续留意一下这些猜测。”

她点了点头，于是我们继续翻阅那堆文件了，我们对玛丽·塞莱斯特号的了解比对八代号的了解要多。菲丽斯找到一条评论，对这一发现她发出“哈”的一声。

“这条不一样，”她说，“听着！‘日本船只八代号沉没背后的全部故事，不太可能被披露。这艘豪华邮轮在日本建造，装饰和家具都很奢华，资金主要来自华尔街，当时日本工人不受控制的工资水平和不断上涨的生活成本之间的差距……’哦，我明白了。”

“那他们的工作目的是什么呢？”我问。

菲丽斯浏览着剩下的剪报，说道：“我认为他们没有什么目的。这只是一种全面的暗示，即这家公司被资本毒害得太厉害，无法维持运营。”

“唉，也就只有这样解释了，”我说，“他们都被打了一种‘孩子优先’的强心剂。而不完全出乎意料的是，在上次的全球恐慌中，广告商大肆炒作。但是他们会比上次玛丽·塞莱斯特号那样偷偷摸摸的做得更好；你不能就只是宣称这一件神秘海洋事件，然后一直去屏蔽所有的理论。另一方面，越来越多明智的周刊没有特别敏感的广告商。不知怎么的，我不觉得《论坛报》或者……”

菲丽斯打断了我：

“迈克，你要知道这不是个游戏。毕竟，一艘大客轮就这样沉下去了，七百个可怜的人溺水身亡了。这是一件很可怕的事情。我昨晚做梦还梦到我被那些涌进小客舱的水给呛到了。”

“昨天……”我刚要说又停住了。我其实想说昨天菲丽斯朝一个缝隙里倒了一壶开水，就为了杀死七百多只蚂蚁，但我想还是算了吧。“昨天，”我改口说道，“很多人在交通事故中丧生，今天也会有很多。”

“我看不出这跟沉船有什么关系。”她说。

她说对了，我话题转换得不太好——但是，那时也不是假设一种威胁存在的恰当时机，我们对这种威胁的看法可能与我们对蚂蚁的看法不同。

“作为一个种族，”我说，“我们人类习以为常地认为，正确的死亡方式是在一个成熟的年龄死在床上。这是一种错觉。所有生物的正常结局都是突然出现的。那个……”

但那时候我其实也不该说这些的。她走了出去，迈着短小、轻快、急促的步子。我很抱歉。我也很担心，但我有我的想法。

* * *

显然不止我一个人认为必须提供解决方案。第二天，几乎每家报纸都对此进行了解释，周五的周刊对此进行了详细阐述。可以压缩成四个字——金属疲劳。

日本实验室最近开发的某些新合金，似乎首次大规模地运用于八代号的建造。冶金专家承认，如果船上的发动机产生某一临界周期性的振动，这些合金中的某些或某一种可能会产生疲劳，从而变得易碎，这并非不可能。受影响的一个构件的断裂会给其他构件带来突然的压强，在这些构件被削弱的状态下，它们可能无法承受这种突如其来的压强。因此，脆弱的构件的崩溃可能是迅速连续的，会造成船身整体的迅速解体。或者，你也可以说整条船马上就会四分五裂。

目前还不能肯定这是造成这场灾难的唯一原因，因为目前的情况不允许对船体结构进行详细检查。这次事故仍然发生在五到六英里处的大海深处。

然而，已经决定，在对拟用于八代号建造的合金的晶体结构进行详尽的测试之前，暂停对目前正在建造的八代号的姊妹船的所有工作。

"啊！科学的耀眼光芒。"我在不同的报纸上读了几个相近的版本后说，"这对那个造船厂有点苛刻，也许对同类事物也没有什么安慰作用，但不管怎样，这是件很不错的事儿。让我们所有人都安心了。注意好的方面是：不是一般的金属疲劳，甚至也不是焊接疲劳。这可能会使人们对焊接船产生普遍的警觉；不必如此，这只是一艘日本船上使用的一两种不明合金的疲劳。其他船舶不太可能遭受这种暂时的问题：海上航行的人们不必担心其他船只也会染上这种'疟疾'，船舶瞬间四分五裂。那大海呢？与此无关。大海一如既往地安全。”

“但这是有可能发生的，不是吗？”菲丽斯说。

“这就是它的妙处。它必须是某种可能的东西——尽管这事只是刚刚发生。我想他们很有可能侥幸逃脱。普通公众都会接受这一点，无论如何，技术人员不会通过公开质疑来获得好处。”

“我愿意相信，”菲丽斯说，“如果我没有把自己交给一个愤世嫉俗的人，我想我甚至可能——当然，如果事情没有恰好发生在它该发生的地方。”

我陷入了沉思。

“我想，”我说，“为了保持信心，海运保险费率目前应该是钉住的，但我们应该密切关注航运股的价格。”

菲丽斯起身走到窗边。从她所站的地方，可以看到蓝色的海水一直延伸到地平线。

“迈克，”她说，“昨天的事我很抱歉。那艘船就这样沉没了——这件事突然让我懵住了。到目前为止，一直让人捉摸不定，成了不解之谜。与可怜的怀斯曼和特兰特一起失踪的测深仪，以及失踪的海军舰艇，都太糟糕了。可是这一次——嗯，似乎突然把它归入了另一类——一艘大客轮，上面满载着普通的、毫无恶意的男人、女人以及安详睡着的孩子，在半夜几秒钟内消失得无影无踪！这是完全不同的一类东西。你明白我的意思吗？海军总是冒险做事——但客轮上的人和它们做的事情毫无关系。这让我觉得下面的那些东西是一个我几乎不相信的待证假说，现在，它们突然变得非常真实。我不喜欢，迈克。不知道为什么，我突然开始感到很害怕。”

我走过去，抱住她。

“我明白你的意思，”我说，“我认为这是其中的一部分——不要因此而产生失望的情绪。”

她转过头来。“是什么的一部分？”她不解地问。

“我们正在经历的过程的一部分——本能反应。我们无法容忍与外星智能生物共存的想法，一定对这种想法憎恨和恐惧。但我们又无法控制该想法。即便我们自己的同类在醉酒和疯狂中有点越轨逾矩时，也会让我们担心他们会失去理智。”

“你的意思是，如果我知道这件事是中国人或其他人干的，我就不会有同样的感觉了？”

“你认为你会吗？”

“我、我不确定。”

“好吧，我自己会怒不可遏的。此人手段卑劣险毒，我至少能隐约知道这个人是谁、是怎么做的、为什么要这样做，让我好好想想。如果你真要让我描述出来的话，事实上，我对这个人只有最模糊的印象，至于他是怎么做的，我丝毫不清楚，而对于他做这件事的原因，我也只是一种感觉，但这种感觉使我不寒而栗。”

她握住我的手。

“我很高兴知道这一点，迈克。昨天我还觉得很寂寞呢。”

“我的保护色并不是要欺骗你，亲爱的。是自欺欺人吧。”

她沉思着。

“我必须记住这一点。”她意味深长地说道，我不确定自己是否能完全理解她的神情。

* * *

我们在玫瑰小屋里制作一种树莓食物，来的客人几乎都是半夜才到，他们一高估了他们驾车行驶的平均速度，二在路上吃晚饭的时间比他们预期的要长，三在最后几英里的行程中，对培根和鸡蛋产生了一种冲动。

哈罗德和图妮也不例外。星期六凌晨两点十分，我听到他们的车停了下来。我走到月光下，发现哈罗德正在从后备箱里拿东西，而原来没有来过的图妮带着怀疑的表情环顾四周，当她认出我时，表情变得明朗起来。

“哦，真的是这个地方，”她说道，“我只是告诉哈罗德这不可能是因为……”

“对不起，”我抱歉地说道，“我们真得种一些玫瑰。每个人都期待我们这样做——除了本地人。”

“我已经解释过了，”哈罗德说，“但她不接受。”

“你不是一直在说康沃尔玫瑰并不是玫瑰吗？”

“是的，”我告诉她，“那是‘石南’。”

“好吧，那我不明白你为什么不叫它石南小屋，这样更清楚些。”

“我们进去吧。”我提议，随手拎起一个箱子。

我总是想知道朋友们择偶的原因，这样做是没什么好处的，但这种想法经常出现。某个人本可以为他们做得更好的。例如，我能想到三个女孩，她们会以不同的方式对哈罗德好；一个可以帮助他，另一个会照顾他，第三个会逗他开心。的确，她们都没有图妮那么会打扮，但这不是……嗯，这有点像你住的房间和理想家居展上的房间的区别。然而，正如菲丽斯所说，一个以佩妮[①]这样的名字获得成功的女孩至少应该拥有一些她父母没有的东西。

培根和鸡蛋端了上来。图妮很喜欢这些盘子，它们是我们在米兰买的一套盘子的一部分，不久她和菲丽斯走开了。过了一会儿，我问哈罗德金属疲劳理论进展如何。他在一家大型工程公司担任公关工作，所以他很可能知道。

他看了看我，又瞥了一眼还在聊瓷器的图妮。他简短地说：“这种话题会让我们的女人们扫兴的。”然后他转而告诉我，他的车在下山的路上有一些轻微的噪声。

别人车内难以追踪的噪声往往会令人厌烦：这种噪声很神秘，我建议我们把它归结为金属疲劳，至少要等到明天早上再说。坐在桌子对面的图妮听到了这个短语。她发出一声——嗯，以前有一个词叫“朗朗的笑声”，现在用这个词形容她的笑声再合适不过了。

“金属疲劳！”她重复了一遍，又大声笑起来。

---

① 图妮是佩妮的昵称。

哈罗德急忙说："亲爱的，我们在谈论那辆车发出的奇怪的噪声。"图妮没有理会他。

"金属疲劳！"她重复了一遍。

既然"金属疲劳"这个词本质上没有什么滑稽之处，我们认为她的笑声还是值得探究的。我们没有作出回应，并非有意不友好，只不过是反其道而行罢了；再说，当时已经是凌晨两点五十分了。哈罗德把椅子向后推了推。

"跑了这么远的路，"他说，"我想……"但图妮不会就此善罢甘休。

"噢，亲爱的，"她说，"你们不会是在说这里的人真的相信那些关于金属疲劳的说法吧？"

我看到菲丽斯惊讶的目光。我自己也有点吃惊。早些时候，我一直在说，这件事情做得很好，公众会相信的，因为他们更愿意相信这种说法。现在图妮几乎一下子把我弄糊涂了。我瞥了一眼哈罗德，他正在端详着他面前的盘子。我断定，他不会是那个启发了图妮的人。她必定属于这样一类女人，从站在教堂门口的那一刻起，她们就相信既然让她得逞了，那这个男人一定是个精神软弱的人，他提出的任何观点也都会得到相应的对待。

"为什么不呢？"菲丽斯问道，"金属疲劳的概念并不是什么新鲜事。"

"当然不是，"图妮赞同道，"他们的聪明之处在于他们把这件事说出来。我是说，这是很多非常明智的人都会信以为真的说法，"她友好地补充道，"当然，在本例中，一切都是假的。”

我正要说话，菲丽斯向我使了一个眼色，这是她要露一手时我时常看到的表情。

“但这实际上是官方的说法。报纸上都刊登过。”她说。

“哦，亲爱的，你肯定不再相信官方的声明了。”图妮宽容地说，“当然，他们必须做出某种声明，或者对此做些什么。因为只有一艘日本轮船，所以情况有所不同。但这几乎是慕尼黑事件的重演。”

“噢，算了吧，我没想那么长远。”菲丽斯温和地劝诫着说，而我还在想我们究竟是怎么谈到慕尼黑的。

“差不多了，”图妮告诉她，“如果他们能做一次，并把整个事情解释清楚，他们就会被鼓励再做一次，然后继续做下去。唯一正确的处理方法是采取坚定的立场。姑息和逃避是没有用的。几个月以前，我们就应该戳穿他们的虚张声势。”

“虚张声势？”菲丽斯扬了扬眉毛重复道。

“所有这些关于海洋的东西，还有那些气球，还有所有关于火星人的愚蠢的东西，等等。”

“火星人？”菲丽斯不解地问道。

“嗯，海王星——都是一样的东西。博克尔那家伙散布的胡说八道的东西，我就不明白为什么早不把他抓起来。我碰巧从一个以前认识他的人那里知道他刚上大学时就加入了一个政党，当然从那以后他就一直在为这个政党工作。我的意思不是说，博克尔没有杜撰这件事。不，整件事都是在莫斯科想出来的，他们只是利用他的影响力来传播这件事。他做得非常好——那个关于海里的东西的故事风靡全世界，很多人都或多或少地相信这件事，当然，他现在已经完蛋了。这对莫斯科来说无关紧要，但这件事已经对人们产生了影响。你知道，只是想让他先打个基础而已。”

我们开始明白了。

“但俄国人试图推翻这个想法，”我指出说，“他们当时说，这只是战争贩子用来掩盖准备发动战争的烟幕。”

“这一点很明显。他们的惯用伎俩就是恶人先告状。”图妮说道。

“你的意思是整个事情从一开始就由他们自己策划的？”菲丽斯问。

“当然，”图妮对她说道，“很久以前，他们第一次尝试飞碟，但没有成功。因为大多数人不相信他们所说的，也没有人真的害怕，所以这次他们改进了。他们先派出红气球来迷惑人们。后来，博克尔帮助传播了有关海底的所有事情，为了使这件事更有说服力，他们切断了电缆，甚至击沉了几艘船……”

“呃——用什么击沉的？”我问道。

“当然是用他们的新型小型潜艇；和他们在这艘日本船上使用的一样。现在他们只能继续沉船，因为一旦人们看穿了金属疲劳的阴谋，他们就会说这是波克人在海上干的事。只要人们相信这一点，报复行动就不会得到民众的支持。”

“所以提出金属疲劳的想法只是为了让人们闭嘴?”菲丽斯问道。

“没错,”图妮同意道,“政府不想承认是俄国人干的,因为那样会有人要求他们采取行动,他们承受不起红色势力的影响。但如果他们正式假装认为这是博克尔的事情,那么他们也必须假装他们正在为此做些什么,当一切都突然爆发之后,让他们看起来很傻。所以这是他们的出路,因为它只是一艘日本船,暂时没有关系。但这不会持续太久。我们不能让俄国人在这种事情上逍遥法外。人们开始要求采取强硬路线,不再采取绥靖政策。”

“人们?”我插嘴道。

“肯辛顿和其他一些地方的人。”图妮解释说。

菲丽斯收拾盘子时显得若有所思。

“一个人在这样一个小地方变得如此与世隔绝,真是令人震惊。”她带着略带歉意的神情说道,简直就像她在玫瑰小屋被关了好几年似的。

哈罗德呛了一下,咳嗽起来。然后他打了个大大的哈欠。

“这里的空气比我平时呼吸的新鲜多了。”他边说,边帮着把盘子端出去,想尽快结束派对。

整个周末,我们对俄国的意图有了更多了解,尽管他们击沉一艘无辜的客轮的原因从来都不清楚。周日的报纸刊登了关于金属疲劳的各种文章,而图妮带着行家的微笑读着这些文章度过了愉快的一天。

无论在肯辛顿和其他小镇里的人们有什么看法，很明显，官方的理论在康沃尔很受欢迎。彭林的公共酒吧有自己的金属晶体结构专家，讲了几个关于矿山机械神秘坍塌的故事，原因可能只是长时间振动导致的脆性。他说，早在科学家们发现这一点之前，所有的老矿工都本能地知道这一点。而且，既然海上的事情是所有康沃尔人都长期关心的事情，所以，对于某些自由号的行为，大家都很有见识地摇了摇头。

当我们离开那里走回小屋时，哈罗德看上去有点担心。

“看得出接下来我要忙得很，”他闷闷不乐地说，“他们要花几个月的时间写文章去证明我们的产品不可能出现金属疲劳。”

“怎么回事？他们要使用你们的产品吗？”我问道。

“是的，但我们所有的竞争对手都会说他们的产品不会受到影响，所以如果我们不这样做，情况会很糟糕。我得申请额外的拨款，”他抱怨道，“要是这艘该死的船变成了乌龟就好了，谁也不会觉得奇怪，因为看到它的国籍，就没有必要这么做了。”

“更重要的是，”他补充道，“这么微不足道的成果会带来如此多的麻烦。可能有数百万人会欣然接受，但是在重要的地方，他们不会说得很清楚。这在多大程度上要归功于图妮的朋友们，他们有着一贯的全球政治解决方案，还有多少是由于其他原因，我不知道，但事实是取消海上旅行的人数已经远远超过平均水平，而增加的飞机航班预订数量与之持平。还有，你有没有注意到船运股份？”

我说我关注过。

“嗯，不太好。不会是图妮的朋友在兜售船运股票吧？报告指出，许多人对金属疲劳或红色威胁的解释并不满意。”

“嗯，你满意吗？”我问。

“我当然不满意，但问题不在这里。我不是能对航运股票价格产生影响的那种人。而那些有影响力的家伙：如果他们引起恐慌，人们就会开始取消订单，贸易就会陷入停滞。海底到底有没有东西无关紧要。重要的是，如果人们回过头来认为海底真有东西存在——如果他们这样做了，我们将面临比上次更严重的贸易衰退。”他停顿了一下，然后补充道，“你们这些人也帮不上什么忙。”

我对他说：“我们最近对世界贸易的危害并不大。我们一直没有机会。我不是说我们没有现成的稿子来对抗真理比世界贸易更重要的那一天，但在过去几个月里，任何一家电台都没有传出关于这些事情的一个字；因为赞助商不喜欢——”

“这对他们有好处。”哈罗德打断了我的话。

“就像在第二次世界大战即将爆发时，广告商喜欢提到希特勒一样。”我总结道。

“这暗示着什么？”哈罗德问道。

“嗯，大概是这样的，如果你碰巧在航运方面投了资，我应该把钱取出来，投在飞机上。”

哈罗德不以为然地哼了一声。

“我知道你和菲儿一直专注于这件事，并一直在关注着。你所知道的东西似乎说服了你自己——但你有什么解决办法吗？”

我摇了摇头。

“好吧，那么，你认为简单地在电台喊喊‘悲哀！不幸！’对大家有什么好处？在第一次原子弹爆炸后的恐慌中，很多人都很担心，贸易中断，每个人都白白遭受了损失。然后又下了很多功夫才让他们都平静下来。如果其中有什么教训的话，那就让他们在不得不担心的时候担心吧，不过在那之前让他们安静下来。”

“如果……”我重复道，“你认为那艘船是怎么沉没的，哈罗德？把头埋在沙子里什么时候会带来好处？”

“我的脖子伸出来会更危险。”哈罗德颇为得意地说。

后来我把这次谈话的要点告诉菲丽斯时，我发现她也同意哈罗德的观点。

她说：“如果我们能找到一个可行的办法来应对这些问题，那就值得我们去争取，但我们还没有。我的一生都被一些我不愿过多了解的事情包围着，所以我逐渐感觉到，毫无目的地暴露真相确实是一种肆无忌惮的做法。这——嗯，那很好，不是吗？我把笔记本放哪儿了？”

图妮和哈罗德离开后，我们继续干活。菲丽斯去寻找一些关于丰特希尔的贝克福德还没有被提及的东西。我去写一篇文学性较低的有关王室恋情的系列报道，暂时命名为《国王之心》，或者《戴着王冠的丘比特》。

接下来的一个月，我们过得很愉快。外面的世界很少打扰我们。菲丽斯完成了贝克福德的稿子和另外两篇稿子，又开始着手写那本似乎永远也写不完的小说。我稳步地进行着使皇室的爱情生活免受任何政治污染的工作，并在其间写了一两篇文章，以澄清一些问题。

当我们觉得美好的日子不能浪费的时候，我们就去海边沐浴，或者租一艘帆船。报纸都忘了八代号。当地人用金属疲劳这个词来掩饰各种不幸，而瓷器疲劳和玻璃疲劳这两个词正成为一种流行的说法；深海以及人们所有关于它的猜测似乎都遥不可及。

在一个星期三的晚上，九点钟的公告宣布安妮女王号船只在海上失踪了……

报道非常简短。只陈述了事实。接下来播音员说道：

“目前还没有任何详细资料，但人们担心失踪人员可能会更多。”沉默了十五秒钟后，播音员的声音继续说道，“跨大西洋记录保持者的安妮女王号，是一艘排水量为九万吨的船只。人们建造她……”

我伸手关掉了收音机。我们坐在那里，面面相觑。菲丽斯眼里噙满了泪水。她用舌尖舔了舔嘴唇。

“安妮女王号！哦，天哪！”她说。

她找了一块手帕。

“噢，迈克。那艘可爱的船。”

我走过去坐在她旁边，抱住她。

此刻，她眼里的那条船，是我们上次看到的那艘从南安普敦驶出，一个介于艺术品和生物之间的创造物，在阳光下闪闪发光、美丽动人，平静地驶向公海，后面颠簸着一群小拖船。以我对菲丽斯的了解足以让我意识到，几分钟后她就会想象自己在船上，在那华丽的餐厅用餐，或在舞厅跳舞，或在某个甲板上，看着这一切发生，感受人们在那里一定会感受到的感觉。我将她抱得更紧了。

我很庆幸，我的想象力比较平淡，且远离内心。

* * *

半小时后，电话响了。我接了电话，听到这个声音，我很吃惊。

“喂，弗雷迪。什么事？”我问道，因为通常晚上九点半，EBC 的谈话与专题总监是不会打电话给我的。

“太好了。我还怕你出去了。你听到消息了吗？”

“是的。”

“好吧，我们需要你就你们的深海威胁论写些什么，要快。半个小时长的稿子就行。”

“但是，你看，我被告知的最不能做的事情就是泄密……”

“一切都变了。这件事必须做，迈克。你的稿子不用说得太耸人听闻，但要有说服力。让他们真的相信下面有东西。”

“听我说，弗雷迪，如果这是在开玩笑……”

“不是玩笑。这是一项紧急任务。”

“很好，但是这一年多来，我一直被认为是一个无法摆脱疯狂理论的傻瓜。现在你突然打电话给我，大概是一个人在聚会上打赌的时候说……”

“见鬼，我又不是在参加派对。我在办公室里，可能要在这儿待一整夜。”

“你最好给我一个解释。”我对他说道。

“是这样，有传言说这一切都是俄国人干的。有人在新闻录下来的几分钟内就把它播放出去了。天知道，谁会想到他们以那种方式开始一件事情，但你知道当人们情绪激动的时候会是什么样子；他们会相信任何东西。我自己的猜测是，‘现在就摊牌’的思想流派，他们想抓住机会，这群该死的傻瓜。不管怎样，我们必须阻止此事。

“如果不是这样，可能会有足够的压力迫使政府下台，或者让政府发出最后通牒，或者别的什么。所以停下来吧，一切都会好起来的。这次金属疲劳没起作用，所以将用你的深海威胁论。明天的报纸都会刊登，海军愿意参与表演，我们有几大科学术语，BBC 和我们的下一个公告，会有强烈的暗示将这件事搅动起来。几家美国大型网络已经开始行动，一些晚间版新闻即将播出。所以，如果你想为阻止原子弹落下出一份力，那就赶紧行动吧。”

“好吧。半小时的专题节目。从什么角度切入？”

“这将是一个专题特辑。严肃，但不恐怖。不必太专业。聪明人都能看明白就可以。最重要的是，令人信服。

我建议这样说：这是一个比我们预期更严重、发展更快的威胁。这一打击让我们和在珍珠港的美国人一样措手不及，但科学家们已经动员起来给我们提供反击的手段，等等。谨慎而自信的乐观。好吗？”

“我会努力的，尽管我不知道这种乐观主义是建立在什么基础上的。”

“没关系，直接说出来就行了。你的主要工作是帮助他们把这件事当作一个事实来解决，这样就能阻止这种反俄的无稽之谈。一旦这一点确立下来，我们就能找到让它继续下去的方法。”

“你觉得你需要吗？”我问。

“你什么意思？”

“好吧，在八代号事件之后，现在在我看来，事情可能已经变得具有进攻性了，而且受害的不仅仅是这些人。”

“我不知道这件事。问题是，你能马上开始吗？当你完稿的时候，给我们打个电话，我们会为你准备好录音机。你会允许我们在必要时对报道稍加修改吧？BBC 肯定会有类似的报道。”

“好吧，弗雷迪。你会拿到这份稿件的。”我同意了，挂断了电话。

“亲爱的，”我说，“我们工作吧。”

“噢，今晚不行，迈克。我不能……”

“好吧，”我说，“这是我的工作。”我把弗雷迪·惠蒂尔刚刚告诉我的情况告诉了她。“看起来，”我继续说，“最好的办法似乎是先确定论点、文体和方法，然后把旧稿子里适合的部分拼凑起来。糟糕的是，大部分稿子和所有数据都留在了伦敦。”

“我们能记住的已经够多了。稿子不必很理智——事实上，它肯定不会是一篇有理智的稿子。”菲丽斯说。她想了一会儿，补充道：“我们要打破那些精心安排的讥讽。”

“如果明天早上报纸真的报道了这些事情，那就很奇怪了。他们将要开始的事情也是我们亟待要解决的事情。”

“但我们需要一条战线。人们首先要问的是：‘如果这件事这么严重，为什么没有采取任何行动，为什么我们被蒙蔽了？’嗯，为什么呢？”

我考虑过这件事。

“我想这没有什么难的。也就是说，清醒、明智的西方国家的人民会做出明智的反应，毫无疑问，他们也会这样做；但在其他地方，那些更情绪化、更容易激动的人的反应就不那么容易预测了。因此，作为一项政策决定，一直在研究这个问题的军官和科学家们应该保持谨慎，希望在问题变得严重到引起公众恐慌之前，能够将其消灭。怎么样？”

“嗯，是的。这是我们可能得到的最好的结果。”她应允道。

“然后我们就可以利用弗雷迪出其不意的方式发起挑战——聚集全世界的智慧，利用现代科学技术的全部力量为死去的人复仇，阻止此类事情再次发生。这是对那些失去生命的人的一种责任，也是一场保卫海洋安全的圣战。”

“就是这么回事，迈克。”菲丽斯平静地说，带着一丝责备的口吻。

“当然，亲爱的。为什么你总认为我说那些话纯属偶然呢？”

“好吧，像往常一样，你一开始就认为真相似乎会成为第一个牺牲品，然后就这样结束了。这有点令人困惑。”

“没关系，亲爱的。这次我打算用正确的方式写这篇报道。现在，你上床睡觉，我继续干活。”

“去睡觉？你究竟……”

“好吧，你说你不能……”

“别犯傻了，亲爱的。你以为我会让你一个人去应付这些事情吗？现在，我们谁有之前的地图集……”

* * *

第二天上午十一点，我迷迷糊糊地走进厨房，下意识地拿起咖啡、吐司和煮鸡蛋，摸索着回到楼上。

那天早上五点多，我才对着伦敦的录音机完成了我和菲丽斯合写报道的口述录音工作，那时我们都已经累得不知道录的效果是好还是坏，也不在乎了。

菲丽斯点了一支烟，又冲了一杯咖啡。

“我想，”她建议，“今天上午我们最好去法尔茅斯一趟。”

于是我们去了法尔茅斯，在完成任务的过程中，我们顺便拜访了那个港口最受欢迎的四家酒吧。

弗雷迪·惠蒂埃没有夸大迅速行动的必要性。关于俄国人对安妮女王号的失踪负有责任的谣言已经开始传开了；双份苏格兰威士忌中的谣言明显多于品脱啤酒中的谣言。毫无疑问，如果不是晨报一致同意把责任推给深海区域的东西，一定会谣言四起的。在这种情况下，他们的声援成功地给人留下了这样一种印象：反俄言论必须完全是一些当地有名的顽固分子和好战分子赞助的当地产物。

然而，这并不意味着深海威胁论已被完全接受。太多的人还记得他们第一次不问是非的警告，紧接着就是嘲笑，他们能够马上做出新的彻底的转变。但是，当天早上领导人发表的严肃观点，已经平息了人们的嘲笑，让许多人怀疑，这里面到底有没有什么东西。在我看来，假设我们有一个公平的样本，第一个目标似乎已经实现了：人民一致要求对错误的敌人发动战争的危险已经避免。消除一年或更长时间的宣传所产生的影响，建立一个甚至无法描述的敌人的现实，是需要坚持不懈的事情。

“明天，”菲丽斯说着，大口喝掉了第四杯杜松子酒，“我想我们应该回伦敦。你口袋里肯定有足够多的贵不传贱的婚姻故事需要写完，而且在这件事上，我们可能还有很多工作要做。”我也有同样的想法，只是她抢先我一步说了出来。

第二天早上按惯例我们早早出发了。

当我们到达公寓，打开收音机时，刚好听到功勋号航空母舰和加勒比公主号轮船沉没的消息。

* * *

值得一提的是，这艘功勋号航母在大西洋中部，佛得角群岛西南部八百英里处沉没；加勒比公主号轮船在离古巴圣地亚哥不到二十英里处沉没：两艘船都在两三分钟内被海水吞没了，而且每艘船都鲜有生还者。很难说，是英国人对失去一支全新的海军部队感到震惊，还是美国人对失去一艘载有大量财富和美好的东西的豪华游轮感到更震惊：二者都曾因安妮女王号的沉没而震惊过，因为对行驶在伟大的大西洋上的轮船有着共同的自豪感。现在，怨恨的语言不同了，但两国都表现出一个男人的特点——在人群中背部被打了一拳，就环顾四周，双拳紧握，想找到打他的那个人。

美国的反应似乎更为极端，因为尽管存在反俄的极度紧张情绪，但许多人发现美国人比英国人更容易接受深海威胁论，因此要求采取激烈、果断行动的呼声越来越高，导致英国国内也出现了类似的呼声。

在牛津街的一家酒吧里，我偶然看到了一件事。一个中等身材的人，他也许是一家大商店的推销员，正在向几个熟人发表着自己的看法。

“好吧，”他说，“为了便于讨论，不妨假设他们是对的，如果海底真有东西：那我想知道的是为什么我们不马上抓住它们？我们花钱养海军是为了什么？我们有原子弹，不是吗？我们为什么不在它们制造更多麻烦之前把它们炸到地狱里去呢？按兵不动，让这些东西认为它们可以为所欲为是没什么好处的。

“告诉它们，就是我说的，赶紧告诉它们。哦，谢谢，我要的是淡啤酒。”

有人提出可以在海洋里下毒。

“好吧，该死，海洋太大了。毒药很快会被稀释掉的。不管怎样，你也可以用烈性炸药。”他建议道。

有人认为是因为大海面积太大的问题：事实上，这很像捉迷藏游戏。而中等身材的人不同意这种说法。

“他们说的是深海，”他指出，“他们一直在谈论深海。那么，看在上帝的分上，他们为什么不马上开始行动，给深海一记重击。反正他们知道那个东西在那儿。谁为我买的这杯啤酒？祝你好运！”

“我来告诉你为什么，伙计，”他旁边的人说道，“如果你想知道的话。因为整件事都是骗人的，这就是原因。在该死的深海里的东西，看在上帝的分上！海军陆战队，丹·戴尔，还有血腥的火星人！统统都是骗人的。听着，告诉我：我们的船失踪了，美国佬的船失踪了，日本人的船也失踪了——但是俄国人的船失踪了吗？我想知道为什么没有呢。”

有人认为这可能是因为俄国人没有多少艘船只的缘故。

还有人记得，早在基维诺号沉没的时候，俄国人就失去了一艘船，而且当时也是大张旗鼓地宣传。

“啊，”那个抱怨的人说道，“但是目击者在哪里呢？这正是他们进行的伪装。”

然而，大家并不同意他的观点。第一位发言者也不完全同意。第三个人似乎在为他们大多数人说话，他说：“我想，得有个计划，就像做任何事一样。不过我得说——好吧，谢谢你，老朋友，最后一杯酒，干杯！——我得说，要是知道有人真的在为这件事做些什么，你会觉得好受些。”

* * *

可能是出于对类似观点的尊重，美国人更积极地表态，决定在开曼海沟靠近加勒比公主号消失的地方进行纵深轰炸——他们几乎没有预料到对一个大约五十英里宽、四百英里长的深海进行胡乱的轰炸会有什么决定性的结果。

这一事件在大西洋两岸都得到了广泛宣传。美国公民为自己的军队带头进行报复而感到自豪：虽然最近英国两艘大船失事，他们的军队本应有更大的动力去迅速采取行动，英国军队却按兵不动。英国公民不仅对此表达了强烈的不满，还决定为美国人的行为大声鼓掌，以此作为对自己领导人的谴责。据报道，这支由十艘船只组成的舰队携带了一些特别为深海设计的烈性炸药以及两枚原子弹。在一片欢呼声中从切萨皮克湾出发，欢呼声完全淹没了古巴哀怨的抗议声音，他们认为美国人发射的原子弹有可能落在古巴领土上。

当特遣部队接近选定区域时，听广播的人都不会忘记这个结局。播音员的声音突然从他对现场的描述中中断，尖声喊道："似乎有什么东西——我的上帝！她被炸飞了！"然后是爆炸的巨响。播音员语无伦次地说着，然后是第二声巨响。撞击声，嘈杂声，叮当的钟声。接着又传来了播音员的声音；此刻他呼吸短促，声音不稳，语速很快：

"你听到的第一声爆炸声是驱逐舰卡沃特。她已经完全消失了。第二次爆炸发生在红杉号护卫舰上。她也失踪了。红杉号上载着两枚原子弹中的一枚，和护卫舰一起沉没了。水下五英里深的压强就可以使这颗原子弹爆炸……

"舰队的其他八艘船只正在全速撤离危险区域。我们有几分钟时间离开。我也不知道具体要多久。这里没人能告诉我。我们认为需要几分钟的时间。每一艘船都在竭尽全力在炸弹爆炸前逃离这片区域。我们脚下的甲板在颤抖。我们要全力以赴……每个人都在回头看红杉号下沉的地方……嘿，这里没人知道那颗原子弹要多久才能沉到五英里深……该死，一定有人知道……我们正在撤退，竭尽全力撤离……其他所有的船也和我们一样。尽可能快地从危险区域逃离出来……有人知道主喷口的面积是多少吗？看在上帝的分上！这里就没有人知道什么该死的事吗？我们正在出发，正在出发……也许我们会成功……我想知道还要多久……也许……也许……快点，快点，快点，看在上帝的分上……把她的内脏掏出来，有什么关系？见鬼，把她撕成碎片……把她塞进……

"红杉号沉没有五分钟了……五分钟后她会下沉多

深……看在上帝的分上，有人问道：那该死的东西需要多久才能沉到……？

“还在下沉……仍然继续下沉……我们还在全力以赴……当然，我们一定会到达主喷口之外的区域……现在一定有机会……我们一直在努力……仍然在前进……还在全速前进……所有人都在向后看……每个人都在等待……我们还是要……一个东西怎么会一直在下沉……但谢天谢地……现在已经七分多钟了……还没有……还在继续前进……其他的船，后面拖着巨大的白色尾流……还在继续前进……可能是哑弹……或者这附近的海深不到五英里……为什么没有人告诉我们还需要多长时间？现在一定是摆脱了最坏的情况……其他一些船只已经变成了茫茫大海上一个个小黑点……我们的船还在前进……我们还在努力。现在一定有机会了。……我想我们现在真的有机会了。……每个人都还在盯着后面……哦，上帝！整个大海——”

一切戛然而止。

* * *

但那个电台播音员活了下来。他所在的船以及船队中的其他五艘船幸免于难，除了受到一点辐射外，其他都安然无恙。据我所知，当他痊愈后回办公室报到时，他被斥责使用了过分口语化的语言，这种语言忽视了第三条戒律，冒犯了许多听众。

从那一天起，争论停止了，宣传也变得没有必要了。在开曼海沟灾难中损失的四艘船中，有两艘因炸弹而沉没，但另外两艘的结局是在公众的强烈关注下发生的，这让怀疑论者和谨慎论者都感到很沮丧。最后，毫无疑问地确定了在深海中有某种东西——而且是一种非常危险的东西。

这个令人震惊的说法在全世界迅速蔓延，甚至连俄国人也不再沉默，承认他们在千岛群岛附近又损失了一艘大型货船和一艘海军舰艇，在东堪察加半岛附近损失了一艘测量船。因此，他们说，他们愿意与其他大国合作，共同消除对世界和平事业产生威胁的因素。

第二天，英国政府提议在伦敦召开一次国际海军会议，对这一问题进行初步调查。部分受邀请者对地点的吹毛求疵，也被公众的冷漠急迫的情绪冲淡了。三天后会议在威斯敏斯特召开了，就英国而言，这次会议未免太迟了。在这三天里，海运航线被大规模取消，不堪重负的航空公司被迫采用优先调度程序；政府对各种油的销售迅速采取了限制措施，并匆忙推出基本服务配给制；船运市场已经跌到谷底；许多食品的价格翻了一番，各种烟草也销声匿迹。

在会议开幕的前一天，菲丽斯和我共进了午餐。

“你应该去牛津街看看，”她说道，“说到抢购！尤其是棉花。每一支绝望的队伍都以双倍的价格在购买，人们为争夺商品大打出手，而这些东西在上星期他们根本看不上眼。每一件像样的东西都不见了，估计是以备不时之需。

这比任何一次促销的效果都好。”

“从他们向我讲述的这座城市的有关情况来看，”我告诉她，“哪里都差不多。听起来好像你花点钱就能控制一家航运公司，但你不能用一大笔钱购买一股与飞机有关的股份。钢铁遍地都是；橡胶也一样；塑料价格飞涨；酿酒厂倒闭了；似乎只有啤酒厂还能独善其身。”

“在皮卡迪利大街，我看见一男一女把两袋咖啡豆装进一个面包卷里。还有——”她突然打断了我，好像她刚刚才听到我说的话，“你把玛丽姨妈在牙买加种植园的股份卖掉了吗？”她问道，脸上的表情就像在问每月的家庭账目一样。

“前段时间卖掉了，”我安慰她道，“奇怪的是，这些收益都被用于制造航空发动机和塑料制品了。”

她赞许地点了点头，倒像是她做的指示似的。然后她又想到了另一件事。

“明天的记者证怎么样了？”她问道。

“这次会议不发记者证，”我告诉她，“之后会有一份声明。”

她盯着我，说：“没有吗？天啊！他们认为他们在做什么？”

我耸了耸肩，说：“我想是习惯使然吧。他们正在策划一场运动。当你策划一场运动时，你会尽可能地让媒体明白，以后再让他们知道这件事是有好处的。”

“那么，在所有的事情中……”

“我知道，亲爱的，但你不能指望军队在一夜之间改变它的本性。”

“这绝对是愚蠢的，越来越像俄国的做事风格了。那里的电话是多少？”

“亲爱的，这是一个国际会议。你不能就这样去……”

“我当然可以。简直是一派胡言！”

我说道：“好吧，不管你心目中的贵宾是谁，现在都会出去吃午饭了。”

我的话让她愣了一会儿。她沉思着。“我从没听说过这种胡说八道。他们要我们怎么完成我们的工作？”她喃喃地说，又沉思了一会儿。

当菲丽斯说“我们的工作”时，这句话的含义与几天前完全不同。这项工作在某种程度上改变了我们的工作性质。原先的任务是要使公众相信存在着看不见的、难以形容的威胁，现在却突然变成了使接受了威胁假说而陷入恐慌的公众保持高涨的士气。EBC 推出了一个名为《新闻游行》的专题报道，据我们所知，在这个报道中，我们似乎承担了海洋特约记者的角色，但并不十分清楚这是怎么发生的。事实上，菲丽斯从来没有在 EBC 工作过，而我在大约两年前正式停止了在那里的工作，我确实离开了 EBC；可是，除了财务部以外，似乎谁也没有注意到这一点。现在财务部是按件计酬，而不是按月计酬。一位主管向我们简要介绍了这种保持士气的转变，他显然认为我们是他手下的一员。整个情况很反常，但并不是没有好处。尽管如此，如果我们只能靠官方的施舍来获得消息，我们的报道就不会有太多新鲜的内容。当我离开菲丽斯回到我在 EBC 临时的办公室时，她还在沉思这件事。

她在五点左右给我打来电话。

“亲爱的，”她对我说，“你邀请了玛泰特博士明天晚上七点半到你的俱乐部吃饭。我也会去的。我向他解释了情况，他完全同意这是一派胡言。我想让温特斯上尉也过来，因为他是玛泰特博士的朋友——他也认为这是一派胡言，但温特斯上尉说自己毕竟是军方的人，他还是不来的好，所以明天我要和温特斯上尉一起吃个午饭。你不介意吧？”

“我不太明白为什么军人就不能坐下来谈谈，”我告诉她，“但我很感激玛泰特的举动。所以，亲爱的，你可以自以为了不起了，因为这个镇上现在一定到处都是他好几年没见过的各式各样的摄影师了。”

“他白天会见到很多这样的人。”菲丽斯淡定地说。

这一次，菲丽斯没有必要哄骗玛泰特博士了。他一上来就像一个有任务的人，在酒吧里喝着雪利酒。

他说：“军方当然有自己的规则，但我们其他人不需要做出任何承诺，所以我认为自己可以自由讨论这一系列事件——我认为让人们知道所有主要的事实是一种责任。你肯定听过官方的声明了？”

当然。官方的声明只不过是劝告所有航运公司尽可能远离深海区域，等待另行通知。许多雇主已经自己做出了这个决定，但现在他们至少有了官方的建议，可以在与航运公司争论时引用该声明。

“声明过于含糊其词，”我对他说，“我们的一个电视绘图员制作了一部水深测量的作品，或者我可以说水文测量的作品。这艺术地展示了深度超过两万英尺的区域。他对这个作品非常满意，但最后一次看见他时，他气得抓耳挠腮，因为有人告诉他，除非超过两万五千英尺的深度，否则从技术上讲，就不算是深海区域。”

玛泰特博士说：“就目前而言，危险区域被认为是四千以上深度的地区。”

“什么？”我大声地喊道。

“英寻。”玛泰特博士补充道。

“两万四千英尺，换算得乘以六，亲爱的。”菲丽斯体贴地对我说。她没有理睬我对她的感谢，继续对玛泰特博士说道：

“博士，您认为多少深度才能标记为危险区域呢？”

“你怎么知道我没有建议四千英寻呢，华生太太？”

“最好使用被动语态。”菲丽斯对他说道，甜甜地笑了。

他说：“还有人说法语是一种微妙的语言。好吧，我承认我建议把三千五百当作最安全的上限，但是航运利益都是为了尽可能减少额外的距离。”

“这难道不是一次海军会议吗？”菲丽斯问道。

“哦，他们当然在战略上有真正的发言权，但这是在第一次全体会议上。不管怎样，海军同意了。你知道，他们越是宣称海洋不安全，对他们的声望就越不利。”

"哦，天啊。它会是那种会议吗？"菲丽斯问道。

"我希望它不是。"玛泰特博士回答道。

我们开始吃饭。菲丽斯一边喝汤一边轻松地闲聊，然后又从容地回到了话题上。

"我第一次是因为水流中的泥浆来拜访您——您非常谨慎。您当时到底是怎么想的？"

他笑了笑，然后说："和我现在想的一样，如果你把自己变成了精神上的亡命之徒，你的目标也就更难实现了。可怜的老博克尔——虽然现在大家都不得不接受他的论点的第二部分，但他仍然不被看好。我不能说出来，但我当时相信他对采矿的看法是对的。人们想不出其他任何东西可以解释这一点，因此，正如贝克街的那位天才曾经对与你丈夫同名的人说的那样……"

我打断了他："但你不想加入博克尔的行列吧。"

"我不想。我也绝不是唯一的一个不想加入的人。博克尔的误判警告我们大家，想法是要经过充分酝酿的。我想你知道水流还会有进一步的变色，那些最初变色的水流已经恢复正常了吧？"

"是的，温特斯上尉说那些水流已经恢复正常。你认为这是什么原因造成的呢？"菲丽斯问道，似乎自己不是那个一听到这个消息，就立即给博克尔打电话要求解释的人一样。

"那么，根据采矿理论，人们会认为，作业现场附近的所有松散沉积物都会逐渐被冲走。想象一下把吸管的一端插进沙子里。起初，沙子会被吸管吸走，然后会形成一个漏斗形的凹陷。过了一会儿，岩石会露出来，但还是有一些沙子从凹陷处侧面掉下来，这些沙子肯定会被吸走。久而久之，凹陷处就会变成这样的形状，以至于很少的沙子——也就是沉积物的软泥——会慢慢地流下来，这样你就可以在清理干净的岩石表面上作业，而不会受到周围沙子或软泥的干扰。

“但是，当然，在海床上，这样的操作规模太大，你必须转移大量的软泥，才能到达一块干净的岩面。如果可能的话，水平开采当然更好。一旦在岩石上开采，岩石碎片太重，上升到几百英尺后就会下沉，这样表面的水就不会变色了。”

看到菲丽斯全神贯注的样子，没有人会相信其实她已经在稿件中运用了这一理论。

“我明白了。你说得很好理解，博士。那么，根据这些不同的颜色，你就能很准确地找到开采的地方了？”

“我认为，这是相当准确的，”他赞同道，“因此，这些地点当然会成为优先目标——事实上，老实说，是迄今为止极少准确定位的目标。”

“那么，会有人很快攻击这些目标吗？”菲丽斯问。

他摇了摇头，说道：“这不是我能说清楚的事。但我想任何延迟都将仅仅是由于技术原因。我们能用核武器毒害多少海洋？我们要冒险派船去执行任务吗？或者需要多长时间来建造一个能利用空中运输的深水炸弹？你知道，我们的炸弹都很重。肯定有很多这类的问题。”

“这就是我们所能进行的反击吗？”菲丽斯问道。

“我听到的只有这些。”玛泰特博士谨慎地说道。

他接着说道：“目前的重点自然是防御，以及确保船只的安全。我再说一遍，那根本不是我的管辖范围：我只是把我知道的东西告诉你。”

人们普遍认为，船舶可能会遭受两种形式的攻击（如果把电气化包括在内，那就有三种形式，但电气化攻击只发生在相当深的区域中那些使用电缆进行抓钩或别的用途的船上，而其他船只，可以不予考虑此种攻击）。这两种攻击都不是爆炸性的：有些船之所以发生爆炸，几乎可以肯定地说，是由于轮船的锅炉舱被水淹没，锅炉爆炸了，因为之前失事的机动船只没有发生过类似的爆炸。

其中一种武器似乎是用来振动的，能够在被攻击的轮船上产生强烈的共鸣振动，以至于轮船在一两分钟内就能把自己摇成碎片。另一种武器在特性上不那么晦涩难懂，但它的进攻能力更令人费解。这无疑是攻击吃水线以下船体的某种精巧装置。有几种显而易见的方法可以让这种装置做到这一点：不太容易理解的是它的攻击方法，由于被攻击船只沉没的速度非常快，困在船体里的空气把甲板掀起来，以及各种其他破坏结果，都表明这种装置不仅能够在船上打孔，而且还具有某种类似于将船底完全切掉的能力。

甚至在会议开始之前，博克尔就提出，这些装置可能会在某些深海区域形成战略屏障或危险区域，很可能被视作周边防御。他指出，要建造一种可以潜伏在任何预定的深度，只有在船只靠近时才开始活跃的机制，这并不难——事实上，这是声水雷和磁水雷的原理。但是，显然，用一根钢丝穿过奶酪的效率来切割船体的方法，就连博克尔也提不出什么建议。

总的来说，没有人反对这一点，但到目前为止，也没有人能够对此加以详述。袭击的突然性和成功性，少量的幸存者以及幸存者含混不清的叙述，都很难提供数据。

“在我看来，”玛泰特博士说，“目前最重要的是让公众明白，危险是可以理解的，因此停止这种愚蠢的恐慌——我们可能会把责任更多地归咎于证券交易所，而不是任何其他人或机构。攻击来自一个完全意想不到的方向，这是真的，但是，像其他的攻击一样，它迟早会发生，人们越早意识到这只是一个找到对抗新武器的方法的问题，他们就会越早冷静下来。我想你的工作就是让他们冷静下来，所以我决定告诉你这一切。再过几天，我想现在成立的各种委员会会意识到，至少，这是一场没有敌方间谍监听的战争。”就这样，我们分手了。

* * *

在接下来的几天里，菲丽斯和我尽了最大的努力，让大家明白：我们已经控制了局面。要让那些创造了雷达、声呐和其他奇迹的从事秘密研究工作的人员自信地点头，实际上是在说："当然，给我们几天时间想一想，我们会想出一个办法来解决这一大堆问题！"人们感到满意，信心正在逐渐恢复。

然而，主要的稳定因素可能来自对一个技术委员会的不同意见。已经达成的普遍共识是，可以设计出一种类似鱼雷的武器，为船只提供水下护航，以对抗假想的攻击。因此，有人提议，所有国家都应汇集可能有助于研制这种武器的信息。

俄国代表团对此提出异议。他们指出，无论如何，远程控制导弹当然是俄国人的发明；此外，热衷于争取和平的俄国科学家已经在一定程度上开发了这种控制导弹，远远领先于资本主义统治下的西方科学所取得的成就。很难指望俄国人会把他们的发明送给战争贩子。

西方发言人回答说，尽管尊重争取和平斗争的激烈程度和俄国科学各部门的热情，当然生物科学除外，西方会提醒俄国，这是一次由于面临共同危险，各国人民决心通过合作来应对共同危机的会议。

这位俄国领导人坦率地回答说，他怀疑，如果西方碰巧拥有一种通过无线电控制水下导弹的手段，就像在世界上最伟大的科学家，已故的约瑟夫·斯大林的启发下，俄国工程师发明的这种导弹，他们是否愿意与俄国人民分享这一成果。西方发言人向俄国代表保证，既然西方召开这次会议是为了合作，那么就有义务声明，他们确实已经完善了俄国代表提到的这种无线电控制水下导弹的手段。

在匆忙磋商之后，俄国代表宣布，如果他相信这种说法是真的，他也认为，这种说法只可能是由资本家雇人窃取俄国科学家的成果来实现的。而且，由于谎话或承认成功的间谍活动都不能表明会议所宣称的此事不关乎国家利益，他的代表团别无选择，只能退出。

这种令人放心的常态行为产生了一种可贵的安定作用。

关于很难理解的那件振动武器，据说缓冲减振装置和反振动场的实验已经开始，并且已经显示出让人满怀希望的结果。会议设立了一个研究和协调委员会，使之与教科文组织合作，另又设立了一个海军协调委员会、一个常设行动委员会、几个较小的委员会，会议暂时休会。

在清一水的满意和复苏的信心中，几乎只有博克尔发出了反对的声音：他宣称，一切都太晚了，但要对骚乱的根源采取某种和平的措施，可能还不算太晚。事实已经证明，它们拥有的技术即使不超过我们，也与我们旗鼓相当。在令人震惊的短时间内，它们不仅确立了自己的地位，而且掌握了采取有效自卫行动的手段。面对这样一种开端，一个人有理由对它们的权力表示尊敬，而他自己则惴惴不安。

正是它们所需要的环境差异，使得人类的利益和这些异种智能动物的利益似乎不可能太过重叠。在一切都太迟之前，应当做出最大的努力，同它们建立联系，以便促进一种妥协的状态，使双方能够在各自的领域中和平相处。

这很可能是一个明智的建议——尽管这种尝试是否会

产生预期的结果是另一回事。然而，在没有任何妥协意愿的情况下，他上诉的唯一证据是，“异种”一词以及其派生名词“异种巴斯”开始在印刷品中使用。

“这个词在字典里比在惯例里用更受人尊敬，”博克尔有些苦涩地说道，“如果他们感兴趣的是希腊语，那么还有其他词——比如卡珊德拉。”

* * *

事实证明，航行避开深海区域的决定是明智的。有好几个星期没有船只报失。尽管缓慢，但市场逐渐稳定下来，人们的信心在慢慢恢复，乘客名册又开始写满了。延误和高运费的影响仍在继续，然而，现在出现了一种倾向，那就是长期受苦受难的公众又一次被耸人听闻的事情吓住了，只有保持一种生气勃勃、信心十足的调子，所有期刊的广告部门才不会面临收入下降的威胁。

与此同时，那些智囊在私底下绞尽脑汁策划着。大约四个月后，海军部宣布，当某些海军舰艇装备好了新的反装置，将在纽芬兰的开普雷斯以南的一些深水区域进行一次测试，也就是安妮女王号失踪的海域附近。

试验方没有邀请媒体参加，可能是因为媒体在提出参加测试请求时热情不高。当然，我的熟人中没有一个人真的希望被邀请——或者，可能是当局不愿意冒更大的风险。不管什么原因，除了后备舰，前方就没有记者了。为了获得第一手资料，我们不得不依赖一份有点不专业的评论，以及随后由测试船的人员给出的描述。

菲丽斯结识了一位年轻的罗伊德中尉，然后开始努力说服他。当罗伊德中尉从海上回来后，我们带他出去吃饭，几杯酒下肚后，他打开了话匣子。

他信誓旦旦地说："结果很容易。不过，请注意，我们大多数人事先都觉得这事很夸张，也并不介意承认这一点。

"大家一起航行到了离深海区域五十英里的地方，我们一行人把东西都准备好了。

"这种防振装置一开始有点令人厌烦。事实上，'防——'并不是我想用的词，因为它会产生一种持续的嗡嗡声，隐隐约约可以听到，但是过了一段时间后你就会习惯这种声音了。

"另一个噱头是从船上扔下去的一条铁皮鱼——他们称之为'海豚'。它迅速向前移动，在距离船头大约二百英尺、约五英寻深处停下来。当然，它是在控制之下的，但是当它发现任何东西的时候，就会在屏幕上发出信号，然后自动去追踪目标。至于它的定位范围，是如何定位的，以及为什么它不四处乱窜，向母型船飞去，这就不是我能解释得了的事情。如果你想知道这件事，你得去问研究人员——但是，粗略地说，这就是它的工作方式。

"嗯，等一切都安排好了，研究人员们也把眼前的东西都翻了个遍、试了个遍以后，我们就出发了。整艘船嗡嗡叫得像个蜂窝，海豚在前面领路，我们都感觉不太好——反正我是如此。每个人都穿上了救生衣，并且除了在下面值班的人员外，大家都要待在甲板上待命，以防万一。

“大约过了三个小时，什么事也没有发生，大海看上去也没什么两样。正当我们怀疑整件事会不会是假的时候，一个声音从呼叫器里传来：

“‘一号海豚离开！二号海豚准备！’

“海豚队正要把二号海豚放到海里，一号海豚就炸开了。它真的爆炸了。根据记录，在大约三十五英寻的地方一号海豚与目标相遇。当它爆炸的时候，左舷外有几英亩的海水被掀到空中。人们发出一阵欢呼声。呼叫器里又响了起来：

“‘将二号海豚放下去，三号海豚待命。’

“他们用吊索将二号海豚放下去，一到水里它就向前冲去，他们又将三号海豚的吊索系好。

“有个研究人员站在我旁边，他看上去很得意地说道：‘不管怎样，那里一定存在某种压强。一只海豚独自上升的力量大约需要其重量四分之一的冲击力。’

“我们在同一条航线上稳稳地行驶着，现在大家都像老鹰一样向外张望，不过什么也看不见。大约五分钟后，呼叫器又响起来：

“‘二号海豚离开！三号海豚做好准备！’

“没过多久，又有一大片海水哗的一声涌上来，三号海豚被放了下去了。

“之后好长一段时间都没有任何动静。接着，我们注意到，大家已经习惯了的嗡嗡声的音调开始发生变化。我旁边的那个研究员咕哝了一声，飞快地回到他们在甲板上搭建的一个漂浮式仪器室。你可以感觉到甲板上传来一阵抖动，嗡嗡声不停地在改变音调，每个人都套上救生衣，准备迎接即将发生的事情。

“真正发生的事情是，三号海豚就在我们前面爆炸了。这次爆炸比前两次要小得多，他们认为只是震动触发了它。它肯定什么也没搜寻到。呼叫器在呼叫四号海豚待命。这时，一位兴奋的研究人员从仪器室里跳了出来，命令深度电荷发射器开始工作。它抛下了几个球形容器，然后这些容器沉了下去。我们一直等着几声巨响，最后大家才意识到它们是不会爆炸的。大概就是这样。

“过了一会儿，嗡嗡声又恢复到原来的样子了，仪器房里传来了研究人员互相表示祝贺的喧闹声。

“我们改变航向，向北航行。大约一小时后，四号海豚发出了一声雷鸣般的巨响。一直非常紧张的研究人员，现在都跌跌撞撞地跑到甲板上欢呼，唱起了《汽船比尔》，测试就这样结束了。当我们差不多已经离开了那片区域时，五号海豚在我们前面仍然平静地奔跑着。”

罗伊德中尉是个不错的小伙子，也许他不能给我们提供技术信息，不过，我们要找的是目击证人。我们大体上知道海豚是如何工作的，我们也听说过，抛雷器发射的球体是为了找到振动的源头，相比海豚，它能够到达更深的海域。即使有人向我们解释它们是如何做到这一点的，我们可能也不会理解。

试验成功的效果立竿见影。对防御性装备的需求巨大，航运股开始上涨。然而，运费仍然很高。有需要支付装备的费用，还有需要抵消海豚消耗的费用，所有货船需要一段时间之后才能装备完毕并恢复正常航线。与此同时，所有东西的价格都上涨了。

然而，由于装备方面的进步，六个月后，伦敦和华盛顿乐观地发表了讲话。首相向众议院宣布：

“深海之战已经取得了胜利。过去我们不得不改变航向的船只，又能按原来的航线航行了。但我们以前也看到过，而且我们必须记住，赢得一场战役并不一定意味着赢得一场战争。这些威胁一度在我们重要的海上航线上横行霸道，给我们造成如此惨重的损失，这些威胁现在仍然存在。只要它们还在，就会对我们构成潜在的危险。

“因此，我们不能松懈对它们的战斗，我们必须用我们所有的能力和智慧，尽我们所能，更多地了解潜伏在海底的这一危险。尽管我们赢得了这场战斗，但我们对这种东西一无所知，只知道它的存在。没有人能够描述出这些生物——如果它们可以被称作生物的话；据我们所知，迄今为止没有人见过它们。我们在明处，而那些黑暗与深渊中的生物仍不具名又不定形，‘那些东西在暗处’。

“当我们对于它们有了更多的了解，包括它们的本性、力量，最重要的是清楚它们的弱点所在：事实上，当我们完全掌握了情况，就能够对这个有害的东西发起攻击，以便彻底将其毁灭，这样我们的船只和海员就可以在公海上自由航行，只需要面临他们勇敢的祖先曾经面临的危险。”

但是，一个月后，一周内有十几艘大小不同的船只沉没，其中四艘是在试图营救遇难船只幸存者时沉没的。被安全带回来的少数几个人也说不出什么来，但从他们的叙述来看，虽然海豚运行得似乎很成功；但由于某种原因，另一种设备未能阻止这些船只在他们脚下摇晃成碎片。

官方再次建议，在进一步调查之前，所有船只应避开深海区域。确切地说，这个消息首先来自萨菲拉，然后来自四月岛，但人们没有立即认识到其重要性。

* * *

萨菲拉是位于大西洋中属于巴西的一个岛屿，位于赤道以南，距离较大的费尔南多-德诺罗尼亚岛东南约四百英里。在这个与世隔绝的地方，大约有一百多人生活在原始状态下，过着自给自足的生活，对世界其他地方丝毫不感兴趣。

据说，最初的定居者在十八世纪的时候因一场海难而来到这里，并留了下来。当他们被发现的时候，这些人已经在岛上定居下来，而且有趣的是，他们已经开始近亲繁殖了。一段时间过后，他们不再是葡萄牙人，也不再关心这个问题，准确地说，他们已经成为巴西公民。一艘大约每六个月来做一次小的易货交易的船，维系着他们与收养国之间象征性的联系。

通常情况下，来访的船只需鸣笛，萨菲拉人就会急急忙忙地从他们的小屋里出来，来到停泊着几艘渔船的码头，组成一个几乎包括全体居民的接待委员会。然而，这一次，汽笛的鸣响在小海湾里空荡地回响着，把海鸟都惊得一群一群地盘旋起来，但是没有一个萨菲拉人出现在小屋的门口。船再次鸣响汽笛，但仍然没有一个人奔向码头。除了海鸟，没有任何反应。

萨菲拉海岸的斜坡很陡。他们把船开到离海岸不远的地方，可是一个人也看不见，更不祥的是，农舍烟囱里也没有炊烟冒出来。

一艘小船被放下来，由大副指挥的一群人划着小船上了岸。他们系紧环栓，爬上石阶，来到小码头。大家站在那里，一边侧耳倾听一边纳闷。除了海鸟的叫声和水的拍击声，什么声音也听不见。

“他们一定都逃走了。他们的船都不见了。”一个水手不安地说。

“嗯。”大副说。他深深地吸了一口气，发出一声响亮的呼叫声，似乎他对自己的肺比对船上的汽笛声更有信心。

他们等待着回答，但什么也没有，只听见大副的声音在海湾另一头隐隐回响。

“嗯，”大副又说，“我们最好过去看看。”

一种不安的情绪笼罩这群人，他们跟在大副身后向最近的一座石头小屋走去，门半开着。他推开门发出了“唷！”的一声。

盘子里几条腐烂的鱼发出难闻的气味，除此之外，按照萨菲拉人的标准，这个地方还算干净。没有任何混乱或匆忙打包的迹象。内室里的床已经铺好，准备睡觉了。若不是腐烂的鱼和冰冷的草灰。感觉居住者似乎只离开了几个小时。

第二间和第三间茅舍里也同样呈现出一种无预谋离开的迹象。在第四间茅舍里，他们在摇篮里发现了一个死去的婴儿。这伙人既困惑又沮丧地回到了船上。

他们用无线电向里约报告了这一情况。里约在答复中建议对该岛进行彻底搜索。船员们一开始不太情愿执行这项任务，大家一直成群结队地行动，但由于没有什么可怕的东西出现，他们逐渐放松了警惕。

在三天搜索行动的第二天，他们在山坡上的两个山洞里发现了四名妇女和六名儿童。他们都已经死了几个星期了，显然是饿死的。到第三天行动结束时，他们确信，如果还有人活着，他一定是故意躲起来了。直到那时，经过比较记录，他们才意识到，在岛上正常应该有几百只羊，现在只剩下十几只绵羊和二三十只山羊。

他们埋葬了发现的尸体，用无线电向里约热内卢发送了完整的报告，然后扬帆返航，把萨菲拉以及为数不多的幸存动物留给了海鸟。

过了一段时间，这条新闻从各机构传了出来，在各家报纸赢得了一两英寸的版面。两家报纸给萨菲拉起了玛丽·塞莱斯特岛的绰号，但当时未能就此事做出进一步调查。

* * *

四月岛事件的背景完全不同，如果不是官方恰巧对这个地方感兴趣，那么这起事件的真相可能要过一段时间才会被发现。

官方的兴趣源于一群爪哇不满分子的存在，他们被描述为走私分子、恐怖分子、共产主义者、爱国者、狂热分子、匪徒或仅仅是叛乱者，不管他们的真实隶属关系如何，其行动规模之大着实令人不安。不久，印度尼西亚警察追踪到了他们并摧毁了其总部，使他们在几平方英里领土上的统治地位，以及通过强取豪夺索取支持的威望丧失殆尽。由此被驱散的这群人中，大多数普通士兵很快融入了更为传统的职业中：但是，对于二十多个重要的策划者来说，就不那么容易消失了。

由于地形险要和兵力不足，印度尼西亚当局没有追捕他们，而是等待告密者的到来，重赏之下必有勇夫。在接下来几个月的时间里，有几个告密者相继到来；然而，没有一个人能拿到报酬，因为每次政府军到达叛军所在之地，不法分子早已逃之夭夭。经过几次这样的出击，也没有人再来告密了。后来再也没有听到那些叛军的消息，他们似乎永远消失了。

大约在这群叛军被驱散一年后，一个当地人乘一艘商船来到雅加达，他向当地政府讲述了一个很有趣的故事。他似乎是从巽他海峡南部的四月岛来的，离英国占领的圣诞岛不远。据他说，四月岛上的人们一直在以其古老的方式过着正常而不太艰辛的生活，直到大约六个月前，一艘小型汽艇载着十八个人来到这里。他们自称是岛上的新政府，负责唯一的小型无线电发射机，发布新的法律法规，命令岛上的人们为他们建造房屋，并帮助他们娶妻。在击毙了几个提出反对意见的人之后，一个严重封建式的政权建立起来，而且据线人所知，这个政权仍然在运行。为了防止不常来访的船只可能发生的麻烦，在步枪枪口的威逼下，他们胁迫一些居民作为人质。这一招很有效，因为岛上的居民都知道轻微的挑衅就会让入侵者扣动扳机，来往的船只没有看出什么不对劲，继续扬帆远去。

告密者成功地躲藏在一艘独木舟里，在夜色的掩护下逃走了。当他被轮船接走时，他一直试图到达大陆，以便对这种不受欢迎的管理形式的真实性提出质疑。

他提出的几个问题以及对入侵者的描述让雅加达当局感到很满意，他们打算再次去追踪这些反叛者，一艘悬挂印度尼西亚共和国国旗的小型炮艇被派去对付这些叛军。

为了最大限度地减少无辜人质的死亡风险，他们在夜间靠近四月岛。在星光下，炮艇悄悄潜入一个很少使用的海湾，这个海湾被岬角将其与村庄分隔开。在那里，一支装备精良的部队在告密者的带领下登上岸，准备出其不意袭击这个村庄。炮艇随后驶离海岸，沿着海岸移动了一段距离，潜伏在海岬的后面，等待登陆队召唤她进来控制局面。

据估计，这支队伍穿过地峡需要四十五分钟，到村子里对付那些反叛者，大概还需要十到十五分钟的时间。可是，令人担忧的是，仅仅过了四十分钟，炮艇上的人就听到了第一声枪响，随后又传来了几声。

由于奇袭的计划落空，指挥官命令全速前进，但就在船向前冲的时候，枪声被低沉、回荡的隆隆声淹没了。炮艇上的船员们扬起眉毛，面面相觑：登陆队没有带更具杀伤力的武器，只带了自动步枪和手榴弹。停顿了一会后，自动步枪又响了起来。这一次，枪声断断续续地持续了很长时间，直到再次被类似的隆隆声所淹没。

炮艇绕过了海岬。在昏暗的星光下，无法看清两英里外的村子里正在发生什么事。眼前一片漆黑。紧接着火光闪耀，他们听到了枪声。炮艇打开探照灯继续全速前进。村庄及其后面的树木突然间变成了缩影。房子之间看不见人影。唯一的动静是距离岸边几码远的水里有一些泡沫和骚动。一些人后来声称看到了一个黑色的、隆起的形状出现在水面右侧一点的地方。

他们将炮艇向岸边退去，尽可能靠近海岸，仓促地停在那里。探照灯在房屋及其周围来回扫射。被光束照亮的一切都有着坚硬的线条，似乎被赋予了一种奇怪的闪光的东西。炮艇上的士兵盯着探照灯的光束搜寻着，他的手指放在扳机上。探照灯又缓慢扫了几下，然后停了下来，聚焦在了靠近水边沙滩上躺着的几挺冲锋枪。

呼叫器里传来响亮的声音，呼唤着登陆队从掩蔽处出来。没有丝毫动静。探照灯又照射过来，在茅屋和树林之间搜寻着。一切都静悄悄的。探照灯的灯光又划过海滩，照射在一节断臂上。周围死一般地沉寂。

指挥官不许士兵们在天亮前登陆。炮艇下锚了。她在那儿停泊了一夜，探照灯光使整个村庄看起来像一个舞台布景，演员随时都可能出现在舞台上，但他们从来没有出现过。

天一亮，大副带着五名全副武装的水手，在炮艇的掩护下小心翼翼地划船上岸。他们在被遗弃的武器附近登陆，拿起这些枪支检查了一下。所有的武器上都覆盖着一层薄薄的黏液。他们把这些武器放到船上，然后把手上的东西洗干净。

海滩上排列着四条宽阔的沟槽，从海边一直延伸到农舍。这些沟槽大约有八英尺宽，部分呈弧形；中间有五六英寸深；边缘的沙子堆积起来，比周围的海滩略高一些。大副想，如果一个大锅炉被拖过了海滩，可能会留下一些这样的痕迹。他又仔细察看了一下，根据沙滩上的情况断定，虽然有一条脚印在水里，但另外三条脚印肯定是从水里走出来的。这一发现使他更加警惕地望着村子。他注意到刚才在探照灯下闪闪发光的景物现在仍然在闪烁着。他好奇地看了几分钟，没有发现什么。他耸了耸肩，把冲锋枪的枪托夹在右臂下面，眼睛慢慢地左右扫视，观察着动静，带领队伍向海滩走去。

村子是由一个个大小不一的农舍围成的半圆形，中间是一片空地。当他们接近村庄的时候，明白了为什么会出现这种闪闪发光的景象。原来地面、茅屋以及周围的树木上，都覆盖着一层薄薄的黏液，与之前在武器上发现的黏液一样。

一行人慢慢地走到那片空地的中央，停了下来，背靠背聚拢在一起，仔细检查着每个地方。没有声音，一片沉寂，只有几片叶子在晨风中轻轻摇曳。人们松了一口气。

大副把目光从农舍移开，仔细打量着周围的地面。地上散落着大量的小金属碎片，大部分是弯曲的，所有的碎片都因涂在上面的黏液而闪闪发光。他好奇地用靴子尖将一个碎片翻过来，但什么也没有发现。他又看了看四周，决定去最大的那幢农舍看看。

“我们去搜搜那座房子。”他说道。

房子的整个正面熠熠生辉，黏糊糊的。他用脚推开那扇没上锁的门，率先走了进去。这里应该没有发生过什么骚乱；只有两张翻倒的凳子表明主人离开的匆忙。无论是活的还是死的，这里一个人也没有。

他们从房子里出来了。大副瞥了一眼旁边的农舍，然后停了下来，更加仔细地查看着。他绕过去检查刚才进入的那幢房子的侧面。侧面的墙壁非常干燥，上面没有黏液。他又仔细查看了一下房子的周围。

“看起来，”他说，“好像空地上有什么东西往所有东西上喷了这种污物。”

他们又仔细地检查了一遍，认为这种说法是对的。但并没有什么新的进展。

“是怎么做到的呢？”军官沉思地问道，“究竟是什么东西？为什么要这样做呢？”

“应该是来自海里的某个东西。”一个水手不安地回头看着水面说。

“是某些东西——是三个。”大副纠正他。

他们回到开放的半圆形空地中央。那地方空无一人，目前似乎也没有什么可了解的了。

“收集一些金属碎片，它们可能对某些人有用。”大副命令道。

他自己走向对面的一间小屋，找到一个空瓶子，刮了些黏液放进去，用软木塞塞住。

回来的时候，他说：“太阳一晒，这些东西都开始发臭了。我们还是走吧。在这儿我们也做不了什么。”

回到船上，他建议摄影师将海滩上的壕沟拍下来，并向指挥官展示他的战利品，这些战利品现在已经被冲洗干净了。

他手里拿着一块又厚又钝的金属说道：“真奇怪，这些东西到处都是。”他用指关节轻轻敲了敲，“听声音像铅，却轻如羽毛；从外表来看像是铸造出来的。长官，您之前见过这样的东西吗？”

指挥官摇了摇头。他认为现在世界上似乎到处都是奇怪的合金。

不久，摄影师划着船从海滩上回来了。指挥官决定：

“我们向登陆队发警报。如果半小时内没人出现，我们最好换个地方登陆，找个当地居民问问到底发生了什么事情。”

几个小时后，炮艇小心翼翼地驶入四月岛东北海岸的一个海湾。一个与前一个村庄相似但规模较小的村庄坐落在靠近水边的一块空地上。生命的缺失令人不安地强调了这种相似性，海滩上也有四条一直延伸到水边的宽阔的沟壑。

然而，经过进一步的观察，却发现了一些不同之处：在这些沟壑中，有两个是由一些爬上海滩的物体造成的；另外两个，显然是由同样的物体返回到海里时形成的。在这个废弃的村庄里或周围都没有发现黏液的痕迹。

指挥官皱着眉头看着他的航海图。他指着另一个海湾说道：

“好吧。那我们再去那里试试。”

这一次在海滩上看不到沟壑，尽管村子里也同样空无一人。炮艇上的汽笛又一次发出了无人理睬的凄厉的警报声。他们用望远镜仔细地看了看村子，接着，大副又把周围的地方更仔细地查看着，突然他发出了一声惊叫。

“那边山上有个人，长官。正在挥舞着一件衬衫之类的东西。”

指挥官用望远镜望过去。

“在他左边一点儿的地方，还有两三个人。”

炮艇鸣了几声汽笛，向岸边靠近。小船被放下来了。

“站远一点，等他们过来。”指挥官指挥道，“在试图接触之前，要弄清是否有某种流行病。”

他在小船的驾驶台上观察着。过了一会儿，一群原住民，大约八九个人的样子，从村子东边几百码的树林里走出来，向小船喊着什么。小船朝他们的方向划过去。接着，双方又大声喊叫起来，然后船驶向岸边，搁浅在沙滩上。大副挥舞着胳膊招呼着这些当地人，但他们都退缩到树林的边缘。最后，大副跳上岸，走过沙滩和他们说话。经过一阵热烈的交谈，显然，邀请他们中的一些人到炮艇上的请求被断然拒绝了。不久，大副一个人走下海滩，那一群人也往回走去了。

“有什么问题吗？”小船靠近炮艇时，指挥官问道。

大副抬起头来。

“他们不会来的，长官。”

“怎么回事？”

“他们自己没事，长官，但他们说大海不安全。”

“他们可以看到我们在这里很安全啊。这是什么意思？”

“他们说，沿岸的几个村庄遭到了袭击，他们认为自己的村庄随时都可能遭到袭击。”

“袭击！被什么东西袭击？”

“哦——也许你自己过来跟他们谈谈，长官——”

“我给他们留下一条船，以便他们能来找我——这条船足够他们用了。”

“长官，如果不动用武力，恐怕他们是不会来的。”

指挥官皱起了眉头，说道："他们这么害怕吗？是谁对他们发动袭击的？"

大副舔了舔嘴唇，避开了指挥官的目光。

"他们……嗯，他们说……是鲸鱼，长官。"

指挥官望着他。

"他们说——什么？"他问道。

大副看上去很难过。

"哦——我知道，长官。不过他们一直这么说。呃，鲸鱼，还有巨型水母。我真的认为您最好亲自跟他们谈谈，长官？"

* * *

关于四月岛的消息并不完全是公认意义上的"突发事件"。在大多数地图册上都找不到的珊瑚岛上发生的一件奇事，表面上看没有什么新闻价值，记录这件事的一两行奇怪的文字也被人们忽略了。如果不是一个碰巧在雅加达的美国记者偶然发现了这个故事，到四月岛进行了一次探险旅行，并为一本周刊撰写了这件事，那么它可能不会引起人们的注意，也不会在很久以后还被人们记住。

一位记者在读这篇文章时，回忆起萨菲拉事件，将两者联系在一起，并在一份周日报纸上大肆宣扬一种新的危险。碰巧在这之前的一天，行动常务委员会发表了迄今为止最轰动的公报，结果深水区域再次成为头条新闻。此外"深水区域"这个词比以前包含的范围更广了，因为据宣布，上个月的航运损失非常严重，而且发生这些损失的地区范围更大，因此在开发更有效的防御手段之前，强烈建议所有船只避免穿越深水区域，只要可行，尽可能保持在大陆架地区航行。

显然，如果没有重大的理由，委员会是不会对航运业正在恢复的信心给予如此大的打击。尽管如此，来自航运利益集团的愤怒情绪仍将其归咎于纯粹的危言耸听或者航空公司的既得利益。他们抗议说，要遵循这样的建议，就意味着要让横渡大西洋的船只进入冰岛和格陵兰岛水域，沿着比斯开湾和西非海岸缓慢前进，等等。跨太平洋贸易将难以进行，澳大利亚和新西兰将被孤立。这是一种令人震惊和可悲的缺乏责任感的行为，即本应允许委员会以这种方式，在不与所有有关各方充分协商的情况下，就这些引起恐慌的措施提出建议，如果这些措施得到重视，将使世界海上贸易几乎停摆。永远都不应该提出无法实施的建议。

委员会在这次抨击中闪烁其词。它辩解道，委员会没有下令，只是建议，在可能的情况下，船只应尽量避免穿越水深超过两千英寻的广阔水域，从而避免不必要的危险。

船主们毫不客气地反驳道，这实际上是把同一件事换了个说法而已；这种情形，虽然不是船主们的缘故造成的，但几乎每家报纸都刊登了示意图支持船主们，这些图片显示了对两千英寻航线仓促且有些不同的看法。

在委员会用不同的措词重新表达意见之前，意大利的萨比娜号客轮和德国的沃尔波默恩号客轮在同一天失踪了——一艘行至大西洋中部海域，另一艘在南大西洋海域——委员会也无须多言了。

最近一次沉船的消息是在星期六早上八点的新闻公报上宣布的。周日的报纸充分利用了这次机会。至少有六家报纸以近乎十八世纪的热情抨击政府官员的无能，为各家日报定下了基调。《泰晤士报》严正申斥。《卫报》的做法在意图上和泰晤士报很相似，但在方式上更像一组不断前进的圆锯。《新闻纪事报》也不例外，只是语言没那么犀利。《快报》将矛头从打造帝国交通路线转向鞭挞那些因无能而削弱这条交通路线的人。《每日邮报》谴责政府未能统治海洋就是最大的背叛，并要求控告那些玩忽职守的阴谋破坏者。《先驱报》告诉家庭主妇食品价格将上涨。《劳动者报》指出，在一个秩序井然的社会里，这种悲剧是不可能发生的，因为豪华客轮根本不存在，因此也就不可能沉没。它把矛头指向那些船主，在没有任何保护措施的船只上，他们将赚着低工资的海员推向危险的境地。

星期三我打电话给菲丽斯。

以前，当我们在伦敦逗留的时间比较长时，她会不时地认为，如果不休息一下，她就再也无法忍受文明社会的工作了。如果碰巧我有空，我们就一起出去走走；如果我没有时间，她就独自去亲近大自然。通常，她会在一周左右的时间里精神焕然一新地回来。不过，这一次，圣餐已经进行了将近两个星期了，而按照惯例，她回来之前会寄一张明信片，但明信片一直不见踪影，第二天也没有寄来。

玫瑰小屋的电话凄凉地响了一会儿。我正要放弃的时候，她接了电话。

“喂，亲爱的！”她的声音传来。

“我是个杀人狂呢，还是所得税？”我责备她道。

“如果长时间不接电话，别人会很快挂断。对不起，我正在外面忙着呢。”

“在花园里翻土吗？”我满怀希望地问道。

“不，事实上，我在砌砖。”

“电话线路不太好。听起来好像你说砌砖。”

“我是在砌砖，亲爱的。”

“哦，”我说，“砌砖。”

“当你置身其中的时候，会觉得这件事非常迷人。你知道有各种各样的砌法和工具吗？有法式砌法、英式砌法，等等。有叫作‘页眉’的东西，而其他的东西也有名字……”

“是什么，亲爱的？是工具棚还是别的什么？”

“不。只是一堵墙，就像巴尔布斯和丘吉尔先生一样。我在什么地方读到过，丘吉尔先生在压力大的时候会发现砌墙能让他平静下来，我想任何能让丘吉尔先生平静下来的东西可能都值得效仿。”

“好吧，我希望它已经缓解了你的压力。”

“哦，是的。它让人感觉很舒缓。我喜欢把砖头放上去的时候，灰泥从砖头的边上冒出来，你……”

“亲爱的，时间快到了。我给你打电话是想告诉你这里需要你。”

“你真好，亲爱的。但是墙才砌了一半……”

“不是我——我是说——是我，但不只是我。EBC 想和我们谈谈。”

“关于什么？”

“我真的不知道。他们很谨慎，但坚持要谈。”

“哦。他们什么时候想见我们？”

“弗雷迪建议星期五吃晚饭。你能赶回来吗？”

菲丽斯停顿了一下。

“好吧。我想到时我能把这堵墙砌完。我会乘六点左右到帕丁顿的那趟火车。”

“太好了。到时我会去车站接你。还有另外一个原因，菲儿。”

“什么？”

“流沙，亲爱的。未动过的被单。失去光泽的顶针。从生命的滴漏中滴下的暗淡无光的水滴。还有……”

“迈克，你一直在排练。”

“我还能做什么呢？”

“你就不能带米尔德丽德出去吃饭吗？”

“我带她出去过，随着人们对她的了解越来越多，她确实开始变得招人喜欢了。很奇怪，真的。尽管如此……”

“迈克，我碰巧知道米尔德丽德过去三个星期一直在苏格兰。”

“哦，你说米尔德丽德？我想……”

“别这样，亲爱的。周五见。”

“在你回来之前我不会多嘴的。”我向她保证。

* * *

我们只晚了二十分钟，但是弗雷迪·惠蒂埃可能已经在那里百无聊赖地待了好几个小时，我们急匆匆地冲进酒吧。他消失在柜台周围热闹的人群中。很快他举着摆放着三杯雪利酒的托盘出现了。

“先喝杯雪利酒吧。”他说。

很快，他的思想变得活跃起来，开始注意到了身边的一些事情。他甚至注意到了菲丽斯的手。右手的指关节磨破了，左手上有一大块灰泥。他皱起眉头，似乎要说话，但又改变了主意。我注意到他偷偷地打量着我的脸，然后又打量着我的手。

我解释说：“我妻子到乡下去过。你知道，现在是砌砖的季节。”

他看上去似乎松了一口气。

“以前的团队合作没问题吧？”他漫不经心地问道。

我们摇了摇头。

“很好，”他说，“因为我给你们俩找了个活儿干。”

他继续解释。似乎是EBC最喜欢的赞助商之一向他们提出了一个建议。这个赞助者显然在一段时间内一直认为，有关深海生物的描述、一些照片和确凿证据早就该出现了。

“一个有见识的人，”我说，“在过去的五六年里……”

“闭嘴，迈克。”我亲爱的妻子急促地打断了我。

弗雷迪继续说道：“在他看来，事情已经到了这样一个地步，他不妨在钱还有价值的时候花掉一些，也许能带来一些有价值的信息。与此同时，他不明白为什么他不应该从即将到手的信息中获得一些好处。因此，他建议准备好装备，派出一支探险队，看看能做些什么——当然，整个事情将与专属权等有关。顺便说一下，这是高度机密：我们不想让 BBC 首先得知此事。”

“听着，弗雷迪，”我说道，“几年来，每个人都在努力了解这件事，更不用说 BBC 了。怎么回事？”

“去哪里探险？”菲丽斯问道。

弗雷迪说道：“这自然也是我们最想知道的。但这个赞助商也不知道。整个选址的决定权都在博克尔手里。”

“博克尔，”我惊呼道，“他现在变得这么不可触及了吗？还是怎么了？”

弗雷迪承认说：“他的股票已经涨了不少，而且，就像这位赞助商说的那样：如果把所有关于外太空的无稽之谈都撇开，博克尔其他言论的支持率都相当高——反正比任何人都高。于是，他找到博克尔，对他说：‘听我说。这些东西出现在萨菲拉岛和四月岛上；你认为它们下一次最有可能出现在哪里？或者，很快会出现在哪里？’博克尔当然不会告诉他。他们会谈的结果是，赞助商将资助博克尔率领的探险队前往他选定的地区。此外，博克尔还对人员进行了选择。在欧共体的祝福与你们的同意下，部分选择就会是你们二位。”

“他一直是我最喜欢的地理学家，”菲丽斯说，“我们什么时候动身？”

“等一下，”我插了一句，“从前，海上航行对健康有益。然而最近，情况远非如此……”

“飞机，”弗莱迪说，“只乘飞机。毫无疑问，人们无疑已经通过其他方式获得了很多关于这些事情的个人信息，但我们更希望你能够把这些信息带回来。”

“非常感谢你的体贴。”我对他说道。

“很好。明天去和博克尔商量一下，然后到我办公室来，我们将签订合同，处理一下所有相关的事情。”

那天晚上，菲丽斯不时显出心不在焉的样子。回到家，我说：

“如果你不愿意接手这件事……”

“无稽之谈。我们当然要做，”她说道，“但你认为‘补贴’是不是意味着我们可以花钱买合适的衣服和东西。”

* * *

“甚至，”我环顾四周说道，“即便以忘忧果为食也会使人沮丧。”

“我喜欢在阳光下无所事事。”菲丽斯说。

我想了想，说：“我觉得不止是‘喜欢’。我的意思是，我认为二十世纪的女人似乎把阳光视为一种带有轻微催情成分的化妆品——有趣的是，女性祖先中没有人是这样看待阳光的。当然，男人们只是一年年地在阳光下流着汗水。”

“是的。”菲丽斯说。

我指出：“你不能简单地用‘是’来回答这样的观察结果。”

“我已经到了一个舒适的颓废阶段，在这个阶段，我几乎可以对任何事情说‘是’。这是众所周知的热带效应，毛姆先生经常强调这一点。”

“亲爱的，毛姆先生很大程度上依赖于说‘是’的错误的人，即使是在热带地区以外。这与其说是温度的问题，不如说是他的三角测量系统的问题，在这个系统中，他仅次于另一本畅销书《欧几里得》，顺便说一下，这个系统让人对三位一体的文学方法产生怀疑……”

“迈克，你在胡言乱语——可能也是因为天气太热了。我们只是随便想想，对吧？”

于是，我们又重新恢复了过去几周一直在做的事情。

我和菲丽斯坐在一家有着神秘名字——“不列颠尼亚”——的大饭店前的一张带伞的桌子旁，这里能让你同时看到宁静与活跃。右边就是宁静。湛蓝的海水闪闪发光，绵延数英里，直到被一条坚硬、笔直的地平线挡住。海岸像一张弓似的绕着，尽头是一片棕榈丛生的海岬，在炎热中像海市蜃楼一样颤抖着。当海岸成为西班牙大陆一部分时，背景看起来一定是一样的。

左边是埃斯孔迪达岛的首府，也是唯一的城市生活的写照。

这个岛的名字可能源于过去不稳定的航海技术，这种技术曾导致船只错误地到达开曼群岛中的某个岛，但尽管这些地方经历了种种变迁，这个名字还是保留了下来，同时也保留了许多西班牙特色。房子看起来有西班牙的特征，居民有西班牙人的气质，在语言上说西班牙语的人多于说英语的，从我们坐在广场开放空间的角落望过去，能够看到远处的教堂，前面摆放着色彩鲜艳的市场摊位。教堂看起来就像画册里的西班牙教堂一样。然而，这里的人却没那么西班牙，肤色也从晒白到煤黑不等。只有一个鲜红色的英国邮筒让人们惊讶地得知这个地方叫作史密斯镇——甚至当人们得知小镇的名字是为了纪念一位曾富极一时的海盗时，小镇顿时充满了浪漫的色彩。

在我们所住的酒店后面，埃斯孔迪达的两座山峰中的一座高耸入云，光秃秃的山峰高高耸立，半山腰上环绕着绿色的树木，宛如披着绿色的围巾。在山脚和大海之间，延伸出一片逐渐变窄的岩石大陆架，城镇集中坐落在大陆架较宽的一端。

博克尔探险队在那里聚集了五个星期。

博克尔设计了一套自己的概率系统。最终，他的排除法给了他一份可能被袭击的十座岛屿的名单，其中四座位于加勒比地区，这也决定了我们行进的路线。

这大概就是他在纸上所能做到的一切，我们来到了牙买加的金斯敦。在那里，我们和摄影师特德·贾维、录音师莱斯利·布雷以及技术助理之一穆丽尔·弗林一起待了一周；而博克尔本人和他的两名男性助手则乘坐当局安排的武装海岸巡逻机四处飞行，他们要顾及大开曼岛、小开曼岛、开曼布拉克岛和埃斯孔迪达岛的竞争对手。他们最终选择埃斯孔迪达的理由无疑是非常好的，遗憾的是，飞机把我们以及我们的装备运到史密斯镇两天后，大开曼岛上的一个大村庄最先遭到了袭击。

即便感到很失望，同时我们也深刻认识到，博克尔干的事确实不只是一场高级的小打小闹，他差一点失手。

一得到消息，飞机就把我们四个人送过去了。不幸的是，我们几乎一无所获。海滩上有许多凹槽，但在我们到达时已经被践踏得乱七八糟了。二百五十名村民中，大约有二十人因为跑得快而得以逃生，其余的都不见了。整个事情是在黑暗中发生的，所以没有人看见什么。每一位幸存者都觉得有义务让询问者感觉钱花得值，整个事件几乎已经成为传说了。

博克尔宣布我们应该待在原地。到处乱跑是没有什么好处的，我们错过时机的可能性和找到时机的可能性一样大。更有可能的是，对于埃斯孔迪达来说，除了其他特点外，它还有一个优点，那就是它是一个只有一个城镇的岛屿，所以当袭击发生时（他确信迟早会发生），史密斯镇几乎肯定是目标。

我们希望他知道自己在做什么，但在接下来的两周，我们对此表示怀疑。电台报道了十几起袭击事件——除了亚速尔群岛的一件小事件外，其余所有袭击都发生在太平洋上。我们开始有一种沮丧的感觉，觉得自己走错了地方。

当我说“我们”时，我必须承认主要是指我自己。其他人继续分析这些报告，不动声色地继续他们的准备工作。其中一点是没有白天发生袭击的记录；因此，光是需要考虑的因素。一旦镇议会确信这不会让他们付出任何代价，我们就开始忙着在史密斯镇的树木、柱子和建筑角落上解决临时洪水的问题，尽管海边的洪水会更大，我们所做的一切都是为了保护泰德的摄像机，所有这些摄像机都连接着我们所在旅馆房间里的总机。

居民们以为我们正在为某个节日做着筹备工作；议会认为这是一种无害的疯狂，但很乐意为我们消耗的额外电流支付费用。我们中的大多数人变得更加悲观，直到在盖洛斯岛的事件发生后，虽然盖洛斯在巴哈马，这件事却使整个加勒比海地区都感到震惊。

盖洛斯岛上的主要城镇安妮港，以及那里的三个大型沿海村庄在同一天晚上遭到袭击。安妮港大约一半的人口和三个村庄里更多的人完全失踪了。幸存下来的人要么把自己关在家里，要么逃跑，但这一次，很多人都一致认为他们看到了坦克之类的东西——他们说，那个东西看起来像军用坦克，但比坦克更大——从水里冒出来，滑到海滩上。由于黑暗、混乱，以及大多数提供消息的人要么快速逃走，要么急着藏起来，关于这些从大海里爬出来的坦克当时做了什么，只有一些想象中的报告。唯一可以证实的事情是，在这四个袭击点，总共有一千多人在夜间失踪了。

周围的人都迅速改变了看法。每座岛屿上的每个岛民都抛开了事不关己的安全感，他们相信自己的家将是下一个袭击的目标。古老的、不知还能不能开火的武器从橱柜里被拿出来，清理干净。人们组织了巡逻队，在巡逻的头一两个晚上，他们神气十足地执行任务。有人提议就岛屿间飞行防御系统进行会谈。

然而，又过了一个星期，这个地区再没有出现任何麻烦，人们的热情也随之消退了。事实上，在那一周，所有来自海底的袭击都暂停了。有关突袭的唯一报道来自千岛群岛，由于某种斯拉夫原因，没有注明日期，因此人们认为他们已经花了一段时间在从各个安全角度进行了仔细检查。

警报过后的第十天，埃斯孔迪达的自然精神又完全恢复了。晚上和午睡时间，人们都睡得很香；其余时间也都在打盹，我们也跟着睡得很好。很难相信人们会长期保持一种警觉状态，我们中的一些人也都开始平静下来。穆里尔在岛上的植物群中愉快地探索着；一直待命的飞行员约翰尼·塔尔顿大部分时间是在一家咖啡馆里度过的，一位迷人的小姐教他说方言。莱斯利也入乡随俗，买了一把吉他，我们现在可以听到从楼上开着的窗户传来的叮当声；菲丽斯和我偶尔会互相提醒对方，如果我们有精力的话，我们可能会写些稿子；只有博克尔和他的两个最亲密的助手——比尔·韦曼和阿尔弗雷德·黑格——还保持着一种目标明确的样子。如果赞助人看到我们这个样子，他很可能会怀疑自己的钱投得是否值得。

当我们还在无所事事地沉思时，楼上的莱斯利以《我的太阳》[①]开始了他的演唱。毫无疑问紧随其后的一定是曲目中的另一首《鸽子》[②]。我边饮着杜松子酒，边跟着哼唱着。

“我想，”菲丽斯说，“既然我们在这儿了，我们真应该把这件事查个水落石出——哦，亲爱的……”

从通向海滨的街道上传来一阵喧闹声，单凭人声是无法与之抗衡的。不久，一个几乎被一顶大帽子遮住了的咖啡色的小男孩，牵着一对有节奏地摆动的牛走了出来。在他们身后，一架底部包着铁皮的山地雪橇满载着香蕉，在鹅卵石上发出嘎嘎吱吱的声音驶过来，我们原本以为这种噪声就够吵的了；但香蕉被卸下后，雪橇发出了更加刺耳的声音。人们只能等着牛悠闲地穿过广场。不一会儿，又能听到莱斯利开始演唱《鸽子》的声音了。

“我想，”菲丽斯又开口说道，“我们在这儿的时候，应

---

① 《我的太阳》(*O Sole Mio*)是一首创作于1898年的那不勒斯（那波里）歌曲，这首歌曲流传之广，不仅是知名男高音如恩里科·克鲁索、卢加诺·帕瓦罗蒂、安德烈·波伽利等的保留曲目，同时也是世界三大男高音歌唱家之一帕瓦罗蒂的代表作。

② 《鸽子》(*La Paloma*)，诞生于19世纪，是西班牙作曲家（Sebastian Yradier，1809—1865）在古巴的哈瓦那侨居时创作的一首情真意切的爱情歌曲，多少年来，在世界各地广为流传。

该尽可能了解一下这位史密斯的情况。我是说，他可能是个非法霍恩布洛尔船长，或者我们可以把他变成非法霍恩布洛尔船长。你对方形船知道多少？”

“我？我怎么会知道什么方形船呢？”

“嗯，几乎所有的男人似乎都觉得他们有责任对船有所了解，所以我想……”她停了下来。《鸽子》刚刚以一种胜利的和弦结束，吉他以完全不同的节奏欢快地弹开了。莱斯利的声音又响了起来：

哦，我在密室绞尽脑汁。
我的大脑皮层将被点燃，
去破解这个新东西！
炸掉一个异族人。

哦，我考虑过核弹
以及所有能想到的射线。
我查过技术期刊，
现在我才刚刚开始企盼。

我想要的是技术的萌芽
在每平方英寸五吨压强的状态下存活
那么现在来痛击下面的巴斯吧
到了紧要时候。

我在紫外线之上侦查过，

我在红外线周围搜寻过。

“可怜的莱斯利，”我说，“你知道在这种状况下会发生什么，菲儿。我们被警告了。密室——破解！看在上帝的分上！在受害者没有意识到的情况下，力量就被削弱了。我们必须给博克尔一个时间限制——从现在起一周内产生他所说的现象。如果不是的话，就我们而言，他自己也会受够了。再过一段时间，情况就会更糟糕。我们也会开始用过时的节奏创作歌曲。我们的道德品质也会腐烂，以致我们会发现自己开始做些可怕的事情，比如让‘核弹’和‘期刊’合辙押韵①一样。你说宽限一个星期？”

“嗯？”菲丽斯怀疑地说道。

我们身后响起了脚步声，是莱斯利从旅馆门口走了出来。

“两位好啊，”他高兴地说，“午饭前是时候来一杯了？听到我的新歌了吗？一个粉碎者，不是吗？菲丽斯称之为《专家的哀歌》，但我认为应该称为《困惑专家的叙事诗！》。三杯杜松子酒？好吧。”他出去拿酒去了。

菲丽斯正在看风景。

我冷冷地说道：“好吧，我说的是一个星期，我就坚持这个期限——尽管那很可能是致命的。”

---

① “核弹”和“期刊”的原文分别是 thermals 和 journals，尾音相同。

这比我后来知道的还要真实。

不到一周的时间，我们差点丢掉了性命。

* * *

“亲爱的，别再担心月亮了，快来睡觉吧。”

“没有灵魂——这就是问题所在。我常想我为什么会嫁给你。”

“拥有太多的灵魂绝非不可能。看看劳伦斯·霍普①。”

“讨厌！我讨厌你。”

“亲爱的，太晚了。快凌晨一点钟了。”

“在埃斯孔迪达，生活是不受时间限制的。”

“你喝醉了，亲爱的。你今天下午把笔记本放错地方了。还记得吗？”

“噢，我真的讨厌你。亲爱的，亲爱的狄安娜②，把我从这个人身边带走吧。”

我站起来身来，和她一起站在窗前。

“看到了吗？”她说道，“‘一艘船，一座小岛，一轮镰刀般的月亮……’如此脆弱，如此永恒……是不是很可爱？”

我们凝视着外面，目光穿过空荡荡的广场，穿过沉睡的房子，越过银色的大海。

---

① 英国女诗人阿德拉·弗洛伦斯·科里（Adela Florence Cory，1865—1904）的笔名。

② 月亮女神。

“我要记住这一切，”她说，“这是我要记住的事情之一。”

从对面房子后面，沿着水边，隐约传来了弹奏吉他发出的叮当声。

“愚蠢而甜蜜的爱情[①]，”她叹息道，“为什么你看不到也听不到我所看到和听到的，迈克？为什么？”

“要是我们的感受都一样，会不会有点乏味——比如，我们俩都向狄安娜祈求？我有我自己信仰的神。”

她转过身来看着我，说道：“我相信你有。但他们都是些相当费解的神，不是吗？”

“你这么认为？我觉得他们不难理解。我会引用弗莱克[②]的话给你，‘有些人到麦加去祈祷，而我却走向你的床，优斯明[③]’。”

“哦，”她说，“哦，迈克！”

突然，远处的演奏者的吉他当啷一声掉在地上。

水边传来了令人惊恐的喊叫声，听不清在喊什么。接着又传来了别的声音。一个女人尖叫着。我们急忙转身望向小海港前面的房屋。

“你听！”菲丽斯说，“迈克，你觉得？”

几声枪响打断了她的话。

---

① 原文为西班牙语。

② 英国诗人詹姆斯·埃尔罗伊·弗莱克（James Elroy Flecker，1884—1919），后句诗引自其《哈桑的小夜曲》（*Hassan's Senerade*）。

③ 同避孕药名。

“一定是！迈克，一定是他们来了。”

远处的喧闹声越来越大。广场上人们打开窗户，互相打听着。一个人从拐角处的门里跑了出来，消失在通向河边的那条短短的街道上。喊叫声此起彼伏，混杂着三四声枪响。我从窗口转过身来，用力地敲打隔壁房间的墙。

“嘿，泰德！”我喊道，“把灯打开！把海边的灯打开，伙计。灯！”

我听到他微弱的“好的”。他一定已经起床了，因为当我转过身望向窗外时，灯光开始依次亮了起来。

除了十几个人穿过广场奔向港口之外，没有什么不寻常的。越来越响的喊叫声突然停了下来。泰德的房门砰的一声关上了。他的靴子在房间外面的走廊上蹬蹬作响。房子外面传来的喊叫声和尖叫声比以前更响了，好像被短暂的阻拦后获得了力量。

“我必须……”我刚要说话，突然发现身边的菲丽斯已经不见了。

我朝房间的另一头望去，她正在锁门。我走过去。

“我必须到海边去。我一定要看看到底有什么……”

“不！”她喊道。

她转过身去，背紧紧地靠在门上。她看起来就像一个拦路的严苛天使，只是天使们应该穿着体面的棉质睡衣，而不是她这种尼龙材质的。

“但是，菲儿，这是工作，是我们来这里的目的。”

“我不在乎。我们先等一会儿。”

她一动不动地站在那里，严厉的天使表情变成了不听话的小女孩的表情。我伸出手来。

“菲儿。请把钥匙给我。”

“不！”她说道，把钥匙从房间另一侧的窗户扔了出去。钥匙掉在外面的鹅卵石上叮当作响。我惊讶地注视着，这根本不应该是菲丽斯做出的事。整个广场都被聚光灯照得雪亮，人们慌慌张张地向对面的街道聚集过来。我转过身来。

“菲儿。请让开。”

她摇了摇头。

“别傻了，迈克。你有工作要做。”

“这正是我要做的……”

“不，不是。你没看见吗？我们得到的唯一报告都是来自那些不急于知道发生了什么事的人。来自那些要么藏起来、要么逃跑的人。”

我对她很生气，但还不至于生气到不可理喻的程度，我停了下来。她接着说道：“弗雷迪是这么说的——我们来的关键是我们应该回去告诉他们这里所发生的事。”

“好吧，但是……”

“别看那儿。”她朝窗户点了点头。

人们仍然聚集在通往海边的街道上；但他们不再拥向海边了。入口处聚集了一大群人。当我还在看的时候，之前的场景开始反转。人群向后退去，开始从边缘散开。更多的人从街上向广场拥来，把广场上的人群又推了回去，直到这群人被驱散得到处都是。

我走近窗户向外观望。菲丽斯走过来站在我的身边。不一会儿，我们看见泰德手里拿着摄影机，急匆匆地回来了。

“是什么东西？”我向下喊道。

“天知道。过不去。街上一片恐慌。他们都说那个东西朝这边来了，不管是什么。如果是这样的话，我会从我的房间窗户拍一张照片。”他回头看了一眼，然后走进旅馆。

人们还在不断地向广场拥来，当他们被挤到可以跑的地方时，就开始奔跑起来。没有再听到枪声，但在那条短短的街道隐蔽的尽头，不时会传来尖利的喊叫声。

在返回旅馆的人中，有博克尔和飞行员约翰尼·塔尔顿。博克尔在楼下大声向上喊着。人们从各自房间的窗户里探出头来。他仔细查看了一遍。

“阿尔弗雷德在哪儿？”他问。

似乎没有人知道。

“如果有人看见他，就叫他进来。”博克尔吩咐道，“其他人就待在原地别动。尽量观察，但在我们了解更多有关情况之前不要暴露自己。泰德，把灯都开着。莱斯利……”

“我去拿便携式录音机，博士。”莱斯利的声音说道。

“不，你不要。如果你愿意，可以把麦克风扔到窗外，但你自己也要藏好。现在每个人都要保护好自己。”

“可是，博士，是什么东西？”

“我们不知道。所以大家不要出门，直到找出人们尖叫的原因。弗林小姐到底在哪儿？哦，你在那里。好吧。继续观察，弗林小姐。”

他转向约翰尼，和他说了几句话。约翰尼点了点头，绕到旅馆的后面跑开了。博克尔又朝广场那边看了看，然后走了进来，随手关上了旅馆的大门。

广场上到处都是跑来跑去的或者匆匆忙忙走着的人影，但是已经不再有人从那条街道上跑出来。那些已经逃到远处的人回头在张望，他们在门口或巷子附近徘徊，必要时可以迅速跑进去。六个拿着枪的人趴在鹅卵石地上，他们的武器都瞄准了街道的入口。除了几声呜咽声外，现在一切都安静了下来。整个场景笼罩在一种紧张、期待的寂静之中。人们开始隐隐约约听到一种研磨、刮擦的噪声从街道隐蔽处传来；声音不是很大，但连续不断。

靠近教堂的一座小房子的门打开了。穿着黑色长袍的牧师走了出来。附近的许多人朝他跑去，跪在他周围。他伸出双臂，好像要把他们都围住保护起来。

从狭窄的街道传来的噪声，听起来就像沉重的金属在石头上被拖拽发出的声音。

三四支步枪几乎同时突然开火。从我们所在的角度，仍然无法看到他们射击的对象，但他们每人都开了好几枪。然后那些人跳起来，跑得更远，几乎跑到广场的最里面。他们转过身来，重新将子弹上膛。

从那条街道上传来了木头裂开、砖块和玻璃掉落的声音。

我们第一次看到了“海坦克”。一条暗淡的灰色金属曲线滑入广场，带走了农舍的一角。

子弹从六个不同的方向一齐射向这头庞然大物。子弹在它身上飞溅发出砰砰的响声，但没有伤其毫发。它缓慢而费力地、带着一种不可阻挡的神气，在鹅卵石上刮来蹭去。它稍稍向右拐去，朝着教堂的方向爬去，远离了我们。一路上将广场角落里的房子几乎带倒。灰泥、砖块和横梁落在它的身上，又从身体两边滑下来，但这些东西丝毫没有阻挡它的前行。

更多的子弹打在它身上，但都呼啸着弹开了。它继续稳稳地向前走着，毫不动摇地以每小时不到三英里的速度冲进广场，很快我们就看清了它的全貌。

想象一下一个细长的鸡蛋，它的长度被切成一半，平面的一端放在地上，尖的一端朝上。假设这个鸡蛋有三十到三十五英尺长，颜色单调，没有光泽，是铅黄色的，当我们看到它冲进广场时，你会看到一幅美丽的“海坦克”的画面。

没有办法看到它是如何冲进来的；身体下面可能装有轮子，但它的金属腹部发出很大的噪声，看起来和听起来只是在滚动，没有什么机械的声音。它不像坦克或汽车那样急转弯，只是沿着对角线向右移动，但头仍然朝向前方。另一个外形完全相似的东西紧随其后，它向左转弯，朝着我们的方向走过来，街角附近的房子也都被它撞坏了。第三个庞然大物一直往前走到广场中央，然后停了下来。

在远处，跪在牧师周围的人群爬了起来，纷纷逃跑了。

牧师站在原地，挡住了那东西的去路。他的右手拿着一个十字架对着它，左手举起，手指张开，手掌向外，让它停下来。但那东西不紧不慢地继续前进，就好像牧师不存在一样。它弯曲的侧翼把牧师推到一边。随后它停了下来。

几秒钟后，广场尽头的那个东西也到达了指定的位置，停了下来。

当我们看到这三个东西在广场上的均匀分布时，我对菲丽斯说道："这支队伍将按扩展顺序在第一个目标站稳脚跟。这不是偶然的。现在怎么办？"

有将近半分钟的时间，似乎什么都没有发生。还有一些零星的枪声，有些子弹是从广场周围的窗户里射出来的，很多人想探出窗户看看发生了什么事。这些都没有对目标产生任何影响，并且子弹还有弹回去的危险。

"快看！"菲丽斯指着最近的那个怪物突然喊道，"这家伙鼓起来了。"

这头怪物原先前后都很平滑的背部，现在凸起了一个很小的圆顶状赘肉。其颜色比身体其他部位的颜色要浅，是一种米白色的半透明状，在水中闪闪发光。它在一点点变大。

菲丽斯又喊道："它们都在发生变化。"

一声枪响。赘肉颤抖了一下，又继续膨胀。现在它长得更快了。已经不再是圆顶状，而是变成了球形，怪物的脖子将赘肉和身体连在一起，赘肉像气球一样膨胀着，并随着膨胀而微微摆动。

"我敢肯定它要爆炸了。"菲丽斯忧心忡忡地说道。

“第一个赘肉的后面又长出来一个。”我叫道。

“看，还有两个。”

第一个赘肉没有爆裂。它的直径已经差不多有二英尺六英寸了，而且还在快速膨胀。

“一定很快就会爆裂的。”她喃喃地说道。

但事实并非如此。它不停地膨胀，直到直径达到五英尺，才停止生长。它看起来像一个巨大的、令人恶心的膀胱。一阵震颤过后。它颤栗着，与身体分离开来，一个过度膨胀的大泡泡摇摇晃晃地飘向空中。

这个大泡泡摇晃着、变形虫似的上升了十英尺左右。在那里，它摇摆着，渐渐稳定下来。突然间，它发生了变化。但它并没有爆炸。一点声音也没有。更确切地说，它似乎裂开了，仿佛瞬间绽放出一大片白色的纤毛，这些纤毛射向四面八方。

人们的本能反应是从窗前跳回去避开它。我们就是这样做的。

四五根纤毛，像长长的白色鞭子，从窗口弹了进来，几乎就在这些纤毛接触到地板的刹那，它们开始收缩，后退。菲丽斯发出一声尖叫。我转过头去看她。不是所有的长纤毛都掉在地板上了。其中一根六英寸左右长度的纤毛落到了菲丽斯的右前臂上。这根纤毛开始收缩，把她拉向窗户。她用力向后挣扎。试图用另一只手把纤毛摘下来，但手指一碰到纤毛就被粘住了。

“迈克，”她哭喊着，“迈克。”

那东西使劲地拉扯着，看上去像弓弦一样紧。她已经被拖着向窗口走了几步，我鱼跃而起拉住了她，我跳跃的力量把她推到了房间的另一边。虽然那东西还在控制着菲丽斯，但因为我把它推到了侧面，这样它就不能直接从窗户把菲丽斯拉出去，它不得不拖着她要拐过一个急弯。纤毛用力拖拽着。我躺在地板上，为了抓得更牢，我把膝盖弯绕在床腿上，尽我所能坚持下去。如果要拖动菲丽斯，这根纤毛就得把我和床架也拖走。有那么一会儿，我想这样可能会奏效。菲丽斯尖叫起来，突然之间拖拽的拉力消失了。

我把她推到一边，避开可能从窗户进来的任何东西。她晕倒了，她右前臂上一块六英寸长的皮肤被撕掉了，左手手指上的皮肤也被撕掉了很多。裸露的皮肉开始流血。

广场外面一片嘈杂的喊叫声。我冒险把头探到窗边。炸开的东西已经不再悬在空中了。它现在是一个圆体，直径已经大了好几倍，周围环绕着一圈纤毛。它把捕获到的所有东西都拉回自己的身体里，这种张力使它稍稍离开了地面。它拉进来的一些人在叫喊、挣扎，另一些人就像一捆捆毫无生气的衣服。

我在这些人中间看到可怜的穆丽尔·弗林。她仰面躺着，被黏在她红头发上的触手在鹅卵石路上拖行着。她被拉出窗外时摔了一跤，伤得很重，她害怕得大叫起来。莱斯利几乎和弗林被并排拖行着，他看起来好像摔断了脖子。在远处，我看见一个男人冲上前去，想把一个尖叫的女人拉开，但是当他碰到抓住她的纤毛时，他的手也被牢牢地粘住了，他们一起被拖走了。

随着圆圈的收缩，白色的纤毛彼此靠得更近。挣扎的人们不可避免地触碰到更多的人，比以前更加无助地陷入其中。他们如苍蝇在苍蝇纸上挣扎一般。这种残酷的从容使这一切看起来非常可怕，就像在通过慢镜头观察。

这时我注意到另一个形状怪异的泡泡摇摇晃晃地升到了空中，在它要破裂之前我赶紧缩了回去。

又有三根纤毛从窗户外窜了进来，像白色的绳子一样在地板上躺了一会儿，然后开始往后收缩。当它们消失在窗台上时，我又俯身向窗外望去。

广场周围好几个地方都聚集着一群群无助地挣扎着的人。第一个距离我们最近的那个球体已经收缩了，它的受害者最后被紧紧地捆成一个球，有几只胳膊和腿还在圆球外面疯狂地挥舞着。当我注视这一切的时候，这一团密集的东西倒向一边，滚过广场，朝着它们来时的那条街道滚去。

那些机器，不管它是什么东西，仍然躺在原来停着的地方，看上去像巨大的灰色鼻涕虫，每只都时不时地制造出几个令人作呕的大泡泡。

当一个泡泡炸开时，我躲开了，但这一次没有纤毛从我们的窗户进来。我冒险探出身子，把窗户关上，总算及时关上了。紧接着又有三四根纤毛重重地打在玻璃上，其中一块玻璃都被打裂开了。

我现在可以照顾菲丽斯了。我把她抱到床上，从床单上撕下一条带子绑住她的胳膊。

外面，尖叫声、喧嚣声仍在继续，其中还夹杂着几声枪响。

我把菲丽斯的胳膊包扎好后，我又向外看了看。六个物体，现在看起来像密实的圆形大包，在通往海边的街道上来来回回地滚动着。我又转过身去，从床单上撕下一条布，缠在菲丽斯的左手上。

当我正在忙着包扎伤口的时候，在外面的嘈杂声中，突然传来了一种不同的声音。我扔下布条，跑到窗前，刚好看到一架飞机低空飞过来。机翼上的大炮开始闪烁，我赶紧退回来，以免受到伤害。随着一声沉闷的爆炸声响起，窗户都被震得掉了下来，灯也熄灭了，一些东西呼啸而过，还有什么东西溅得房间里到处都是。

我爬了起来。靠近我们这边的广场上的灯也熄灭了，所以很难看清那里的情况，但在广场另一端，我可以看到一个海坦克已经开始移动了。正沿着它来的方向滑回来。

我听到外面飞机盘旋的声音，接着飞机又一次向地面俯冲下来。爆炸声再次响起，外面传来一阵东西掉下来的哗啦声，但这次爆炸没有对我们造成冲击。

“迈克？”床上传来菲丽斯惊恐的声音。

“没事的，亲爱的。我在这儿。”我告诉她。

窗外皓月当空，我现在能看得更清楚了。

“发生什么事了？”她问道。

“它们离开了。约翰尼用飞机把它们赶跑了，我想应该是约翰尼，”我说，“现在没事了。”

“迈克，我的胳膊好疼。”

“我会尽快找医生的，亲爱的。”

“是什么东西抓住了我的胳膊？迈克。要不是你抓住了我……”

“一切都过去了，亲爱的。”

“我……”飞机再次飞回来的声音打断了她的话。我们听着。大炮再次开火，但这次没有听到爆炸声音。

“迈克，有东西黏糊糊的——是血吗？你没受伤吧？”

“没有，亲爱的。我不知道那是什么，到处都是。”

“你在发抖，迈克。”

“对不起。我忍不住。哦，菲儿，亲爱的菲儿……差一点……如果你看到他们——穆里尔和其他人……可能是……”

“好了，好了。”她安慰着，好像我是六岁小孩子似的。“别哭了，米奇[①]。都过去了，”她动了动，“噢，迈克，我的胳膊疼得厉害。”

“别动，亲爱的。我去找那个医生。”我告诉她。

我拿着一把椅子向锁着的门走去，心情宽慰了许多。

* * *

第二天早上探险队剩余的人聚集在一起——博克尔、特德·贾维、菲丽斯和我。约翰尼早些时候带着胶片和录

① 迈克的昵称。

音先走了，包括我后来补充的一个目击者的描述，现在他带着这些东西正在去金斯敦的路上。

菲丽斯的右臂和左手缠着绷带。她脸色苍白，不管大家如何劝说，她都执意要起来。博克尔的眼睛已经完全失去了往日惯常的神采。他那绺任性的灰发垂在额前，皱纹看上去也比前一天晚上多了很多，显得更老了。他一瘸一拐地走着，把身体的一部分重量压在一根棍子上。泰德和我在这次袭击中未被伤到。泰德疑惑地望着博克尔。

"如果您能办到的话，先生，"他说，"我想我们要做的第一步应该是离开这臭气熏天的地方。"

"必须离开，"博克尔表示同意，"与此相比，有些痛苦根本算不了什么。越快越好。"他接着说道，起身迎风而去。

广场上的鹅卵石、散落在周围的金属碎片、四周的房子、教堂，眼前的一切都覆盖着一层黏液，润泽闪亮。还有在这里看不到的更多的黏液溅进了广场前面几乎每一个房间里。前一天晚上，这里还只是散发着一种强烈的鱼腥味和咸味，但在太阳的温暖照射作用下，已经开始发臭，而且很快就变成了有害的气味。即使走出去一百码就会有很大的不同，如果再走一百码，我们就会远离那个村庄，置身在海港对面海滩上的棕榈树丛中。我之前很少感受到微风的清新原来是如此美好。

博克尔背靠着一棵树坐了下来。其余的人等着他先开口说话。很长一段时间他一言不发、一动不动地坐着，茫然地望着大海。然后他叹了口气。

“阿尔弗雷德，”他说道，“比尔、穆丽尔、莱斯利，我把你们都带到这里。可是我几乎没有考虑到你们的安全。”

菲丽斯探身向前。

“你别这么想，博克尔博士。你知道，我们谁都不必来。你给了我们机会，我们抓住这次机会。如果——如果同样的事情发生在我身上，我想迈克不会觉得是您的过错，是吧，迈克？”

“是的。”我说。我很清楚我该责怪谁——永远，决不姑息。

“我不会怪您，我相信其他人也和我一样。”她把没有受伤的右手搭在博克尔的衣袖上，接着说道。

他低下头，抑制住泪水。他闭了一会儿眼睛，睁开眼睛后，把手放在她的手上。他的目光越过她的手腕，落在缠着的绷带上。

“你对我很好，亲爱的。”他说道。

他拍了拍她的手，然后坐直身子，振作起来。现在，他用另一种语气说道：

“我们已经取得了一些成果。也许没有我们希望的那么确凿，但至少有了些实物证据了。多亏了泰德，人们现在可以看到我们面对的究竟是什么了，也多亏了他，我们有了第一个标本。”

“标本？”菲丽斯重复着，“是什么？”

“有点像触手那样的东西。”泰德告诉她。

“怎么弄到的？”

“运气，确实。当第一个泡泡破裂时，没有任何东西从我的窗户射进来，但我可以看到其他地方发生了什么，所以我把刀子打开，把它放在窗台上，以防万一。当第二个泡泡破裂的时候，真的有一个触手落到了我的肩膀上，就在它开始拉扯我的时候，我抓起刀子，把它砍断了。大约有十八英寸长的触手掉在了地板上，扭动了几下，然后蜷缩起来。我们把它寄给了约翰尼。”

“呃！”菲丽斯说道。

“将来我们也要随身带着刀。”我说。

“一定要锋利。这东西非常结实。”泰德建议道。

博克尔说：“如果你能再找到一块的话，我想亲自检查一下。我们认为那一块最好送到专家那里。这些东西确实有些特别之处。基本原理很明显，它可以追溯到某种海葵——但是这些东西是经过培育出来的，还是它们以某种方式建立在基本模式的基础上的？”他耸耸肩没有说完这些问题，“我发现有几点非常令人不安。例如，它们是如何做到去紧紧抓住那些穿着衣服的人，而不去抓无生命的物体的呢？他们是怎么可能被引导顺着原路回到水里，而不是简单地试图从最近的路返回水里？

“第一个问题更重要：它意味着专门的目的。你看，它们使用的那些东西，不像普通意义上的武器，不仅仅是用来摧毁的。换句话说，它们更像陷阱。”

我们都陷入了沉思。

菲丽斯说：“你的意思是说它们的目的是抓人，就像——嗯，似乎类似我们捕虾？”

“差不多吧。很明显，最初的意图是捕获——虽然这是一种手段，还是一种目的本身，当然谁也说不上来。”

我们明白了这个想法。我真希望菲丽斯除了捕虾之外，还能打个别的比方。博克尔接着说道：

“普通的步枪子弹似乎不会给‘海坦克’或这些微型触手类的东西带来麻烦——除非它们自身有未被发现的弱点。然而，爆炸的炮弹会使外壳破裂。它随后解体的方式表明，它已经处于非常强大的压强之下，离断裂点不远了。我们可以由此推断，在四月岛事件中，要么是幸运的一枪，要么是使用了手榴弹。我们昨晚看到的，完全解释了当地人谈论鲸鱼和水母的原因。从远处看，这些‘海坦克’很容易被误认为是鲸鱼。至于‘水母’，也不太离谱。毫无疑问，这些东西肯定与腔肠动物密切相关。

“‘海坦克’里面的东西似乎只是在巨大压强下形成的胶状物质——但很难相信这是真的。撇开其他的考虑，似乎一定有一种机械装置，可以推动那些极其沉重的外壳前进。今天早上我去看了它们走过的痕迹。有些鹅卵石被碾碎了，有些在重压之下碎成片状，但我找不到任何痕迹，也找不到任何东西能证明，就像我想的那样，这些东西是被什么东西拖着往前走的。我想目前在这方面我们遇到了困难。

“毫无疑问，这是某种智能动物，尽管它们的智力看起来不是很高，或者动作不是很协调。尽管如此，把它们从码头引到广场就足够了，广场是它们最好的行动地点。”

“我见过军队的坦克用同样的方式摧毁房屋。”我说道。

“这可能是协调能力不佳的一种表现。”博克尔有点沮丧地说，“现在，大家还有什么要补充的意见吗？”他疑惑地环顾四周。

泰德迟疑地说道：“我确实感觉这些水母并不是完全相同的类型。后者相对比较短小，收缩也不是很快。广场另一边的那只水母在那里躺了足足有二十秒，它的触角在那里卷来卷去，然后才开始收拢。”

博克尔转向泰德：

“你是说纤毛实际是在搜寻吗？”

“我不确定。不过，不管怎样，我的手持相机拍下了它的照片，这样我们就能对它进行研究了。”

“是的。希望我们从那些底片中能获得更多信息。还有别的事吗？有没有人注意到枪声是否对这些触手状的物体造成了影响？”

泰德说：“我觉得，要么是子弹没有射中，要么是子弹对它们根本就不起作用。”

“嗯。”博克尔说道，他沉思了一会儿。

我注意到菲丽斯在喃喃自语。

“你说什么？”我问道。

她解释说：“我刚才说的是‘毫足触角腔肠动物’。”

“哦。”我说。

“录音机一直录到最后，”泰德对我说，“但我不知道我们会从中得到什么。很遗憾我们没有制定更详细的计划。

我们应该为你安装一个麦克风，让你做实况报道。”

“我相信 EBC 也会这么说，”我表示赞同，“但我当时实在太忙了。我现在想做的是录一段比今天早上的版本更完整、更从容的录音，但我真的不知道我还能不能再次面对史密斯镇。世上竟然有如此难闻的气味。”

我们就这么一动不动地坐着。每个人都沉浸在自己的思绪中。过了很长一段时间，博克尔才若有所思地说：

“你知道，我想，如果我相信上帝，我现在就会成为一个非常胆小的人。不过，幸运的是，我有点老派，所以感谢上帝，我没有成为那样的人。”

菲丽斯皱了皱眉头。

“为什么？”她说，“我是说，你为什么会害怕呢？”

“因为我应该是一个迷信的人——迷信的人碰到新东西无法应付的时候，总是害怕的。我不禁会想，上帝是要给我一个教训。上帝说：‘嗯。你们自以为很聪明。小神灵们，你们的原子裂变和微生物就把你们自己征服了。你以为你统治着世界，甚至是天堂。好吧，你们这些自负的小东西，关于生命和自然，你们不知道的事情还有很多。我就给你展示一两件新东西，看看你们的自负能不能战胜它们。我以前也这样做过。’”

“然而，因为你不相信……”菲丽斯问道。

“我不知道。在我们人类之前的地球上的主人。它们中的一些也处于比较有利的位置，当时恐龙种类就非常繁多，这应该给了它们很大的生存机会。另一方面，人类将所有的鸡蛋几乎都放在了一个篮子里。”

没有人再说什么。我们四个人依旧坐在那里，眺望着一片蔚蓝色的大海……

* * *

我在伦敦机场购买的报纸中，有一份《旁观者》的报纸。尽管名字如此，但我知道，它并非没有优点，甚至在某些圈子里口碑很好。我一直觉得这家报纸更倾向于表达偏见，而不是深思熟虑的想法。也许，如果它晚一天出版的话……然而，在这期报纸上我看到了一行大字标题《**博克尔博士再次化险为夷**》，但这并没有改变我的印象。文章这样写道：

> 无论是阿拉斯泰尔·博克尔博士勇往直前去会一条海底巨龙的勇气，还是他正确推断怪物可能出现在哪里的洞察力，都难以让人质疑。
>
> 上周二晚上，EBC在我们家里对待我们的那种令人厌恶的、极其令人反感的场景使我们感到疑惑不解。他们认为，团队中的所有人都应该活着回来，不应该有四名成员丧生。博克尔博士庆幸自己成功逃脱，尽管他的袜子和鞋子都被扯掉，扭伤了脚踝，而另一名成员更是死里逃生。
>
> 然而，尽管这起事件很可怕，博士的一些观察结果在提出对策时可能很有价值，但他要是认为自己现在已经获得了无限的许可，可以重新扮演他以前作为

世界头号人物的角色，那他就错了。

我们对来自海底的攻击给世界贸易带来的破坏性打击感到震惊，但我们相信，科学研究将很快会找到恢复海洋自由的手段。我们也对一些岛屿的居民遭遇到的不幸感到痛心，我们对灾难的形式表示厌恶，但这种形式也增加了我们对经历过这种灾难的人的同情。然而，我们无意对博克尔博士最近试图使我们的社论变得令人毛骨悚然的企图做出回应；我们认为，我们的读者也不会有任何的回应；我们也没有期盼对那些生活在岛屿上长期受苦受难的人们有更关爱的情感。

我们更愿意把他的建议，即我们应该立即着手与几乎整个英国西部的海岸线作战，归因于最近令人不安的经历对喜欢轰动效应的冲动性格的影响，而不是经过深思熟虑得出的结论。

让我们来考虑一下这个引起恐慌的建议的起因。事情是这样的：除了一座小岛外，被海底怪物袭击的许多岛屿都位于热带地区，而我们对这种怪物知之甚少。在这些突袭行动中，约有数百人丧生，估计总数不会超过几天中在道路上受伤的人数。这着实令人扼腕叹息。但我们也没有理由建议，在距离这类事件几千英里的地方，用纳税人的钱，将整个海岸线用武器和警卫包围起来。这种论点类似于，由于东京发生了地震，我们在伦敦建造防震建筑……

当他们和博克尔谈完，可怜的博克尔的观点几乎所剩无几了。我没有把稿子拿给他看。但他很快就会发现，因为《旁观者》的读者并不需要这种独特的方法：他们喜欢流行的观点，喜欢个性化的新闻。

不一会儿，直升机就把我们送到了终点，趁着记者们向博克尔围拢过去，菲丽斯和我赶紧溜走了。

* * *

然而，看不见博克尔博士并不意味着不去想他的观点。媒体的主要部分已经分成了支持和反对两个阵营，我们刚回到公寓几分钟，双方的代表就开始给我们打电话，提出对他们自己有利的诱导性问题。

大约接了五个电话后，我利用中间的间隙给EBC打了个电话，告诉他们，因为我们要把听筒挂断一段时间，他们可能要受苦了，我请他们保留一份呼叫者的记录。他们确实如我所愿。第二天早上，他们给了我一份排得很满的名单。在那些急于和我们谈话的人中间，我注意到了温特斯上尉的名字，上面写着海军部的号码。

“我想这是一个应该优先考虑的问题，”我建议道，“你愿意处理吗？”

“哦，亲爱的！我就不能做个病人吗？”菲丽斯问道，“我真的不知道……”然后她看到了我手指所指的地方，“哦，我明白了——嗯，当然，海军有点儿不一样。”

过了一会儿，她说：“有位官员要见我们，温特斯上尉问见面之后能否有幸与我们共进晚餐以帮助我们恢复精气神，如果我们答应，他会很高兴的。我接受了他的邀请。”

“好吧。”我答道，然后去EBC面对一天口干舌燥的讨论和规划。

当我们见到这位海军上将的时候，发现他比我们想象的更有人情味，也不那么令人敬畏。他对菲丽斯的问候确实有点长辈的风范。他关切地询问她的伤情，并以照顾她的口吻祝贺她的化险为夷。然后我们都坐下了。他瞥了一眼放在桌上的讲稿。

“哦——我们当然收到了博克尔博士关于埃斯孔迪达事件的报告。它提出了大量有争议的观点。事实上，恕我直言，他提出了一种丰富的假设，这种假设似乎在某种程度上超出了所观察到的事实，这在一个科学家身上是相当了不起的。我想和当时在场的人谈一谈这起事件也许——呃——有助于我们弄清情况。”

我告诉他，我很了解此事。

“整整一天，”我告诉他，“在EBC，支持探险的赞助人、政府代表、EBC的政策小组、EBC音频评估部、演讲和特写部主任以及其他几个人，就博克尔博士在广播中应该说什么和不应该说什么展开了激烈的争论。这场争论很激烈，但还有点学术性，因为博克尔博士本人不在场，否则他肯定会反对任何人试图修改他的讲稿，不管修改的内容是什么。”

“我想这是毫无疑问的。”海军上将表示同意，他又低头看了看讲稿，“他在这里说，这些‘海坦克’和他喜欢称之为‘伪腔肠动物’的渗出物不受步枪火力的影响，但是‘海坦克’在被爆炸性炮弹击中时会完全解体。你支持这个观点吗？”

“它们确实爆炸了——几乎就像一只坏掉的灯泡一样彻底炸开了。”我告诉他。

“没有留下任何可辨认的碎片？”

“有很多金属碎片和碎屑之类的东西，仅此而已。”

“除了黏液？”

“是的。当然，除了黏液。”

菲丽斯一想起这事就皱起了鼻子。

“到了下午，太阳已经把那些黏液烤干了，看起来就像涂了一层坚硬的清漆。”她说道。

上将点了点头，说道：“现在我给你读一读他对这些‘伪腔肠动物’的评价。”于是他读了起来，最后问道：“你认为这样的描述恰当吗？你还有什么要补充的吗？”

“没有了。我记得就是这样。”我回答道。

“我没把稿件看完，但第一部分写得很准确。”菲丽斯同意道。

“现在你会说这两种形态都是有知觉的吗？”上将问道。

我皱了皱眉，说道：“这很难说，先生。从最基本的意义上说，这两种形态都——也就是说，它们对某种外部刺激都有反应，而且非常强烈。但如果你的意思是，它们有没有表现出一定程度的智能？这我就说不上来了。毫无疑问，这两种形态都表现出了一些智能化导向。海坦克沿着一条非常明智的线路进入广场，到了那里后，它们就占领了有利地形。其他的东西在直线道路被房屋遮挡的时候都能沿着同样的路线回到水里。但要制造出能服从这种指令的遥控装置并不困难。”

“那么，你应该知道博克尔博士的理论，他认为这些形式实际上只是媒介，也就是说，控制思维的东西在别处，通过某种目前我们还不知道的交流方式来引导它们？你对此有什么看法？”

“我还不太确定，先生。但我认为博克尔博士的理论是站得住脚的。如果你不介意打个比方的话，整个行动给人的印象就像拖网捕鱼而不是用鱼叉捕鱼。我妻子把它比作‘捕虾’。”

“就是说这些海坦克是一个不加区别的工具而不是一个精确的工具？”

“没错，先生。它只不过是把有生命的和无生命的物体区别开来。”

“嗯，”上将点点头说，“你们两个都不知道这些海坦克是如何推进的吗？”

我们都摇了摇头。他又低头看了一会儿讲稿。

“以我对博克尔博士的了解，”他说，“他在接近鸽子时很少不给自己配备一只崭新的猫。① 我们现在来谈谈这个

① 相关俚语“put the cat among the pigeons”（把猫放进鸽群中）意为“挑起轩然大波”。

问题。他含蓄地使用了‘伪腔肠动物’这一术语。”

“如果我没有理解错的话，他的观点是，这些腔肠动物不仅不是腔肠动物，也不是动物，按照人们通常的理解，可能根本就不是生物。”

他质疑地扬了扬眉毛。我点了点头。

“在他看来，它们很可能是为特定目的而建造的人工有机体。他——让我想想，他怎么说的？啊，是的。‘有机组织可以用类似于化学家用来制造所需分子结构的塑料的方式来制造，这绝非不可想象的。如果真是这样，制造出来的人工制品对化学或物理刺激变得敏感，它至少可以暂时产生一种行为，对于一个毫无准备的观察者来说，这种行为很难与生物的行为区分开来。

“‘我的观察结果让我认为，人们所做的就是：从许多其他可能达到目的的形式中，选择了腔肠动物，因为它的构造简单。看来海坦克可能是同一策略的变种。换句话说，我们正受到远程或预定控制下的有机装置的攻击。如果从我们自己能够对无机材料进行控制的角度来考虑这一点；远程地，如导弹，或预定地，如鱼雷，应该就不会像最初出现时那样令人吃惊。事实上，一旦人造自然形态的技术被发现，控制这种技术所带来的问题可能会比我们控制无机形态所要解决的许多问题要简单得多。’

“那么，华生先生，你有没有听到过一些能支持这种观点的想法？”

我摇了摇头说：“这不属于我的领域，先生。标本的报告肯定会有帮助吧？”

“我手里这份报告——对我来说都是些术语，但是我们的顾问告诉我说，这份报告里的一切内容都太保守，太谨慎，几乎毫无用处，除非它奇怪到足以让专家们感到困惑。”

“也许我有点笨，”菲丽斯插嘴说，“但这真的很重要吗？我是说，从实际的角度来看，不管这些东西是真的活的还是伪活的，我们都应该用同样的方式来处理这些事情？”

“这倒是真的，”上将同意道，“尽管如此，这种猜测如果得不到支持，将会使整个报告受到质疑。”

我们又继续聊了一会儿，但没有再谈论什么重要的事，不久，我们就被领了出来。

“哦——哦——哦！”我们走到外面时，菲丽斯痛苦呻吟着，“我有个好主意，直接去找博克尔博士谈谈。他答应过我，他绝不会透露任何关于‘伪’的消息。他只是一个天生的淘气鬼，吓一吓对他有好处。等我有机会和他单独在一起的时候。”

“这确实削弱了他的整个论点。”温特斯上尉表示同意。

“削弱！有人会把它交给报社的。他们会把这当作另一种博克尔主义来大肆渲染，整个事情将变成一场噱头——这将使所有明智的人反对他所说的一切。正当他开始让人们忘记其他一些事情的时候，噢，在我失控之前，我们去吃晚饭吧。”

* * *

接下来的一周非常糟糕。那些已经采纳了《旁观者》对海岸准备工作的轻蔑态度的报纸，兴高采烈地抨击了这些伪生物的建议。社论作者们的文章里写满了讽刺，一群曾经痛击过博克尔的科学家现在又都出来落井下石。几乎每一位漫画家都同时发现，为什么他最喜欢的政治人物似乎从来没有人情味。

另一部分媒体，已经在鼓吹有效的海岸防御，让他们的想象继续停留在可能被创造出来的伪生命结构的主题上，并要求对其工作人员想出的令人惊恐的可能性进行更好的防御。

随后，赞助商通知EBC，其董事会成员认为，他们的产品会因为与围绕着博克尔博士的新一波恶名和争议联系在一起而声誉受损，并提议取消相关安排。EBC各部门的负责人们开始坐立不安。推销员们老调重弹，认为任何形式的宣传都是好的宣传。赞助商谈到了尊严，也谈到了购买该产品可能被视为默认博克尔理论的风险，他担心，这可能会提升对高收入阶层的销售阻力。EBC反驳说，他认为媒体的宣传已经在公众心目中把博克尔的名字和产品联系在了一起。中途收紧不会有什么好处，所以公司应该继续努力，让自己花的钱物有所值。

赞助商说，他的公司希望通过推动科学考察，为知识和公共安全做出真正的贡献，而不是低俗的噱头。举个例子，就在前一天晚上，EBC 自己的一位喜剧演员暗示，伪生活可能会解释困扰他岳母的一个长期的谜团，如果这种事情是允许的，等等……等等……EBC 承诺将来不会再玷污他们的名声了，并指出，如果探险系列在做出承诺后被放弃，所有收入阶层的许多消费者可能会觉得赞助商的公司不可靠……

BBC 的员工对他们偶然遇到的 EBC 的员工表现出令人恼火的谦恭的同情。

人们不断地把头探进我正在工作的房间，给我带来最新的消息；通常会建议我根据当时的战况省略或增加这方面或那方面的内容。每件事都让我紧张地意识到，宿敌可能会随时带着目击证人出来，毁了我们的气势——一种令人怀疑的彬彬有礼。在这样的氛围中待了几天之后，我决定还是留在家里工作。

但是仍然有电话传来一些建议和政策方面的迅速变化。我们尽力了。我们把稿件改了又改，试图让各方都满意。博克尔本人匆忙召开的两三次会议都是爆炸性的。他大部分时间都在威胁说要把整件事公布于众，因为 EBC 显然不信任他直播时的表现，坚持采取录播的形式。

稿子终于完成了。我们简直烦透了，再也不想就此事争论。当第一个节目终于播出时，我们听起来就像从《妈妈的天使半小时》节目里放错了什么东西。菲丽斯和我匆匆收拾行装，动身前往宁静、与世隔绝的康沃尔郡。

* * *

当我们到达二百六十八点六英里外的玫瑰小屋时，第一件引人注目的事情是一项创新。

“天啊！”我惊呼道，“我们在室内有一个非常好的房间。如果只是因为你那些有堆肥思想的朋友，而我就得坐在外面吹冷风……”

“那是个凉亭。”菲丽斯冷冷地说道。

我仔细地看了看。这个建筑很不寻常。有一面墙给人一种微微倾斜的感觉。

“我们为什么需要凉亭？”我问道。

“好吧，天气暖和的时候，我们俩也许有人愿意在那儿工作。它能挡风，能防止纸被吹来吹去。”

“哦。”我应承道。

她继续辩驳道：“毕竟，一个人砌砖的时候总得建点什么东西。”

我想，这种说法很合乎逻辑的，但我有一种挥之不去的感觉，那就是建造凉亭的出发点并不止于此。我对她说，这确实是一座非常漂亮的凉亭。我只是没想到这里会有一座凉亭，仅此而已。

“这不是一个善良的结论。”她生气地说道。

有时我想知道我们俩是否像我希望的那样融洽。例如，在这种情况下使用“善良”这个词……但我告诉她，我认为她很聪明：我也确实这么认为。我想我自己不可能做到把一块砖头粘在另一块砖头上。

* * *

回来是一种解脱。很难相信埃斯康迪达这样的地方真的存在。更难以相信有海坦克和巨大的腔肠动物的存在，不管是不是伪的。然而，不知何故，我发现自己并没有像我所希望的那样放松。

第一天早上，菲丽斯翻出经常被忽略的小说片段，带着一种略带挑衅的神情，把它们带到凉亭。我走来走去，想知道为什么平静的感觉没有像我所希望的那样渗透到我的心里。康沃尔的海水自远古时代起一直拍打着岩石。它咆哮着，恐吓着，只要它愿意，它可以把坚固的船只摧毁；但这些都是古老的自然灾害。它们使像埃斯康迪达这样的地方看起来很轻浮，即使在概念上也是如此；这样的地方属于另一个世界，在这个世界上，发生怪诞的事情并不令人惊讶。但康沃尔并不轻浮。它是真实而可靠的。几个世纪以来，海浪不停地啃噬着它，但速度很慢。海水杀死康沃尔的居民，是因为他们向它挑战，而不是因为大海向他们挑战。确实很难想象我们的海洋会产生像埃斯康迪达加勒比海海滩上出现的不正常的新奇事物。在我的记忆中，博克尔就像一个有幻觉能力的顽皮精灵。在他的掌控范围之外，世界是一个更清醒、更有序的地方。至少，目前看来是这样的，尽管在接下来的几天里，当我从我们特别关注的问题中走出来，更全面地审视这件事时，我越来越清楚地意识到这一点。

全国的空运工作正在紧锣密鼓地运行，尽管基本生活必需品的安排十分严格。人们发现，两架提供快速运输服务的大型航空货机，在同样长的时间内，运送的货物比普通货船要少些，但成本很高。尽管实行了配给制，生活成本仍上涨了约两倍。飞机制造厂日以继夜地生产这种飞机，以降低营运费用，但需求量太大，优先事项的时间表在相当长的一段时间内——可能几年内——都不可能放松。港口挤满了被搁置的船只，要么是因为船员罢工，要么是因为船主拒绝支付保险费。被剥夺了工作的码头工人正在为保证工资而进行示威和斗争，他们的工会却在拖延和动摇。并不是因自身过错而失业的海员也加入他们的行列，要求把基本工资作为一种权利。机场工作人员迫切要求提高工资。数千丢了工作的造船厂工人要求继续支付工资。飞机制造厂工人威胁要站出来支援。对钢铁需求的减少导致了对煤炭需求的减少，有人提议关闭某些枯竭的矿坑。当下整个行业都在抗议罢工。

莫斯科那些惹是生非的人发现形势很有利，就用他们惯用的伦敦代言人宣布，并通过所有正常的渠道传播他们的观点，认为这次航运危机很大程度上是人为安排的。他们宣称，西方已经抓住并放大了海上的一些不便，以此为借口，大举扩充空中力量。

由于贸易仅限于必需品，六次金融会议几乎成了永久性的会议。在这种情况下，把接受一定数量的奢侈品作为交付必需品的条件的倾向随处可见，人们的反感和愤怒也在不断滋长。毫无疑问，他们之间正在进行着激烈的谈判，同样毋庸置疑，他们还会做出一些有远见的让步，而公众事后才会知道这些让步是什么。

现在还能找到几艘船，船上的船员因为敢于在深水区域航行，能挣到大把的工钱，但是保险费率把货物价格推高到只有最迫切的需要才能付得起的水平，因此这些船基本上都是在冒险航行。

不知在什么地方，有个人灵光一现，发现每一艘失事的船只都是机动的，世界各地已开始使用各种大小和类型的帆船坡道。有人提议大规模生产快速帆船，但几乎没有人相信这种紧急情况会持续足够长的时间，能足以保证投资获益。

所有海洋国家的科研人员仍在秘密努力研究着。每周都会有新的设备被试用，有些已经成功地投入生产——尽管只有在证明这些设备在某种程度上不可靠（如果没有得到真正的反击的话）的情况下，才会再次停产。然而，在这个具有科学头脑的时代，人们意识到即使是奇才有时也会有棘手的时候。科学家们总有一天会得出完整的答案，这是毋庸置疑的——而且，可能永远，在明天。

据我所知，现在人们对科学家的普遍信任比科学家对自己的信任要大一些。他们把自己当成救世主的缺点使他们感到压抑。他们的主要困难与其说是发明能力低下，不如说是缺乏信息。他们迫切需要更多的数据，但无法获得。

有一个人对我说："如果你要做一个捉鬼器，你打算怎么做？尤其是如果你连个小鬼魂都没有捉到过的话。"他们已经准备好抓住任何一根救命稻草——这可能就是为什么博克尔的伪生物形态理论只在部分研究人员中得到认真考虑的原因。

至于海坦克，那些比较活跃的报纸和它们相处得很愉快，新闻报道也是如此。埃斯孔迪达胶片的精选部分被收录在我们在EBC的脚本报道中。EBC将一小段镜头礼貌地赠送给BBC，用于其新闻短片播报中，并附上致谢函。事实上，把事情夸大到足以引起恐慌的程度的倾向使我感到困惑，直到我发现，在某些地区，几乎任何把注意力从国内的麻烦转移开的事情都被认为是值得鼓励的。海坦克特别适合这个目的；它们的轰动价值很高，而人们对那些有时因把不安的注意力引向国外而造成的尴尬置之不理。

然而，海坦克的掠夺越来越严重。在我们离开埃斯孔迪达后的短时间内，加勒比地区有十到十一个地方报告了袭击事件，包括波多黎各的一个城镇。在稍远的地方，因为百慕大基地的美国飞机的快速行动才阻止了对那里的袭击。但与世界另一端发生的事件相比，这些袭击都是小规模的。据报道，日本东海岸发生了一系列袭击事件，这些报道显然是可靠的。在北海道和本州，十几个或更多的海坦克发动了突袭。从更远的南部班达海域传来的报告更令人困惑，但显然与大量不同规模的袭击有关。棉兰老岛宣布其东部沿海有四五个城镇同时遭到突袭，这一行动肯定至少有六十个海坦克出击。

分散在深海区域无数岛屿上的印度尼西亚和菲律宾的居民，他们的前景与英国人面对的截然不同，英国高踞大陆架，背靠浅浅的北海，没有任何异常迹象。而在印尼和菲律宾的这些岛屿上，各种报道和谣言如熊熊烈火般蔓延开来，每天都有成千上万的人逃离海岸，惊慌失措地逃往内陆。在西印度群岛类似的趋势也很明显，尽管还没有达到恐慌的程度。

听到这个消息，我更加清楚地意识到事态的严重性。我开始觉得我一直在接受这一切，而更多不负责任的报纸的读者也在接受这一切。我开始看到一个比我想象的更大的模式。这些报告认为存在数百个，也许是数千个这样的海坦克——这些数字表明我们遭受到的不仅仅是几次突袭，而是一场战役。

“他们必须提供防御，或者给人民自卫的手段。在一个人人都害怕靠近海岸的地方，无法维持经济的发展。你必须设法让人们有可能在那里工作和生活。”

菲丽斯说：“没有人知道它们接下来会去哪里，但当它们发动突袭的时候，你必须迅速采取行动。这就意味着要让人们拥有武器。”

“那么，政府应该给人们武器。该死的，剥夺人民的自我保护能力并不是国家的职责。”

“不是吗？”菲丽斯若有所思地问道。

“你这是什么意思？”

“所有的政府都大声宣称要按照人民的意愿来统治，它们却不顾一切地禁止人民拥有武器，你难道对此不感到奇怪吗？一个民族不允许自卫，却被迫去保卫自己的政府，这难道不是一种基本原则吗？据我所知，唯一受自己政府信任的是瑞士人，但由于身处内陆，他们不会卷入此事。”

我很奇怪。她的反应与往常不同，看起来也很疲倦。

“怎么了，菲儿？”

她耸了耸肩，说道：“没什么，只是有时我厌倦了忍受所有的谎言和骗局，装作谎言不是谎言、宣传不是宣传、污垢不是污垢。我会重新振作起来的……你不是有时候希望自己出生在理性的时代，而不是表面理性的时代吗？我认为他们会让成千上万的人被这些可怕的东西杀死，而不会冒险给他们强大的武器来保护自己。他们会辩解这样做的理由。几千人或者几百万人有什么关系？女人会弥补所造成的人口损失。但政府很重要——不能拿政府去冒险。”

“亲爱的……”

“当然会有一些象征性的安排。也许在重要的地方有小型驻军。飞机随时待命——在最糟糕的事情发生后，他们也会出现。当男人和女人被那些可怕的东西捆成一捆卷走，女孩的头发被拉扯着拖过地面，就像可怜的穆里尔一样，人们会被撕扯开，就像那个同时被两只海坦克抓住的男人一样，然后飞机就会到来，当局会说他们很抱歉迟到了一会儿，但是在做好充分的安排方面有技术困难。这是一种常见的开脱方式，不是吗？”

“但是，菲儿，亲爱的——”

“我知道你要说什么，迈克，但我很害怕。没有人真的在做什么事情。也没有人意识到，也没有人真正尝试去改变这种局面。船只被驱离深海；天知道有多少这样的海坦克准备来劫掠人们。他们说：‘天哪，天哪！这是一种交易的损失。’他们不停地说，好像只要他们说得够久，最终一切都会好起来似的。当像博克尔这样的人建议做某件事时，他就被反对声所淹没，被称为哗众取宠者或危言耸听者。在他们必须采取行动之前，他们认为应该死掉多少人算是合适的呢？”

“可是你知道，他们正在努力，菲尔——”

“是吗？我觉得他们一直在衡量。在目前的情况下，维持政治体制的最低成本是多少？在事情变得危险之前，人们能忍受多少生命的损失？宣布戒严令是明智还是不明智？在什么阶段实施？一直在这些事情上犹豫不决，而不是承认危险，采取行动。哦，我可以——”她突然停住了，她的表情也变了，“对不起，迈克。我不应该发脾气的。我一定是累了，或者别的什么。”于是她带着想一个人待会儿的果断神情走了。

菲丽斯的爆发使我非常不安。我已经好几年没见过她这样了。自从孩子死后就再没有过。

第二天早上，我什么事也做不下去。我来到小屋的拐角处，发现她正坐在那个可笑的凉亭里。她的双臂支在面前的桌子上，双手捂着脸，头发散落在小说凌乱的书页上。

她孤单单地坐在那里哭泣着。

我抬起她的下巴，吻了吻她。

“亲爱的——亲爱的，怎么了？”

她回头看着我，泪水顺着脸颊流下来。她凄惨地说：

“我做不到，迈克。这行不通。”

她悲伤地看着书页。我在她旁边坐下，用一只胳膊抱着她。

“没关系，亲爱的，一切都会好起来的……”

“不会的，迈克。每次我尝试的时候，其他的想法就会出现。我害怕。”她用一种奇怪的紧张的眼神看着我。我把她抱得更紧了。

“没什么好怕的，亲爱的。”

她一直仔细地看着我。“你不害怕吗？”她奇怪地问道。

“我们都发霉了，”我说，“那些稿件让我们心烦意乱。我们去北海岸吧，今天应该适合冲浪。”

她轻轻地擦了擦眼睛。“好吧。”她异常温顺地答道。

今天天气不错。风浪和锻炼使她的面颊更加红润，我们两个都没有吃午饭。我们玩着聊着，我觉得到了我有希望建议她去看医生的时候。她直截了当地拒绝了。她感觉好多了。一两天内一切都会好起来的。

我们悠闲地打发了一天剩下的时间，晚上九点半左右回到了玫瑰小屋。菲丽斯去热咖啡时，我打开了收音机。带着一丝不忠，我先调到了BBC的节目，正在播放一部剧的开场白，格拉迪丝·杨似乎是一个占有欲很强的母亲，于是我又把收音机调到了 EBC。

我发现 EBC 正在推出一种非常单调的节目，还大言不惭地称之为综艺节目。然而，我却让它一直播放着。

广告过后，一个我从未听说过的人，主持人介绍说是我一直很受欢迎的老朋友，某某人。

他在吉他上弹了几下，然后开始唱道：

哦，我在密室绞尽脑汁，
我的大脑皮层将被点燃……

过了一会儿我才回过神来，我转过身来，难以置信地盯着收音机：

去破解这个新东西！
炸掉一个异族人。

我身后传来一声巨响。我转过身来，看见菲丽斯站在门口，她脚边的地板上洒了一地的咖啡。她眉头紧皱，身子瘫软下去。我抓住她，将她扶坐到椅子上。收音机里还在唱着：

……技术期刊，
现在我才刚刚开始企盼。

我俯身把收音机关掉了。他们一定是从泰德那里弄到了这首歌。菲丽斯没有哭，她坐在那儿浑身发抖。

* * *

“我给她打了一支镇静剂，她很快就会入睡的。她现在必须彻底休息，换换环境。”医生说。

“这就是我们现在正在做的。”我说道。

他若有所思地看着我。

“我想，这也是你所需要的。”他说道。

“我没事，”我对医生说道，“我不明白。她受了惊吓和伤害，但这只是开始。之后，她就失去了知觉。她似乎很快就克服了，她真的不比其他看过胶片的人知道更多。当然了，我们一直都沉浸在其中。”

医生严肃地看着我。

“你全都看见了，”他说，“你也梦见过了，是吗？”

“有几晚我都睡得很糟糕。”我承认道。

他点了点头。“还不止这些吧。你在睡梦中是不是一遍又一遍地在重温那一幕？”他问道，“你特别关注一个叫穆丽尔的人，还有一个被撕成碎片的人？”

“嗯，是的，”我表示同意，“可我还没有跟她说过这件事。我宁愿忘了它。”

“这类事情是不太容易被忘记的，它们很容易在人睡着的时候闯进梦境。”

“你是说我说梦话？”

“我猜，你一定说了很多。”

“我明白了。你是说这就是她为什么……”

“是的。现在我把在哈利街的一个朋友的地址给你。我希望你们俩明天动身去伦敦，第二天就去看他。我来替你安排。”

“好吧，”我表示同意，“你知道，让我担心的不是事情本身，而是之后要把稿子写出来的压力。现在放松了。”

“可能吧，”他说，“尽管如此，我还是认为你应该去看看他。”

确实出了些问题了，我知道。我没有向医生坦白，尽管我向哈雷街的那个人承认了，在梦境中我经常看到菲丽斯被拽着头发拖走，而不是穆丽尔；我看到的更多的是菲丽斯被扯成碎片，而不是那个陌生的男人。作为交换，他告诉我，菲丽斯大部分晚上都在听我说话，并劝阻我不要跳出窗户去干涉这些想象中的事情。

我同意暂时停止社交活动。

* * *

涅槃是为少数人准备的；尽管如此，我还是来到了约克郡的那所老庄园，设法找到了一个还过得去的临时住处。刚开始的几天没有报纸，没有收音机，没有信件，心中有一种炼狱般的烦躁感，但在那之后，身体感受到了一种绷紧的弹簧放松的感觉。随着紧迫感的消退，我的价值观和想法也发生了变化。锻炼、户外活动、模式的彻底改变给人一种换挡的感觉；发动机开始稳定下来，以更舒适的速度运转。这是一种极大的简化。我的内心似乎变得更加清新、干净，更不容易任人摆布了。有一种新的稳定感。这是一个非常舒适、简单的模式；我想是习惯养成了。

当然，六个星期以来，我对这种生活已经上瘾了，如果不是一天晚上六点钟，我口干舌燥地走了二十英里后，来到一家小酒馆，这种日子我还可以继续过下去。

当我拿着第二杯啤酒站在酒吧里时，店主打开了收音机，里面正在播报BBC的新闻简报。第一条新闻就击碎了我慢慢搭建起来的象牙塔。主持人说道：

> 奥维耶多-桑坦德区失踪者的名单仍然不完整，西班牙当局认为，可能永远无法完全确定。官方发言人承认，包括男人、女人和儿童在内的三千二百人伤亡，但这个数字比较保守，实际伤亡人数要高出百分之十五或百分之二十左右。
>
> 来自世界各地的慰问信连续不断地涌入马德里。其中有来自危地马拉圣何塞、萨尔瓦多、智利拉塞雷纳、西澳大利亚班伯里以及东印度群岛和西印度群岛的许多岛屿的电报，这些岛屿遭受到的袭击虽然规模较小，但其恐怖程度不亚于西班牙北部海岸遭受的袭击。
>
> 在众议院，反对党领袖表示，他的政党支持首相对西班牙人民表达的同情。他指出，在这一系列袭击

事件的第三次袭击中，如果希洪的人民没有把防御掌握在自己手中，伤亡会严重得多。他说，人民有权得到保护。为他们提供保护是政府工作的一部分。如果一个政府忽视了这一职责，那么没有人会责怪一个民族为自我保护而采取措施。

不过，如果有一支有组织的部队时刻做好准备，情况会好得多。自古以来，我们就用武装力量来应对其他武装力量的威胁。自一八二九年以来，我们一直保持着一支高效的警察部队来对付内部威胁。但现在看来，我们在行政管理上变得如此贫瘠，创造能力如此贫乏，共同行动如此迟缓，以致我们无法使海岸上的居民享有他们作为这个伟大国家一员所应该享有的安全。

在反对党成员看来，未能履行其选举承诺的政府，现在却不愿意考虑甚至能挽救选民生命的手段，这将辜负其政党的名声。如果不是这样的话，那么这项保护政策拖得太久了，几乎和吝啬没有什么区别。现在是时候采取措施，以确保这些岛屿上的人民不会遭受类似西班牙，以及世界上其他地方沿海居民相同的命运。

首相感谢反对派表达的同情，并向他们保证政府正积极关注局势的发展。如有必要，所采取的具体步骤应视紧急情况的性质而定。他说，这些都属于深水区域，想到不列颠群岛位于浅水区域，他感到很欣慰。

女王陛下的名字在伦敦市长为救助而设立的基金的认购者名单上名列前茅——

店主伸手关掉了收音机。

“天哪！”他厌恶地说道，“让人恶心。总是千篇一律。像对待一群傻孩子一样对待我们。在该死的战争期间也是如此。到处都是他妈的国民警卫队等着该死的伞兵，所有他妈的弹药都被锁起来藏好了。就像《老人与海》里所说的：他那该死的自我，‘他们以为我们是什么该死的民族？’”

我请他喝了一杯，告诉他我已经好几天没有收到任何消息了，问他发生了什么事。去掉单调的形容词，再加上我后来收集到的信息，大概意思是：

在过去的几周里，袭击的范围已经远远超出了热带地区。在西澳大利亚弗里曼特尔以南一百英里左右的班伯里，一支由五十个海坦克组成的小分队在警报发出之前就已经上岸并进入了小镇。几天后的一个晚上，智利的拉瑟琳娜也遭到了同样的突袭。与此同时，在中美洲地区，袭击已不再局限于岛屿，太平洋和海湾沿岸也发生了几起大大小小的袭击事件。在大西洋，佛得角群岛多次遭到袭击，类似的麻烦向北蔓延到加那利群岛和马德拉群岛。在非洲海岸的突出部分也发生过几次小规模的袭击。

欧洲仍然是一个饶有兴趣的旁观者。“Ex Africa semper aliquid novi”可以略为自由地被翻译成，比如：“在其他地方发生的有趣事情”，这句话传达出，在欧洲人看来，欧洲是惯常的稳定之地。飓风、海啸、严重的地震，等等，都是在神的指示下发生在异域和不明智地方的放纵行为，欧洲遭受到的所有主要破坏，传统上都是人类自己在周期性的疯狂中造成的。因此，人们不会认为他们和马德拉——或者，可能是拉巴特或卡萨布兰卡一样面临着危险。

因此，五天前的一个夜晚，当海坦克从泥泞中爬过来，穿过海岸，沿着桑坦德的船坞爬上岸时，它们进入了一个不仅毫无准备，而且基本上对它们一无所知的城市。

从它们被发现的那一刻起，舆论就分裂成两派，大致分为现代和古典两种。现代派有人打电话给卡特尔要塞的驻军，说外国潜艇正在大举入侵港口；另一个人接着说，坦克载着潜艇；还有一个人反驳说，潜艇本身是两栖的。既然肯定有什么不太清楚的地方出了问题，士兵们就去调查。

与此同时，海坦克已经进入街道。对更具古典主义思想的公民来说，很明显，由于前进的物体不是已知的机器形式，它们的起源可能是邪恶的，它们唤醒了祭司。来访者被拉丁语召唤回到它们所属的深坑——它们的首领，谎言之父处。

海坦克继续缓慢前进着，驱魔的祭司走在前面。军队到达后，不得不强行穿过一群群祈祷的市民。在每一条街道上，巡逻队都做出了类似的决定：如果这是外来入侵，他们有责任击退它；如果是邪恶的力量，同样也要击退它，即使无效，也会使自己站在正义的一方。于是他们开火了。

在警察局，一份姗姗来迟且含糊不清的警报给人的印象是，麻烦是由于军队的叛乱引起的。几个地方的枪声证实了这一点，警察出动教训了军队一顿。

从那以后，整件事变成了狙击、反狙击、党派之争、不解和驱魔的一场混战，在这片混乱中，海坦克已经安顿下来，释放出令人作呕的腔肠动物。只有等到天亮后，海坦克都撤了，才有可能理清混乱的局面。当时，已经有两千多人失踪。

“怎么会有这么多人失踪呢？他们当时都在外面的街上祈祷吗？”我问道。

客栈老板从报纸上的报道推断，人们当时没有意识到发生了什么。他们的文化水平不高，对外部世界也不太感兴趣，直到第一个腔肠动物喷发出纤毛，他们才明白会发生什么。接着就出现了恐慌，幸运的人们马上跑开了，其他人躲到就近的房子里。

“他们躲在那儿应该没事的。”我说。

但我的想法似乎已经过时了。自从我们在埃斯康迪达见到海坦克以来，它们学会了一些新的技能。其中一种就是，如果一所房子的底层被推开，房子其余的部分也会倒塌，一旦腔肠动物清理掉那些在恐慌中被踩踏的人，它们就要开始摧毁房屋了。里面的人不得不做出选择：是被倒塌的房子压在里面，还是为了安全而跑出来。

第二天晚上，在桑坦德以西的几个小镇和村庄的守望者发现了半个鸡蛋形状的怪物随着潮水爬上了岸。大多数居民被唤醒，并被转移到了安全地方。西班牙空军的一支部队正在待命，以照明弹和大炮投入了战斗。在圣维森特，他们第一次进攻就炸掉了六个海坦克，其余的都停了下来。又有几个海坦克在第二轮中被摧毁；其余的海坦克开始撤回大海。当最后一只海坦克已经快要被海水淹没时，战士们捉住了它。在海坦克登陆的其他四个地方，防守也都做得非常好。只有不超过三到四只腔肠动物被释放出来，大约有十二位村民被它们捕获。据估计，在投入战斗的五十个左右的海坦克中，能安全回到深水区的不超过四五个。这是一次著名的胜利，人们举杯畅饮共同庆祝。

第二天晚上，守望者驻守在沿岸的各个地方，随时准备在第一个黑色隆起物冲出水面时发出警报。但是整个晚上海浪一直不停地拍打着海滩，没有奇形怪状的东西打破这一切。早上，很明显，那些海坦克，或者说那些派出他们的人，已经吸取了惨痛的教训。少数幸存下来的几只海坦克的零件也不那么灵敏了。

白天风停了。下午又起雾了，到了晚上，浓雾弥漫，能见度不超过几码。大约晚上十点半左右，海坦克从吉戎静静拍打着的海浪下滑了出来，直到它们的金属肚子开始嘎吱嘎吱地爬上石板坡道，才发出一点声音。之前停靠在那里的几艘小船，在它们经过的时候或者被推开或者被压碎了。人们听到木头开裂的声音，纷纷从水边的旅馆跑出来看个究竟。

浓雾中什么也看不清。还没等人们弄清楚究竟发生了什么事情，第一批海坦克已经把腔肠动物的气泡摇摇晃晃地升到了空中。不一会儿，到处响起了哭喊声、尖叫声，人们陷入一片混乱之中。海坦克在雾中缓慢地向前推进着，嘎吱嘎吱地驶进狭窄的街道，而在它们后面，还有更多的海坦克从水里爬出来。海边一片恐慌。

从一只海坦克挣脱出来的人很可能会撞上另一只海坦克。在没有任何预兆的情况下，一条鞭子状的纤毛会冲出浓雾，找到它的猎物，然后开始收缩。过了一会儿，它们拖着满载的货物从码头滚回水中，发出扑通扑通的声音。

传回到镇上的警报，传到了警察局那里。负责的警官接通了紧急电话，他听着电话，随后慢慢地挂断了。

“飞机停飞了，”他说道，“即使飞机能起飞也没什么用。”

他下令发放步枪，把所有能派上用场的人都派出去。

“并不是因为它们有多么厉害，但我们可能运气好。仔细瞄准，如果发现了重要情况，立即报告。”

他把这些人打发走了，也没怎么指望他们能做些象征性的抵抗。不久他听到了枪声。突然，一声巨响震得窗户嘎嘎作响，接着又是一声巨响。电话铃响了。一个激动的声音解释说，一群码头工人正在向前进的海坦克扔炸药。又一阵爆炸声震得窗户又发出格格的响声。军官迅速地想了想。

“很好。找到带头的。代我向他授权。派你的人去把这群人驱散。”他命令道。

这一次，海坦克可没那么容易泄气，很难区分哪些说法是真的，哪些是传闻。被摧毁的海坦克数量估计在三十到七十只之间；总的出击的数量大概在五十到一百五十之间。不管真实的数字是多少，这支力量肯定是相当强大的，在黎明前几个小时人们的压力才有所缓解。

太阳升起来驱散了最后一片雾气，阳光照耀着一座支离破碎、被泥浆覆盖的城镇，也照耀着尽管有数百人伤亡却觉得自己赢得了战斗荣誉的民众。我从旅店老板那里听到的描述很简短，但要点都包括其中了，他的结论是：

“他们认为，在这两个晚上，这些海坦克干了上百件这种该死的事。在其他地方也出现了那些东西——一定有成千上万的混蛋在该死的海底爬来爬去。我说，是时候该对它们做点什么了。但是没有。‘没有理由恐慌。’该死的政府说。嗯，我们以前经历过很多这种事情。直到某个地方几百个可怜的冒失鬼被飞行的水母困住，才会发出该死的警报。那就只有紧急命令和极度恐慌了。你看着吧。”

“比斯开湾很深，”我说，“比我们这附近任何地方都要深。”

“那又怎样？”客栈老板说。

我仔细想想，这是个非常好的问题。毫无疑问，真正的麻烦根源在大海深处，而第一次地面入侵都发生在深海附近。但是，没有理由相信海坦克一定是在深海地区活动的。的确，从纯粹的机械角度来看，对它们来说，缓慢的倾斜爬升应该比陡直爬升更容易——或者应该是这样吧？还有一点是，在海水里所处的位置越深，它们在转移重量时消耗的能量就越少……还有，这一切归结为一个事实，那就是我们对它们的了解仍然太少，根本无法做出有价值的预言。客栈老板和其他人一样可能都是对的。

我把我的想法告诉了他，我们举杯希望他说得不对。当我离开时，我的休假被粗暴地打断了。我在村里停了下来发了个电报，然后返回庄园收拾东西，并告诉他们第二天我要离开这里。

* * *

为了在途中了解世界上发生的事情，我买了一些精选的日报和周报。大多数日报的紧急话题是“海岸防御”——左翼要求全面围攻大西洋海岸，右翼则拒绝对有可能是假想的怪兽进行恐慌性支出。除此之外，前景并没有太大的变化。科学家们还没有生产出灵丹妙药（尽管新设备还在测试中），商船仍然堵在港口，飞机工厂工人三班倒并威胁要罢工，共产党正在推行“每架飞机都是对战争的支持”的路线。

马林科夫在接受电报采访时曾说，虽然西方加强飞机制造的计划只不过是战争贩子资产阶级法西斯计划的一部分，欺骗不了任何人。但俄国人民反对战争的想法如此强烈，以至于苏联国内为保卫和平而生产的飞机增加了三倍。战争并非不可避免。

克里姆林宫学者对这一说法进行了长时间的分析，传达出这样一种印象：德尔斐神谕的三脚祭坛，以及一种谈话式的风格，已经转移到了莫斯科。

我走进公寓，一眼就看到垫子上放着的几个信封，其中有一封电报，大概是给我的。这个地方让人油然而生一种凄凉感。

卧室里有匆忙打包的迹象，厨房的水槽里有一些未洗的餐具。客厅打字机上打了半页纸的谈话；因为其中一个说话的人叫作佩尔佩图阿。我觉得这应该是正在写的小说的一部分。我翻了翻书桌上的日记本，最后一篇是一个星期前写的，上面只简单地写着：羊排。

那本珍贵的笔记本就放在旁边。我通常是不会去看它：它仅次于私人信件，但毕竟仍然属于私人的。然而，这是一个特殊的场合，我想知道在里面能否找到线索，于是我把它翻开了。最后两部分内容如下：

自从 phi 的词源纳什
把字典变成了多音节的大杂食，
“S”不再是行话喽
吟游诗人过去常唱哦。

下一部分：

即使我能活很久很久

我还是不太可能找到韵脚
那个奥格德
动弹不得。

我想，这些语言与其说是建设性的，不如说是悲哀的；当然也没有什么启发性。我拿起了电话。

弗雷迪·维蒂尔很高兴我又回来了。“你瞧，”在问候和祝贺之后，我说，“我一直与世隔绝，以至于我好像把妻子都弄丢了。你能解释一下吗？”

“你丢了什么？”弗雷迪吃惊地问道。

“妻子菲丽斯。”我解释说。

“哦，我以为你说的是‘性命’。哦，她没事。她几天前和博克尔走了。”他高兴地说道。

我告诉他说：“我不是想打探消息。但你说的‘和博克尔走了’是什么意思？”

“他们去了西班牙，”他简短地说道，“他们在那里放了探海陷阱之类的东西。事实上，我们一直都在等她发来的急件。”

“所以她是在抢我的工作？”

“她是暂时帮你——是别人想抢你的饭碗。还好你回来了。”

在随后的谈话中，我了解到菲丽斯只忍受了一个星期的休息疗法，然后就去了伦敦。

这套公寓让人感觉很压抑，所以我去了俱乐部，在那里度过了一个晚上。

床边的电话铃声把我吵醒了。我打开灯。早上五点。“你好。”我用早上五点懒洋洋的声音说道。当我听出是弗雷迪的声音时，我的心猛地一跳。

“迈克？”他说，“太好了。拿上你的帽子和录音机。现在有车去接你了。”

我还没有完全清醒过来。

“车？”我重复了一遍，“是不是菲儿？”

“菲儿？哦，上帝，不。她没事。她大约九点钟时还打过电话。我会向她转达你的爱。按照我说的做，快点，伙计。那辆车很快就会到你家了。”

“但是我这里没有录音机。一定是菲儿拿走了。”

“见鬼。我会设法及时把录音机送到飞机上。”

“飞机？”我惊讶地问道，但对方的电话挂断了。

我一骨碌从床上爬起来，开始穿衣服。还没等我穿完，门铃就响了。他只是 EBC 的一名普通司机。我问他发生了什么事，但他只知道在诺斯霍特有个特殊的任务。我拿起护照就跟他走了。

当我加入一小群困倦的英国报界人士中，我发现其实我并不需要护照。这些人聚集在等候大厅里喝着咖啡。鲍勃·亨伯比也在其中。

“啊，人们经常提到的一个名字，”有人说道，“我以为是我认识的那个华生。”

“这究竟是怎么回事？”我问道，“我从孤独而温暖的床上被拉起来，匆匆忙忙地赶过来——是的，谢谢，只要喝上一滴咖啡就会使人活跃起来。”

撒玛利亚人盯着我。

“你的意思是说你没有听说？”他问。

“听说什么？”

“巴斯。出现于邦卡拉，多尼戈尔。”他解释道，电报式地，“在我看来，也非常合适。巴斯应该觉得自己在魔法精灵①和猖女②中间真的很自在。但我毫不怀疑，当地人会告诉我们，在英国，它们造访的第一个地方应该是爱尔兰，这不公平，我想它们会去的。”

* * *

在一个爱尔兰的小村庄里嗅到同样的腐烂的鱼腥味，确实很奇怪。埃斯康迪达本身就很奇特，有点不太可能。但是，同样的事情也会发生在这些柔和的绿色和迷雾般的蓝色之中，这些海坦克会爬上一座座灰色的小茅屋，张开触须，这听起来似乎很荒谬。

然而，在小港口的船台上有被碾碎的石头、港口墙边沙滩上的沟槽、四幢被毁掉的小屋和看见自己的男人被纤毛缠住而心急如焚的女人们。到处都涂抹着同样的黏液，散发着同样的气味。

---

① 爱尔兰传说中像小矮人的形象。
② 爱尔兰传说中预报死讯的女妖。

他们说，当时有六只海坦克。一个紧急电话让几架战斗机飞速赶来。他们消灭了三只海坦克，其余的都滑回了水里——但在此之前，村子里一半的人都被裹在紧紧的触须茧中，在海坦克撤回之前运回到海里。

第二天晚上，在更南边的高威湾也发生了一次突袭……

当我回到伦敦时，行动已经开始了。这不是详细调查的地方。官方报告的许多消息肯定仍然存在，它们的准确性将比我杂乱无章的回忆更有用。

菲丽斯和博克尔也从西班牙回来了，我们俩安顿下来就开始工作。只是工作方式稍微有所不同，因为关于海坦克袭击的日常新闻现在都是专门机构和当地记者的工作。我们似乎与军队以及博克尔保持着一种和EBC的工作关系，至少，我们是这样做的。我们所能告诉听众的就是已为他们做了的。

爱尔兰共和国暂时中止了借用大量地雷、火箭筒和迫击炮的做法，随后同意租借一些受过使用这些武器训练的人员。在爱尔兰的西海岸和南部海岸，一队士兵在潮汐线以上没有悬崖保护的地方布设雷区。在沿海城镇，配备有炸弹武器的纠察队通宵警戒。在其他地方，飞机、吉普车和装甲车随时待命。

英格兰西南部和苏格兰西海岸也在进行类似的准备工作。他们似乎并没有成功威慑住那些海坦克。一夜又一夜，它们沿着爱尔兰海岸、布列塔尼海岸，从比斯开湾出发，沿着葡萄牙海岸，发动着大大小小的突袭。但它们失去了最有力的武器——出奇制胜，领头的海坦克通常在雷区引爆自己，发出警报；当缺口形成时，人们开始实施防御行动，居民早已逃离此地。海坦克经过之处造成了一定程度的破坏，但它们几乎没有找到猎物，而且它们自己的损失往往是百分之百的。

在大西洋彼岸，严重的灾难几乎只限于墨西哥湾。对东海岸的袭击被有效地阻止了，突袭很少发生在查尔斯顿北部；在太平洋一侧，圣地亚哥的突袭发生率是最高的。总的来说，受影响最大的是两个印度群岛、菲律宾和日本；但他们正在学习如何给海坦克以重创，尽量阻止它们返回大海的方法。

博克尔花了大量时间四处奔波，试图说服各个政府部门在他们的防御措施中加入陷阱，但收效甚微。大家一致认为，充分了解敌人的性质是一种有益的资本，但还是有一些实际困难的。几乎没有任何地方愿意去设想这样一个前景：一个被困在海滩上的海坦克，仍然能够在未知的时间内抛出腔肠动物，除了建议漫无目的地建造大量陷阱外，博克尔本人也没有提出任何关于陷阱位置的理论。人们挖了几种类型的陷阱，但一只海坦克也没有抓捕到。听起来更有希望的方案，即保留死的或伤残的海坦克以供检查，也没有取得任何进展。在一些地方，防御者被说服用铁丝网把海坦克关起来，而不是把它们炸成碎片，但这是问题的简单部分。接下来怎么办的问题还没有解决。任何拉削的企图都会导致海坦克在黏液间歇喷射中爆炸。博克尔坚持认为，海坦克常常在人们采取行动之前，就会爆炸了——尽管有其他观点，但博克尔坚持认为，这是暴露在明亮的阳光下的效果。不管是什么原因，都不能说有人比我们第一次在埃斯孔迪达遇到海坦克时更了解它们的本性。

根据博克尔的说法，是爱尔兰人承担了北欧袭击的全部压力，这次海坦克突袭了罗卡尔以南的一个深水基地。人们很快就学会了一种对付这些海坦克的技巧，即便有一个逃掉，对他们也是一种耻辱。苏格兰在外岛只遭受过几次小规模的入侵，几乎没有人员伤亡。英格兰仅有的几次袭击都发生在康沃尔郡，而且大多都是小规模的——唯一的例外是发生在法尔茅斯港的一次入侵，有几次海坦克成功地前进到了略超过高潮水位的地方，随后就被炸毁了；但据说有更多的海坦克在到达海岸之前就被深水炸弹摧毁了。

然后，法尔茅斯袭击后仅仅几天，突袭就停止了。海坦克突然就停了下来，而且，在相关的广阔区域，突袭事件完全停了下来。

一个星期以后，被戏称为“深海指挥部”的毫无疑问地取消了这场战役。事实证明，大陆海岸实在是太难对付了，进攻的尝试失败了。海坦克撤回到了比较安全的地方，但即使在那里，它们的损失率也在上升，回报率也在下降。

自上次突袭两个星期后，宣布结束紧急状态。一两天后，博克尔通过广播对局势发表了评论。

“我们中的一些人，”他说道，“我们中不是很理智的一些人最近一直在庆祝胜利。我对他们提出这样的建议：当食人族的火没有热到足以烧开锅的时候，砧板上的被俘者可能会感到有些宽慰，但是，他并没有，在这个短语所被普遍接受的意义上，取得胜利。事实上，如果他在食人族有时间生一堆更好更大的火之前不做点什么，被俘者的境况也不会好转。

“因此，让我们来看看这场‘胜利’。我们，一个靠海运而崛起的海洋民族，能够航行到地球最遥远的角落，现在却失去了支配海洋的自由。我们被踢出了一个我们自己创造的元素。我们的船只只能在沿海水域和浅海安全航行——即使在那里，谁又能说清它们还能容忍我们多久呢？我们被迫依靠空中运输来获得赖以生存的食物，这种封锁比战争中经历过的任何一次封锁都要有效。即使是那些试图研究麻烦根源的科学家，也必须乘着帆船到海上去工作。这算是取得胜利了吗？

“这些沿海突袭行动的最终目的究竟是什么，谁也说不清。也许那些被称为‘捕虾’的东西离我们并不远——它们一直在为我们拖网，就像我们为鱼拖网一样——也许是这样，尽管我自己并不这么认为；在海里捕获比在陆地上捕获更便宜。但这种突袭有可能是企图征服这片土地的一部分——是一次无效和信息不足的尝试，但尽管如此，它还是比我们到达深海的尝试更为成功。如果真是这样的话，那么突袭的发起者现在更了解我们，因此可能更危险。它们不太可能用同样的武器以及以同样的方式再次突袭，但我认为我们所能做的一切都不能阻止它们用不同的武器以及以不同的方式再次袭击。对吧？

“因此，我们需要找到某种方式来回击它们，因此这并不是放松，而是加强了。

“有些人可能会记得，当我们第一次意识到在深海发生了一些状况时，我主张应该尽一切努力去了解它们。但我们没有去尝试，而且很可能永远也不会这样做，可是，毫无疑问，我曾希望我们能够避免的局面现在已经存在，而且正处于被解决的过程中。两种有智慧的生命形式都无法忍受彼此的存在。我现在开始相信，任何和解的尝试都不可能成功。一切形式的生命都是冲突的；双方越是势均力敌，斗争就会越激烈。所有武器中最强大的是智力；任何智能形式都是靠它的智力来支配，并因此而生存的：就其自身的生存而言，一种敌对的智能形式必定威胁到对方的统治地位，从而使其面临灭绝的危险。任何智能形式都是它自己的绝对形式，不可能有两种绝对形式。

“观察表明，我以前的观点是可悲的拟人化；我现在要说的是，我们必须尽可能迅速地发动进攻，并以彻底消灭它们为目的。这些东西，不管它们是什么，不仅轻易地把我们赶出了它们盘踞的地盘，而且已经在我们的地盘上跟我们作战了。目前我们击退了它们，但这些海坦克还会回来，因为它们和我们受同一种欲望驱使——要么消灭，要么被消灭。当它们再来的时候，如果我们允许它们来，它们会装备得更好……我再说一遍，目前这种形势不是胜利……”

* * *

第二天早上，我遇到了听觉评估中心的彭德尔。他阴沉地看了我一眼。

“我们尝试过，”我辩解道，“我们尽力了，但以利亚的情绪对他产生了影响。”

“下次你见到他，就告诉他我对他的看法，好吗？”彭德尔说道，“我并不介意他是对的——只是我从来没有见过一个人有这样的天赋，在错误的时间，以错误的方式强词夺理。当他的名字再次出现在我们的节目上时，如果有一天还能再出现的话，成千上万的观众会不再收听。作为一个友好的建议，告诉他还是准备去 BBC 做节目吧。”

碰巧，那天菲丽斯和我正和博克尔共进午餐。不可避免地，他想听听人们对他的讲话的反应。我婉转地汇报了一下。他点点头。

“大多数报纸都这么认为。”他说，“为什么我注定要生活在一个愚人的选票和聪明人的选票一样有效的民主国家？如果他们把用来骗取选票的所有精力都投入有用的工作中，我们将会成为一个多么伟大的国家啊！事实上，至少有三家全国性报纸正在鼓动削减‘浪费在研究上的数百万美元’，这样纳税人就可以每周再给自己买一包香烟，这意味着会有更多的货舱装载烟草，也就意味着会有更多的税收收入，然后政府就把这些钱花在了研究以外的东西上——船只在港口继续生锈。这样做没有任何意义。”

菲丽斯说道：“但海底的那些东西已经遭受了打击。”

博克尔说：“我们自己也有被挨打、然后赢得战争的传统。”

“完全正确，”菲丽斯说，“我们在海上遭受到了打击，但最终我们会和它们算账的。”

博克尔叹了口气，翻了下眼睛。“逻辑上——”他刚开口，我就插了一句：

“你说得好像你认为它们实际上可能比我们更聪明似的。是吗？”

他皱了皱眉说：“我不明白人们怎么回答这个问题。我的感觉是它们的思维方式和我们的截然不同。如果真是这样，就没有比较的可能性，任何尝试都会产生误导。”

“你当真想让它们再尝试一次吗？我的意思是，这不仅仅是为了阻止人们对保护航运的兴趣下降而进行的宣传吗？”菲丽斯问道。

“听起来像吗？”

“不像，但是……”

“我是认真的，”他说道，“想想这些海坦克的选择。要么坐等我们找到消灭它们的方法，要么它们就来找我们。哦，是的，除非我们很快找到它们，否则海坦克无论如何还是会回来的……”

第三阶段

似乎有东西挡住了小船，没有颠簸，小船只是缓缓地有些改变方向，并且船底传来轻微的摩擦声。我坐在船尾划着桨，船桨在夜幕下隐约可见，小船顺流而下，在黑暗中我几乎什么也看不见，也感觉不到我们是否到了岸边。

“是什么东西？”我低声说。

菲丽斯向前爬时，小船摇晃起来。

齿轮的某个零件掉下来，发出微弱的砰的一声。过了一会儿，她又爬了回来，低声说道：“是一张网，一张很大的网。”

“你能把它提起来吗？”

她挪动了下身体。小船又开始摇晃起来，向旁边倾斜过去。之后又慢慢恢复到了平稳的状态。

“不行，太重了。”她说道。

我没想到会耽搁这么久。几个小时前，在白天，我在一个教堂塔楼上用双筒望远镜勘察过路线。我注意到西北方向的两座小山之间有一条狭窄的通道，穿过这条通道，就是一望无际的湖泊。看来，一旦穿过此地，人们不必距离海岸太近，就可以航行相当远的距离。

我用望远镜找到了那条通道，并在走下塔楼之前认真将那个位置记住了。天还没完全黑，潮水已经开始上涨。又等了半小时后，我们在汹涌的浪潮中出发了。要找到那个通道并不难，因为在天空的映衬下，两座小山的轮廓隐约可见。我已经移到船尾去掌舵，让潮水悄悄地把我们带过去。现在却被这张网……

我把船转了个弯，让水流把船冲抵到障碍物上。我把桨轻轻地放在船里，用手去摸渔网，找到了。我估计它是用半英寸长的绳子做的，网眼大概有六英寸。我伸手去拿刀。

“等一下，”我低声说，“我先来挖个洞。”

当我正要把刀打开时，响起了一声爆裂声，接着是嗖的一声。信号弹在空中炸开了。周围的景象突然清晰可见，我们坐在河中间的小船上，笼罩在强烈的白光中。

左边那座低矮的小山上，长满了青草，蜿蜒的小路上还有几丛灌木。右边是一排高出水面几英尺的房子。在这排房子的前面的斜坡上，还建有一排房子，右手边的房子很高，从我们所在的位置望过去，整个屋顶都露出水面。

旁边的房子逐渐向更深处延伸，有的只能看到烟囱，最后什么也看不见了。

上面一排房子传来了一声枪响。我没有看见闪光，但子弹在离我们头不远的地方呼啸而过。我把刀扔进小船底部，举起双手。一个声音从黑暗的窗户里清晰地传了出来。

“滚回去，伙计。”那个声音说道。

我垂下双手，看着菲丽斯，耸耸肩。

“我们只是回家经过这里。我们不想留下，也不想提出任何要求。”她对那个看不见的人喊道。

“他们都这么说。你的家在哪儿？”他问道。

“康沃尔。”她告诉他。

他笑着说：“康沃尔，你还有希望。”

“我说的是真的。”她说。

“也许是这样，但也不可能让你们通过。我有我的规矩。要么回去，要么受伤。开始行动吧。”

“可我们有足够的食物……”菲丽斯说。

我对她摇了摇头。据我所知，唯一的机会是在不被人看见的情况下通过——带着食物可不是一件值得宣传的事情。

“好吧，”我疲倦地喊道，“我们会回去的。”

没有必要再保持沉默了，我把舷外发动机倾斜到水里，把绳子缠绕在上面。

“你很有头脑——最好别再尝试了。”那个声音建议道。

“我有点守旧——不喜欢射杀那些表现得通情达理的

人。但也有一些人不太讲究的。所以赶紧离开吧，伙计。”

我拉起绳子，菲丽斯发动了小船。我们冲出那片网的阻隔，然后逆流向下游突突地开去。信号弹在我们身后逐渐减弱，然后熄灭了。夜幕笼罩着我们。

菲丽斯爬过发动机，走过来坐在我身边。她戴着手套的手摸到我的膝盖，按了一下。

“对不起，亲爱的。”我说。

“没办法，迈克。我们再找个地方试试。第三次也许会走运。”

“这次就很幸运了，”我说道，“他射偏了——他本来不必那样做的。”

“一张网、一个警卫，肯定意味着有很多人在尝试同样的方法。我们现在在哪儿？”

“我不确定。从地图上很难辨认。肯定是在斯泰恩斯-威布里奇地区。现在回去似乎太遗憾了。”

“挨枪子更遗憾。”菲丽斯说道。

我们慢慢地向前划着船，借助手电筒忽明忽暗的光观察着周围，以防遇到障碍物。

“如果你不知道我们在哪儿，你怎么知道我们要去哪儿？”菲丽斯问道。

“我不知道，”我承认，“就像那位先生说的，我只是继续向前。离开他的领地似乎就是明智之举。”

不一会儿，月亮升起来了，在云层的缝隙中时隐时现。菲丽斯把大衣裹得更紧了些，微微颤抖了一下。

“六月，”她说，“精阳（六月的另一种说法）——月亮——调羹——马上。他们过去常常在河上唱六月的夜晚。还记得吗？呃。离开荣耀的世界……”

“我记得，即使在那个时候，他们也很乐观，”我回答道，“一个聪明人拿走了地毯。”

“哦？”菲丽斯说，“和谁一起？”

“与你无关。不同的时间，不同的世界。”

“不同的世界，确实，”她边说，边环顾着一望无际的水面，“我们不能这样漫无目的地划下去，迈克。咱们找个地方暖和暖和睡一觉吧。”

“好吧。”我同意了，把舵柄朝上拉了拉。

大约一英里外有一个土堆，上面零星散落着一些房屋。分不清那是不是一座岛屿，但在岛屿和我们之间，有更多不同程度被淹没的房子从水中凸出来。我们选择了一座看起来很坚固的白色的房子，从可见的上层来看，房子应该属于后格鲁吉亚时代。我们朝着这幢房子驶去。

窗框上的木头被水泡得鼓了起来，根本滑不动，我们不得不用桨把窗户推开才进去。手电光下看得出这里是一间卧室；曾经很有品位，但是现在墙面的一半都是被潮水泡过的痕迹。我扑哧扑哧地走过地毯，好不容易才把门打开。楼梯平台外面的水离楼梯顶端不到几英寸。不过，上面的地板没问题。家具也很舒适。

“这样就行了。”菲丽斯说道。

她点着了几支蜡烛，开始重新整理她选定的房间里的东西。我又去船里，把我们的铺盖和其他必需品从小船上拿下来，并确保小船是否被牢牢地系住，绳子是否有足够的松弛度来抵挡潮水。

当我把东西拿进来的时候，菲丽斯已经脱下了外套，她穿着一套风衣套装，看上去很像商务人士，正从另一个房间将一把舒适的椅子拖进来。我忙着敲掉楼梯上的扶手，拆下栏杆，准备生火。

窗帘是纯棉的，我们把它盖在身上，上面再盖上毯子。不大可能会有人来查看灯光，但如果真有人来，而且发现小船没有人看守，他一定会把它偷走的。我们安顿下来，点燃炉火，享受房间里越来越温暖的感觉。

我们的晚餐有饼干、罐头香肠，还有用瓶装雨水和炼乳泡制的茶。虽然这不是一顿优雅的晚餐，尽管我们很沮丧地想：身处在这样一幢不太安全的房子里，里面也许有很多更令人兴奋的东西可以喝，但我们还是觉得这样更好。

吃完饭后，为了节省，我们熄灭了蜡烛，又添了些木柴，然后躺下来，享受着炉火带来的温暖。沉默了半支烟的工夫，菲丽斯说道：

“嗯，到目前为止，事情进展得不是很顺利。现在该怎么办？”

她的话也是对我内心状态的清晰简要的总结。

“我不想承认这一点，”我说，“但看起来康沃尔郡之行似乎不得不取消了。”

“那人对此相当不屑，不是吗？但那可能是因为他不相信我们。”

“听起来他好像预见到路上会遇到重重障碍——他是第一个预见到的人。”我说，“看起来我们可能需要穿过很多独立的区域。”

“即使我们要回到伦敦，我们也必须设法离开这里，早晚都是这样——当然，除非我们在那里被枪毙。情况一定会越来越糟。在乡下至少还可以种些东西，你还有机会。但城市是一片由砖石组成的沙漠。一旦你用完了那里的东西，你就完了。”

我想到了玫瑰小屋。那里有土壤——尽管那不是我想靠土地生活的地方。但很明显，没有人会欢迎我们到美好的、郁郁葱葱的土地上去——如果还有这样的地方的话。她对城市贫瘠的看法是正确的，一旦储备耗尽。我怀疑在康沃尔会不会有人欢迎我们，但玫瑰小屋可能会提供一个机会——如果那里没有被人占据的话，我们完全可以去那里……

我俩有一搭没一搭地讨论了一个多小时，没有取得任何进展，最后默默地凝视着炉火，没有进一步的建议。不一会儿，菲丽斯打了个哈欠。我们把湿漉漉的衣服从床上拿下来，铺上自己的被褥，在床垫上盖上防水罩子，重新生火，把猎枪放在手边，就上床睡觉了。

严格说来，我想，明天会给我们带来新的想法，尽管我一直有一种感觉，那就是明天应该是吃早饭的时候才真正开始的，而这个想法大约在凌晨一点左右就出现了。一阵撞击声，把我吵醒了。

我坐了起来，耳边仍传来砰砰的声音，我完全清醒了，警觉起来。房间里一片漆黑，火已化为灰烬。外面的墙上又传来了一声，但力度较小，接着传来了东西刮擦的声音。我抓起猎枪，掀开毯子和窗帘，从床上跳了起来，跑到最近的窗户边。外面有大量的杂物，棚子、鸡舍、家具、原木以及各种可能会发出撞击声音的小东西。另一方面，也有可能是有人发现了小船，失去小船对我们来说将是灾难性的。

我向外望去。月亮西沉，但仍然明亮。小船仍然安全地停泊在下面。另一堵墙上又传来了刮擦声。我爬了回来，在两张床之间的桌子上找到手电筒。

“怎么了？”菲丽斯问道，可我太着急了，顾不上回答。我一只手拿着枪，另一只手拿着手电筒，跑到隔壁房间。其中一扇窗户朝北。我放下手电筒，推起窗扇，从水平的猎枪上方望出去。就在下面，有一条船，一艘带船舱的小汽艇，沿着墙轻轻移动着。我低头看见船舱里躺着一个女人的身影。这不过是一眨眼的工夫，因为这时小船刮到了屋角上；水流把船冲了出去，顺流而下。我抓起手电筒。

“是什么东西？”当我从卧室的门飞跑而过时，菲丽斯问我。

“船。”我边跑下楼梯边回答道。

楼下的水已经齐腰深了，而且冰冷刺骨，但是当时太匆忙了，根本没有留意到这些。随着水位的上升，要登上小船而保持平衡是很困难的，但我还是做到了。小船的舷外马达有些失灵，直到尝试四五次后才打着火。这时我已看不见那艘漂荡的汽艇了，但我还是驾船顺流去追赶她。

幸运的是，我看见了那条汽艇。她无助地被冲向下游。水流把她径直冲进了水下的一丛灌木中，我经过时，瞥见她纠缠在乱七八糟的树枝中。就像现在其他的船一样，这艘汽艇不是为了炫耀而粉刷的，而是为了谨慎起见。我总算追上了她。

当我登上汽艇的时候，我用手电从船舱开着的门照进去。里面没有人。躺在船舱里的女子中了两枪，颈部和胸部各中一枪，肯定是几小时前死亡的。我把尸体拖到船边，扔到了海里。

我不可能用我的船将这艘汽艇逆水拖回去，而且我已经被冻得麻木了，也没有时间去尝试如何驾驶这艘汽艇。最好的办法似乎是确保它不再漂远，并希望在我天亮回来之前没有别人看见它。这是一种冒险。

任何一条船都是无价之宝，但另一种选择是我肯定会染上肺炎。此外，我不敢耽搁太久，因为一旦月亮落山，就不容易再找回我们落脚的那幢房子了。

菲丽斯正在重新燃起的炉火前为我暖毯子。我脱下湿透了的睡衣，裹上毯子，过了一会儿，身体开始暖和过来了。

“一艘海上摩托艇？”菲丽斯兴奋地问道。

“嗯，船头很高的那种——不是那种水上汽车。所以我想它是用来出海的。不过很小。”

“别生气，你很清楚我的意思。她能把我们送到康沃尔吗？”

“以我们对这些东西的了解，问题在于我们能不能把它开到康沃尔。你的意见也很重要。我们可以试试——至少在我看来是可以的。等你见到她之后，看看会有什么想法吧。”

我毫不怀疑她的想法。要不是我极力地劝阻，我们可能已经开始乘坐那条玻璃纤维小船沿着海岸航行了。

“我怎么感觉像献祭似的。”菲丽斯说道。

“在我们查明她能否行驶之前，把她留着吧。可能还会有很多障碍。”我告诉她。

受寒后的暖意让我昏昏欲睡。我告诉菲丽斯天快亮的时候叫醒我，这样我们就能在别人发现摩托艇之前赶到。

然后我带着几个星期以来从未有过的轻松心情睡着了。我知道无论我们在康沃尔找到什么都不是一件轻松的事。另一方面，伦敦是一座慢慢关闭的陷阱；在它处于险境之前，这是一个逃离的好地方……

* * *

尽管博克尔在发出警告时并没有意识到这一点，但新的攻击方法已经开始，只是又花了六个多月时间才显现出来。

如果远洋船只能一直保持正常航线，可能会早些听到人们对此事的说法，但由于横渡大西洋只是通过飞机，飞行员报告的西大西洋异常密集和大面积的雾被简单地记录了下来。随着飞机飞行范围的扩大，甘德的重要性也降低了，因此它经常被大雾笼罩的状态几乎没有造成什么不便。

根据后来的了解，我查看了当时的报告，发现大约在同一时间，西北太平洋也出现了非同寻常的大面积的雾。日本北部的北海道的情况很糟糕，据说更北部的千岛群岛的情况更糟。但由于船只已经有一段时间不敢在这些地方越过深水区了，所以资料很少，也很少有人对此感兴趣。从蒙得维的亚向北的南美海岸异常多雾的情况也没有引起公众的注意。

事实上，人们经常注意到英国夏季寒冷的雾霭，但更多的是听天由命，而不是感到惊讶。

事实上，在俄国人提到雾之前，世人几乎没有注意到它。莫斯科的一份报告宣称，在格林威治以东 130ş 的子午线上存在一片浓雾区域，或者说是在北纬 85 度附近。苏联科学家经过研究后宣称，这类情况在以前没有任何记录，也不可能看到这些地方的已知条件是如何产生这种状态的，更不用说人们在第一次观察到大雾后的三个月里，这种状态几乎保持不变了。苏联政府曾在几次场合指出，资本主义战争贩子的雇佣者在北极的活动很可能对和平构成威胁。

国际法承认苏联在位于格林威治以东 32 度和以西 16 度经线之间的北极地区的领土权利。任何未经授权进入该地区的行为都构成侵略。因此，苏联政府认为自己有权采取任何必要的行动来维护该地区的和平。

这份同时送达多个国家的照会，得到了华盛顿最迅速、最直截了当的答复。

美国国务院认为，西方国家的人民会对苏联的照会很感兴趣。然而，由于他们现在已经对这种被称为产前宣传的技术有了相当多的经验，他们能够辨别出它的含义。美国的政府很清楚北极地区的领土划分——事实上，为了准确起见，它将提醒苏联政府，本照会中提到的部分只是近似的，真实的数字是：32ş-4'-35" 格林威治以东和 168ş-49-30" 格林威治以西，比照会所声称的区域略小，但由于所提到的大雾的中心就在这一地区内，直到照会中通报了这一现象，美国政府才意识到它的存在。

奇怪的是，最近的观测记录到，在靠近 85 度纬线的一个中心、但在格林威治以西的一个点上，存在着一个如照会所描述的特征。巧合的是，这正是美国和加拿大政府联合选定的测试其最新型号远程导弹的目标区域。这些试验的准备工作已经完成，几天后将进行第一次试验发射。

俄国人评论说，选择一个无法观测的目标地区很奇怪；美国人则对斯拉夫人对无人居住地区的和平的热情发表了评论。双方是否继续攻击各自的大雾还没有公开记录，但更广泛的影响是，雾成了新闻，最近在许多地方被发现雾的浓度异常高。

如果气象船还在大西洋上工作的话，很可能会更早地收集到有用的数据，但在前一段时间有两艘船只沉没之后，这些气象船已经“暂时”退役。因此，从格陵兰岛的哥德萨伯传来了第一份报告，对这些毫无意义的猜测会有所帮助。报告说，从巴芬湾流经戴维斯海峡的水流量增加，其中的碎冰含量在一年中相当罕见。几天后，阿拉斯加的诺姆报告说，白令海峡也出现了类似的情况；斯匹次卑尔根也报告说，水流增加，温度降低。

这就直接解释了纽芬兰和其他一些地方的大雾。在其他地方，大雾可能被令人信服地解释为，由于深海冷流遇到海底山脉而被迫向上进入温暖水域。事实上，一切都可以简单或深奥地解释清楚，除了冷流的异常增加。

然后，从格陵兰西海岸戈德塔布以北的戈德哈文传来的一条信息告诉我们，冰山数量之多前所未有，而且往往规模之大非同寻常。调查探险队从美国北极基地起飞，并证实了这一报告。他们宣布，巴芬湾北部的海域布满了冰山。

一个飞行员写道：“大约在纬度 77、西经 6oş 的地方，我们发现了世界上最令人惊叹的景象。从格陵兰岛高高的冰盖上滑落下来的冰川正在崩解。我以前也见过冰山，但从未见过如此规模的冰山。在数百英尺高的巨大冰崖上，突然出现一道道裂缝。巨大的冰块向外倾斜开来，缓慢地翻滚着落入水中，溅起巨大的水花，冲向天空，洒向四周。被排开的水又以巨浪的形式冲回来，浪花相互碰撞，形成巨大的水花，而像小岛一样大的冰山则缓慢地翻滚寻找平衡。海岸上下一百英里的地方，同样的景象随处可见。通常，一座冰山还没漂走，就会有新的冰山崩塌下来压在上面。规模如此之大，以至于很难发觉。只有通过明显缓慢的下落速度以及似乎悬浮在空中的巨大的水花——这一切的雄伟——我们才能意识到我们所看到这一切是多么浩瀚。”

其他探险队也描述了德文岛东海岸和埃尔斯米尔岛南端的景象。在巴芬湾，数不清的大冰山在缓慢地碰撞着，相互摩擦着，成群结队地向南漂流，穿过戴维斯海峡，进入大西洋。

在北极圈的另一边，诺姆市宣布，向南流动的碎浮冰进一步增多。

公众以一种轻松的方式收到了这一信息。人们被第一张冰山诞生过程中的壮丽照片所震撼，但是，尽管没有一座冰山与其他冰山完全相同，但它们的共性是明显的。短暂的敬畏之后是这样一种想法：虽然了解冰山和气候等的一切知识确实是智慧科学，但如果对此无能为力，似乎知道它也没有多大好处。

图妮在与菲丽斯的一次偶然会面中，总结了这种态度：“我敢肯定，如果一个人恰好是那种对事物足够感兴趣的人，那么这样的事情一定非常有趣。在我看来，这一切被发现之后，却不阻止这样的行为，这实在太软弱了。”

“嗯，”菲丽斯说，“阻止冰山可能相当困难……”

“我不是说阻止冰山，我是说阻止俄国人制造冰山。”

“哦，”菲丽斯说，“是他们制造的冰山？”

“当然！从逻辑的角度想想吧，”图妮对菲丽斯说道，“这样的事情不会无缘无故地突然发生的。尽管俄国人比其他国家的人晚了好几年才到达北极，但他们似乎总是认为在北极他们应该拥有更多的权利。我想他们现在声称自己在十九世纪的某个时候发现了北极，因为他们似乎无法忍受其他人发现了任何东西的想法，而且——我要说什么了？”

“我想知道他们为什么要制造冰山。”菲丽斯提醒她。

“哦，是的。嗯，这是他们总方针的一部分。我是说，每个人都知道他们的想法是到处制造麻烦。再看看我们这个倒霉的夏天，事情一个接一个地取消了，现在据说温布尔登网球赛可能要被彻底取消了。所有的一切都是由于这些冰山不断地涌入墨西哥湾流的缘故。科学家们都知道这一点，但没有人做任何事情。我可以告诉你，人们开始厌倦了含糊其辞。他们想要一个强有力的路线，一个能够阻止这种事情发生的大扫荡。我们已经纵容他们太久了。他们肯定能把它们炸了，或者干点别的什么。”

“你是说炸了俄国人还是冰山？”菲丽斯问。

“嗯，我指的是冰山。如果把这些冰山炸掉，让俄国人知道这行不通，他们可能会停下来。”

“但是——呃——你确定俄国人要对此负责吗？”菲丽斯问道。

图妮仔细地打量着她。

“我必须说，”她说，“在我看来，有些人似乎在任何可能的场合都在为俄国人辩解，这真是太奇怪了。”不久之后，他们就离开了。

同时，横跨北极的照会互换仍在继续。双方都没有具体说明在自己的地区采取了哪些措施来处理这一问题，但美国国务院承认，在不受风干扰的情况下，其雾区面积现在比以前更大了；克里姆林宫也没有明确表态，但声称没有取得巨大的成功。

沉闷的夏天过去了，迎来了更加烦闷的秋天。对此，似乎任何人都无能为力，只能带着抱怨的态度接受这一切。

在世界的另一端，春天来了。接着是夏天，捕鲸的季节开始了——就目前而言，这可以被称为一个季节。在这个季节里，愿意拿船冒险的船主寥寥无几，愿意冒生命危险的船员就更少了。尽管如此，还是能找到一些人，他们咒骂着巴斯，连同深海里的其他一切危险后出发了。在南极夏季即将结束时，经由新西兰传来消息，维多利亚大陆的冰川将大量冰山注入罗斯海，并有迹象表明，大罗斯冰障本身可能正在开始破裂。不到一周，威德尔海也传来了类似的消息。据说那里的费尔奇纳屏障和拉森冰架都有数量惊人的冰山崩解。侦察机带来的一系列报告读起来几乎与巴芬湾的报告一模一样，照片也可能来自同一地区。还有一些比较审慎的插图周刊用照相凹版印刷了大量的冰山沉入海里的景象，闪闪发亮的冰山在大海里绵延数英里。照片上一座座矗立的冰山上方写着：“大自然的威严。有着哥特风格尖顶的一座新的海上珠穆朗玛峰开始了她孤独的海上之旅。罗斯海大卫冰川刚刚崩解的冰山的骇人之美，被摄像机浪漫地捕捉到了。在南极海岸线的许多地方，这样的冰山产生的范围如此之广，以至于迄今为止被认为是永久的冰架已经被冰山的坠落击碎，现在开放的水域取代了冰冻的海洋。”

人们对待自然敬畏的态度，以及大自然为启发和娱乐人类而进行的巧妙转变所受到的礼遇，如果不是因为博克尔博士的顽童品质，可能日子会比过去几个月更加平静。

《星期日新闻报》多年来一直奉行一种追求知识分子轰动效应的政策，要维持该报的材料供应从来都不是一件容易的事。那些不怀好意、不那么体面的同代人所使用的纯粹感情上哗众取宠的东西到处都是，很容易塑造成吸引人类永恒激情的样子。然而，知识分子的哗众取宠是一件更棘手的事情。除了避免为了追求轰动效应而暗示轰动效应之外，它还需要知识、研究、仔细把握时机，如果可能的话，还需要一些文学能力。因此，不可避免的是，它的政策受制于可悲的差距，在这种差距中，在其选择的层面上没有发现任何需要披露的话题。人们猜想，这一定是一场绝望的会议，因为这种长时间的间断，才会为博克尔开专栏。

从编辑在文章前面的斜体字注释中可以看出：他对这个结果感到有些忧虑。他在注释中以公正的理由否认对在自己的报纸中刊登的东西负有任何责任。

这是一个好的开头，在标题为《魔鬼与深渊》的下方，博克尔写道：

“自从挪亚造方舟以来，从来没有像去年那样，大家被严格管控得对这一切熟视无睹。不能再这样继续下去了。很快，北极的漫漫长夜就要结束。我们可以再继续。那么，那些本不该闭上的眼睛一定要睁开……”

我记得那个开头，因为没有参考资料，我只能给出要点和一些能回忆起来的话。

博克尔接着说：

“这是一长串徒劳和失败的故事中的新篇章，可以追溯到八代号、基维诺号以及其他船只的沉没。失败已经把我们从海上赶走，现在又威胁着我们所在的陆地。我再说一遍，失败。

“这个词对我们来说太不合适了，许多人认为，声称自己从不承认失败是一种美德。但盲目的愚蠢并不是美德之一；这是弱点，是一种被错误的乐观主义所掩盖的危险的弱点。我们周围到处都是动荡不安、物价飞涨、整个经济结构正在改变——因此，生活方式也在改变。我们周围的人也都在谈论我们被排除在公海之外，好像这是一种暂时的不便，很快就会得到纠正。对于这种自命不凡的态度，有一种回答，那就是：

“五年多来，世界上最优秀、最敏捷、最有创造力的大脑一直在与我们的敌人搏斗——他们仍然没有找到解决问题的办法。根据目前的调查结果，没有任何迹象表明我们将能够再次在海洋中平安无事地航行……

“由于‘失败’这个词在我们口中如此揶揄，显然我们的政策是不鼓励任何人表达：我们在海上遇到的问题与最近南北极事态发展之间的联系。是时候该停止这种‘在孩子之前不要做’的态度了。我不知道，也不在乎，是什么样的压力使我们这些比较有见识的人不能指出这种关系；总是有一些小集团和派系急于让公众‘为了自己的利益’而蒙在鼓里——这种‘好处’与提倡它的派系的利益往往是密切相关的。

“我并不是说根本问题被忽视了；远非如此。过去有，现在也有，人们竭尽全力寻找某种方法，以便我们在深海区域找到并消灭敌人。我要说的是，由于他们仍然无法找到解决办法，我们现在面临着迄今为止最严重的袭击。

“这是一场我们毫无防备的进攻。它不容易受到直接攻击。只有通过找到摧毁它所在深渊的最高指挥部的方法，才能得到遏制。

“那么，我们无法对付的武器是什么呢？

“北极冰层的融化，南极冰层的很大一部分也在融化。

“你觉得这太不现实了吗？太庞大了？不是，这是一项我们本可以自己承担的任务，如果愿意的话，自从我们能够释放原子能以来，我们就可以做到。

“由于冬季的黑暗，最近很少听说北极地区有成片的雾。一般人不知道的是，尽管在北极春天的时候出现过两次大雾，在北极夏天结束时出现过八次大雾，分布在相隔甚远的地区。正如你们所知，雾是由空气或水的冷热流交汇而形成的。北极地区怎么会突然出现八股罕见的、独立的暖流呢？

“结果怎么样呢？前所未有的碎冰流入白令海和格陵兰海。特别是在这两个地区，浮冰比往年春季最大值向北多延伸出去数百英里。在其他地方，比如在更南边的挪威北部，也有类似的情况发生。我们自己也经历了一个异常寒冷潮湿的冬天。

“那么冰山呢？我们最近读过很多关于冰山的文章，也看到了很多它们的照片。为什么？很明显，因为这里的冰山比平时多得多，但没有人公开回答的问题是，为什么会有这么多的冰山出现？

“每个人都知道它们来自哪里。格陵兰岛是一个大岛——比不列颠群岛的九倍还大。但还不止于此。它也是正在消退的冰河时代的最后一座伟大堡垒。

“冰层好几次向南移动，磨蚀、冲刷、抚平山脉，一路铲平山谷，直到形成巨大的壁垒——令人眩晕的绿色冰崖，这些庞大缓慢行进的冰川，横跨了半个欧洲。经过几个世纪，这些冰川又慢慢地漂流回来。巨大的悬崖和冰山逐渐消失，融化，没有人知道它们曾经存在过。只有在格陵兰岛，古老的冰塔仍高达九千英尺，尚未被征服。冰川从两侧滑落，形成了冰山。一季又一季，在人类还不知道的时候，这些冰山就被淹没在大海里了。但是，为什么在这一年里，它们会突然增加十倍、二十倍呢？这一定是有原因的。一定有。

“如果一种或几种融化北极冰层的方法被付诸实施，一段时间之后，它的影响是可以衡量的。此外，效果将是渐进的；先是涓涓细流，然后是喷涌而出，最后是波涛滚滚。

“我看过‘估计值’，表明如果极地冰融化，海平面将上升一百英尺。称之为‘估计值’是一种糟透了的强加。这不过是一个粗略的整数值猜测。可能是一个不错的猜测，也可能是完全错误的臆测。但不管孰是孰非，唯一可以肯定的是，海平面确实会上升。

“在这方面，我要提请大家注意的一个事实是，据报道，在通常测量海平面的纽林，今年一月的海平面平均上升了二点五英寸。”

* * *

“哦，天啊！”菲丽斯读到这里说道，“这个顽固不化的家伙！我们去看看他吧。”

第二天早上我们打电话给他时，发现电话打不通，我们并不感到吃惊。然而，当我们去拜访时，他们允许我们进去了。博克尔从堆满邮件的桌子后站起来，欢迎我们。

“你们到这儿来毫无用处，”他对我们说，“没有一个赞助商愿意拿四十英尺的杆子碰我。”

“哦，我不会那么说，博克尔博士。”菲丽斯说道，“不久之后，你很可能会发现自己非常受沙袋销售商和土方机械制造商的欢迎。”

他对此毫不在意。“如果你和我交往，你很可能会受牵连的。在大多数国家，我这样的人现在早就被捕了。”

“太让你失望了。对于雄心勃勃的殉道者来说，这一直是令人沮丧的领域。但你试过了，不是吗？”她说道。“听着，博克尔博士，”她接着说，“你真的喜欢别人朝你扔东西吗？还是别的什么？”

“我有点失去耐心了。”博克尔解释道。

“其他人也一样。但是我知道没有人有你这样的天赋，能够超越人们在任何特定时刻愿意接受的东西。总有一天你会受伤的。这次没有是因为，幸运的是，你把事情搞砸了，但肯定会有那么一次。”

他说：“如果这次没有，那可能就不会有了。”他若有所思，不以为然地看着她，“年轻的女人，你来这里告诉我‘搞砸了’是什么意思？”

“失落感。起初听起来似乎你会有劲爆消息披露，但随后就出现了一个相当模糊的暗示：一定是什么人或什么东西导致了北极的变化——而没有任何具体的解释是如何做到的。然后你的大结局是潮水又涨了二点五英寸。”

博克尔继续注视着她，说：“嗯，确实如此。我看不出这有什么不对。当海水蔓延一亿四千一百万平方英里时，二点五英寸是一个巨大的量。如果你用吨来计算……”

“我从不以吨为单位计算水——这是关键的一部分。对普通人来说，二点五英寸只是意味着柱子上的标记稍微高一点。你的观点发布之后，因为这个数字听起来太微不足道了，以至于每个人都因为你让他们害怕而感到恼火——

那些人不会只是笑着说：‘哈！哈！这些教授！’”

博克尔朝放着信件的书桌挥了挥手。

“很多人都感到震惊，或者至少是愤怒，”他边说，边点燃了一支香烟，“这正是我想要的。你很清楚从这件事开始到现在的情况。在每一个阶段，绝大多数人，特别是当局，都尽可能地抵制证据。对于受教育程度较高的阶层来说，这是一个科学时代。因此，它将几乎倒退到无视异常的情况，并且对自己的感官产生了深深的怀疑。一个基于有限知识的理论要想被推翻，需要大量的证据。人们很不情愿地承认了深海中存在着某种东西。人们同样不愿意承认后来的种种的表现，直到再也无法回避这些东西。而现在，我们又一次在最新的难关面前畏缩不前。

“自从这件事情在北极开始以来，许多人已经意识到一定发生了什么——尽管他们当然不知道是如何进行的，但是因为这样或那样的原因，不排除政府的压力，他们一直保持沉默。我有我自己的观点。”

“那——呃——听起来和平常不太一样。”我说道。

他咧嘴笑了笑，然后继续说道：

“我判断错了。我们中的一些人做到了。当这件事的目的很清楚的时候，我就产生怀疑了。‘这一次，’我对自己说，‘他们真是贪多嚼不烂。’给人们敲响不必要的警钟是没有任何意义的。事情已经够糟的了。所以，只要有可能，我希望在冰上的尝试会失败，最好在公开场合什么也不要说。这是一种半自愿的禁止。”

“可是美国人……”

“同样的态度——如果有什么不同的话。商业是他们的民族运动，和大多数民族运动一样，是半神圣的。自航运问题开始以来更严重的衰退对任何人都没有好处。所以我们都在观望、等待。

“不过，我们并不是完全无所事事。北冰洋很深，比其他地方更难到达，所以在大雾发生的地方发生了一些爆炸，但最糟糕的是没有办法知道结果。

“此外，我们中的一些人向海军部提出，这些东西进入北极只有两种方式。它们不会经过阿拉斯加的白令海路线，因为那样会使它们不得不穿越几千英里的浅水区。所以它们一定是从罗卡尔和苏格兰之间过来的，穿过法罗群岛南部的一个山脊，这样就可以一路经过深水区到达极地盆地。沿着那条路线，它们必须通过两条狭窄的通道。我们和挪威人为此走到了一起，在扬马延岛以东投放了大量炸弹，在更北的格陵兰岛和斯匹次卑尔根岛之间也放置了很多炸弹。它们可能做了什么，但是，还是那句话，谁也说不准。这充其量也只能意味着一段时间的延迟，因为麻烦还在继续，新的雾区又开始出现了。

“在这一切发生的过程中，莫斯科人开始制造麻烦，他们似乎天生就不懂任何与海洋有关的事情。他们似乎在说，大海给西方带来了很大的不便，因此，它一定是按照良好的辩证唯物主义原则行事的。我毫不怀疑，如果莫斯科人能接触到深水区，他们愿意与那里的居民达成一个短暂的辩证机会主义的协议。无论如何，你知道，从他们以攻击性的指控开始，在随后的交锋中，莫斯科人表现得如此好斗，以至于我们军队的注意力都从真正严重的威胁转移到了这个东方小丑的滑稽行为上，他们认为大海的出现只是为了让资本家难堪。

“因此，我们现在已经到了这样一种状况，即他们所说的‘巴斯’，远没有像我们所希望的那样在我们的攻击下被摧毁，而是在快速前进。所有应该全力以赴计划应对紧急情况的出谋划策者以及组织，都在意气相投地玩弄他们所拥有的那些弊病，并忽视他们宁愿不知道的其他弊病。有时候，人们不明白为什么上帝认为有必要创造鸵鸟。”

“所以你认为是时候用泄露秘密的方式来逼他们动手了？”我问道。

“是的，但不是我一个人。这一次，我有一群杰出的、忧心忡忡的人做伴。我只是在大西洋这边针对广大公众打响了第一枪。我那些还没有在这件事上失去名声的重量级伙伴们正在更巧妙地周旋。至于美国的结局，好吧，看看下周的《生活报》和《科利尔报》。哦，是的，总得做点什么。”

“做什么呢？”菲丽斯问道。

他沉思地看了她一会儿，然后轻轻地摇了摇头。

“谢天谢地，这是别人的职责范围——至少在公众迫使他们承认这种情况的时候是这样的。”

“但是他们能做什么呢？”菲丽斯重复道。

他犹豫了一下，接着说道："这是我们之间的秘密，不要对别人说起。我认为他们唯一能做的就是组织营救。确保不会失去某些人和东西。这一点，我毫不怀疑，他们会立即开始这样做，他们已经接受了危险的现实。其余的只好靠运气了——恐怕对我们大多数人来说，机会不大。"

"就像备战一样——把伟大的艺术品和重要人物转移到安全的地方去？""菲丽斯问道。

"完全正确。说得太对了。"

菲丽斯皱起了眉头，说道："你这话是什么意思，博克尔博士？"

他摇了摇头，回答道："他们会从普通战争的角度来思考问题——而我不相信价值观会起作用。艺术珍品？是的，毫无疑问，他们会试图保护它们，但代价是什么？如果你愿意，你可以叫我庸人，但艺术在过去两个世纪才真正成为艺术。在此之前，家具主要是用来装饰房屋的。嗯，虽然我们失去了克鲁马努人艺术几千年，但我们似乎相安无事，如果我们失去的是有关火的知识，我们还会这样做吗？

"那些重要的人物呢？哪些人属于重要的人物？一些诺曼人，还是前诺曼人，每一位血管里流着三代血统的英国人，但我毫不怀疑，那些可以通过纸上的名字列表追溯到的人，将被认为有生存的优先权。某些杰出的知识分子也可能被包括在内，他们因为曾经拥有新思想而获得了荣誉。那么又有多少人会因为他们有想法而成为精英，这还有待观察。对于一个普通人来说，最明智的做法是加入一个有名望的团体。这对他来说是非常有用的。”

“得了吧，博士，你已经好多年不像个愤世嫉俗的大学生了。”菲丽斯说。

博克尔咧着嘴笑了笑，很快他又收起了笑容。

“尽管如此，这将是一件非常血腥的事情。”他严肃地说。

“我想知道的是……”菲丽斯和我不约而同地开口说道。

“你说吧，迈克。”她提议道。

“好吧，我要说的是，你认为这件事该怎么做？融化北极似乎是一项相当艰巨的任务。”

“有很多猜测。包括从热带向上输送温水的不可思议的操作，到利用地球中心的热量——我认为这几乎是不可能的。”

“你有什么想法吗？”我问道，因为他不可能没有想法。

“嗯，我想可以这样做。我们知道它们有某种装置可以以相当大的力量喷射出水流——在连续水流的喷射下被不断地冲到表层流中的底部沉积物就很好地证明了这一点。那么，这样的装置和加热器一起使用，比如说原子反应堆，应该能够产生相当大的暖流。最明显的障碍是我们不知道它们是否掌握了原子裂变。到目前为止，没有任何迹象表明它们掌握了——除非你算上我们给它们展示的至少一枚没有爆炸的原子弹。但如果它们确实掌握该技术，我认为这可能是一个答案。”

“它们能得到必要的铀吗？”

“为什么不能呢？毕竟，它们在超过三分之二的地球表面强行确立了自己的权利，包括矿产和其他资源。哦，是的，如果它们知道的话，它们会得到的。”

“那么冰山呢？”

“那就没那么难了。事实上，大家都一致认为，如果有一种振动武器能把一艘船震成碎片，那么让一块冰——哪怕是相当大的一块冰——裂开应该不是什么难事。”

“没有人知道我们对此能做些什么吗？”

“归根结底，我们的想法根本不一样。当你考虑到这一点时，实际上我们所有的防御或攻击战略，都是基于我们发射或抵抗各种导弹的能力——而它们似乎对导弹根本不感兴趣；至少，你很难把伪腔肠动物称为导弹。另一件事，也是让这些研究者感到困惑的事情之一，就是它们不使用铁或任何黑色金属——这就排除了所有可能的磁性方法。

“在战争中，你至少得对敌人的思维方式有一个大致的了解，这样你就可以提出适当的反思维，但对于这些笨重难看的东西，几乎总是我们未有勘察就写下的主观报道。如果它们用我们所知的任何一种发动机来驾驶这些海坦克，我们都可以在海上进行拦截，并摧毁它们——但无论是什么东西使它们能够行进，显然根本就不是我们所说的发动机。和腔肠动物一样，答案很可能是某种我们还没有发现的生物途径，那么我们究竟怎样去了解它们，更不用说产生一种对立的形式了？我们只有自己了解的武器——而这些武器不适合对付这些东西。总是同样的根本问题——你他妈的怎么知道水面以下五英里发生了什么事情？”

“假设我们找不到阻碍这一进程的方法，你认为我们还需要多长时间才会遇到真正的麻烦？”我问他。

他耸耸肩说：“我完全不知道。就冰川和冰盖而言，这大概取决于它们在这方面的努力程度。但是在浮冰上引导暖流可能一开始只显示出很小的效果，然后这种效果会迅速增加，很可能是以几何级数的方式增加。比没用的猜测更糟糕的是，根本就没有数据。”

菲丽斯说：“一旦人们意识到这一点，他们就会想知道最好的办法是什么。你有什么好建议吗？”

“那不是政府的工作吗？正如迈克所说，这是因为现在正是他们考虑提些建议的时候，所以我们已经把事情搞砸了。我个人的建议太不切实际，也没有多大价值。”

“什么建议？”菲丽斯问。

“找一个漂亮的、能够自给自足的山顶，筑起防御工事。”博克尔简单地说道。

* * *

这场运动并没有像博克尔所希望的那样有一个令人瞩目的开始。在英国，它不幸成为尼瑟莫尔出版社的独家新闻，并因此被视为噱头领域，其他的新闻工作者擅自闯入就是不道德的。在美国，它并没有在本周其他令人兴奋的事件中脱颖而出。在这两个国家里，都有一些利益集团认为这只不过是一种噱头。法国和意大利对此更为重视，但它们的政府在世界理事会中的政治分量较轻。俄国忽略了内容，却说明了目的；这是世界性法西斯战争贩子在北极扩大影响力的又一举措。

不过，博克尔向我们保证，官方的冷漠态度被稍稍打破了。已经设立了一个由各事务处代表参加的委员会来进行询问和提出建议。华盛顿特区的一个类似委员会也以一种悠闲的方式进行了询问，直到加利福尼亚州尖锐地提出质疑。

一般的加利福尼亚人对潮位上升几英寸并不十分担心；他们所受的打击要微妙得多。加利福尼亚的气候发生了变化。沿海地区的平均气温已经下降了很多，寒冷潮湿的大雾包裹着他们。气候异常，大部分加州人也不喜欢，这引起了很大的轰动。俄勒冈州和华盛顿也团结起来支持它们的邻居。在它们的统计记录中，从来没有过如此寒冷而令人不快的冬天。

各方都清楚地看到，从白令海涌出的冰和冷水的流量增加，正被来自日本的黑潮洋流向东卷去，而且至少有一方认为，联邦中最重要的一个州的便利设施正受到严重影响。必须做点什么了。

在英国，当四月的大潮淹没了威斯敏斯特的堤墙时，丁坝被建造起来。人们得到保证说，这种事以前发生过很多次，没有什么特别意义。但这一保证被尼瑟莫尔出版社的胜利所忽略。大西洋两岸掀起了一股疯狂的炸毁巴斯的热潮，并蔓延到了世界各地。（除了不愿合作的世界上六分之一的国家。）

首先也是最重要的一点是，在炸毁巴斯运动中，尼瑟莫尔的报刊从早到晚都在问："这炸弹是干什么用的？"

"这颗炸弹已经花费了数十亿美元，它的命运似乎只是被举起来威胁地摇晃，或者，不时地，为我们的画报提供图片。炸弹制作成功后，我们不敢在朝鲜半岛使用它；现在看来，我们也不敢用它来炸掉巴斯。最初的不情愿是可以理解的，现在的不情愿是不可原谅的。全世界人民为制造这种武器付出了代价，现在却被禁止使用去对付我们所面临的威胁，这种威胁使我们的船只沉没、海洋封闭、男男女女从我们的海岸被抢走，现在又威胁要淹死我们。从一开始，拖延和无能就标志着当局在这件事上的态度……"而早期的深海爆炸案显然被作家和读者们遗忘了。

"现在干得不错。"我们再次见到博克尔时，他说道。

菲丽斯直截了当地对他说："在我看来，这太愚蠢了。所有反对不分青红皂白轰炸深水区的老论点仍然适用。"

"哦，我不是说这件事，"博克尔说道，"他们可能会四处投放炸弹，大肆宣传，但毫无结果。不，我是说计划。当然，我们现在正处于愚蠢建议的第一阶段，比如用沙袋建造巨大的堤坝；但人们逐渐意识到了必须采取一些措施。"

在接下来的大潮之后，人们更加强烈地明白了这一点。到处都在加强海防。在伦敦，沿河的墙壁已经加固，整个墙上都放上了沙袋。作为一项预防措施，交通已经从堤岸分流，但人群还是步行拥向堤岸和桥梁。警察尽了最大的努力让他们继续往前走，但他们还是磨磨蹭蹭地从一处走到另一处，看着水面慢慢上升，向路过的拖船和驳船的船员挥手致意，这些船只目前正行驶在已经高出路面的海上。他们似乎同样准备好了，如果水突破了大堤，他们会感到愤怒；如果出现了反高潮，他们会感到失望。

他们没有失望。水慢慢地拍打着护墙和沙袋。有些地方，水开始慢慢地流到人行道上。消防队员、民防和警察都在焦急地监视着他们所在的区域，只要有涓涓细流扩大，他们就会急匆匆地用袋子来加固，用木柱支撑看起来薄弱的地方。

节奏渐渐加快了。旁观者开始帮忙，他们从一个地方冲到另一个地方，新的喷气式飞机也升空了。过不了多久，将要发生的事情是毫无疑问的。一些围观的人群撤退了，但许多人留了下来，他们的情绪有些动摇。在北岸的十几个地方几乎同时被海水冲破。喷射出来的水柱使一两个沙袋开始移动，突然，发生了坍塌，出现了一个几码宽的缺口，水从缺口中涌出来，越过一道拦河坝。

我们站在一辆停在沃克斯豪尔桥上的EBC面包车顶上，可以看到三条不同的泥水河流涌入威斯敏斯特的街道，淹没了地下室和地窖，然后又汇合成一股洪水。现场解说员将节目切换给了另一个坐在皮姆利科屋顶上的评论员。我们用一两分钟的时间又将节目转到BBC，看看他们在威斯敏斯特大桥上的工作人员情况如何。我们联线到他们的时候，正好听到鲍勃·亨伯比描述洪水淹没维多利亚堤岸的情况，洪水已经冲到了新苏格兰场的第二道防线上。电视台的这些家伙们的表现似乎不太好；在突破口会在哪里出现的问题上，肯定有很多人输掉了赌注，但他们在长焦镜头和便携式相机的帮助下进行着一场斗争。

从那时起，事情变得越来越复杂。在南岸，海水冲进了兰贝斯、南华克和伯曼西许多地方的街道。河流上游的奇斯威克洪水泛滥；莱姆豪斯河下游的情况很糟，越来越多的地方都在报失，直到最后被洪水淹没。除了等待潮水退去，然后在下一次涨潮前抢修之外，别无他法。

* * *

众议院否决了任何质询。他们的回答与其说是确信，不如说是自信。

相关各主管部门正在积极采取一切必要措施，通过地方议会提出声明，已经安排了人员和材料的优先事项。是的，已经发出了警告，但是不可预见的因素干扰了水文学家最初的计算。议会将下令征用所有挖土机。公众可以完全相信灾难不会重演；已经采取的措施将确保灾难不会进一步扩大。目前，东部各县全力以赴投入救援工作，当然这项工作还会继续下去，但如今最紧迫的事情是确保在下一次涨潮时，海水不会再侵入。

材料、机器和人力的征用是一回事；它们的分配完全是另一回事，每一个沿海社区和低洼地区都吵着要物资。六个部的职员在一大堆的要求、分配、调整、重新定向、误导、贿赂和赤裸裸的盗窃面前变得脸色苍白、精神不济。但不知何故，在一些地方，事情开始变得复杂起来。在那些被选中的和那些看起来要被扔进狼群的人之间，已经有了很大的仇恨。

一天下午，菲丽斯去河边看施工进度。在两岸修建大堤的宏大场面中，现有的防堤墙上增建了混凝土砌块的上部结构。成千上万的人挤在人行道上观看。她在这些人中间偶然遇见了博克尔。他们一起登上了滑铁卢大桥，用天眼观察了一会儿像白蚁一样的人群。

“阿尔法，这条圣河——两岸分别建造了五英里多长的防堤墙和塔楼。”菲丽斯说。

博克尔说：“也会有一些很深但不是很有情调的深坑。我想知道在他们意识到这样做完全是徒劳之前，还要把防堤墙修多高。”

“很难相信，像这样规模的事情真的会是徒劳的，不过我想你是对的。”菲丽斯说道。

博克尔朝防堤墙挥了挥手。

“所有这一切的基础是那个老傻瓜斯塔克利的一个保证，他是一个对海洋了如指掌的地理学家，他说，海平面总的上升幅度最多不会超过十英尺或十二英尺。天知道他的依据是什么：从表面上看，这是一种创造充分就业的愿望。一些部门认为这是真实的情况。他们似乎认为可以像应付战争一样应付过去这件事。感谢上帝，其他人更有理智一些。然而，这并没有受到干扰，因为他们觉得某种形式的表演对士气是必要的。”

菲丽斯说：“我以前也跟你说过这种大学生的态度，博士。现在他们正在做什么有用的事情吗？”

“哦，他们正在制定计划。”博克尔故意含糊其辞地说。

他们继续看了一会儿下面混杂着的人和机器。

“好吧，”博克尔说，“肯定至少有一个人在阴暗处因此而开怀大笑。”

菲丽斯说：“想到还有一个人也不错，是谁？”

“克努特国王。”博克尔回答道。

那时候，我们自己的新闻太多了。在美国，由于纸张短缺，已经捉襟见肘的报纸几乎没有立足之地。然而，新闻报道称，他们在那里也遇到了麻烦。加州的气候不再是头号问题。除了世界各地的港口和沿海城市面临的困难之外，美国南部的海岸线也出现了严重的问题。这条海岸线从基韦斯特一直环绕着墨西哥湾延伸到墨西哥边境。

在佛罗里达，随着大沼泽地区和泥泞之地蔓延到越来越多的国家，房地产所有者开始再次遭受损失。在得克萨斯州，布朗斯维尔以北的一大片土地正在逐渐被海水淹没。路易斯安那州和三角洲地区遭受的打击更为严重。锡盘巷的企业认为现在是重新提出这句请求的恰当时机：“河流，请远离我的家门。”但是河流并没有远离，在大西洋沿岸的乔治亚州和卡罗来纳州的其他河流也没有远离。

特殊化是无用的。在世界各地，威胁都是一样的。主要的区别在于，在较发达的国家，所有可用的挖土机械都在日夜工作，而在较落后的国家，成千上万的男男女女在汗流浃背地修筑大堤和防堤墙。

但是不管对于发达国家还是落后国家来说，任务都太艰巨了。水位上升得越多，防御就必须延伸得越远，以防止迂回。当河流被涌来的潮水堵塞时，除了周围的乡村，水无处可去。一直以来，防止下水道和管道中的水从后方泛滥的问题也变得更加难以处理。十月份，布莱克弗里亚斯附近的防堤墙被冲垮，在这次严重的洪水泛滥之前，平民百姓就已经怀疑这场战斗不会赢，那些有智慧和手段的人已经开始大批离去。此外，他们中的许多人发现：自己被来自东部各县和其他地方更脆弱的沿海城镇的难民抢先了一步。

就在布莱克弗里亚斯的堤岸墙被冲垮前不久，一份机密文件已经在EBC选定的员工和像我们这样的签约人员中传阅。我们了解到，这是一项有利于维护公众士气的政策性决定，如果有必要采取某些紧急措施，等等，诸如此类，只有两页纸；大部分信息都在字里行间。这样说起来要简单得多："你看，问题是这件事会变得很严重。BBC接到命令，必须保持原地不动，所以出于声望的原因，EBC也必须这样做。我们需要志愿者在这里设立一个广播电台，如果你愿意加入，我们会很高兴的。我们将做出适当的安排。你会得到奖金的，如果有什么事发生，你可以相信我们会照顾你。怎么样？”

菲丽斯和我谈过了。我们认为，如果我们有家人，我们就必须尽我们所能照顾好他们——任何人都知道什么是最好的。既然没有家人需要照顾，我们就可以取悦自己了。菲丽斯总结了坚持工作的理由。

她说：“除了良心、忠诚和其他一切应有的东西。如果情况真的变得非常糟糕，天知道其他地方会发生什么。反正逃跑似乎没什么效果，除非你非常清楚你要跑到什么地方去。我赞成坚持下去，看看到底会发生什么事情。”

于是我们报名了，之后非常高兴地发现弗雷迪·惠蒂埃和他的妻子也报名参加了。

接下来，巧妙的本位主义使人觉得好像有一阵子什么事也没有发生似的。几个星期过去了，我们才听到风声，说 EBC 已经租下了大理石拱门附近一家大型百货公司楼顶的两层，并且正在全力以赴地把此地改造成一个尽可能经济独立的广播电台。

当我们获得这一消息时，菲丽斯说：“我本应该想到更高的地方，比如汉普斯特德或海格特会更好。”

“它们都不太像伦敦，”我指出，“此外，EBC 可能会以很便宜的租金获得这两层房子，因为它每次都会说：‘这是 EBC 从塞尔维吉尔发来的报道。’突发事件期间的善意广告。”

“就好像水总有一天会消失一样。”她说。

我指出：“即使他们不这么认为，让 EBC 拥有它也不会有什么损失。”

到那时，我们的意识已经高度觉醒，我在地图上查了一下那个地方。这条七十五英尺高的等高线沿着建筑西侧的街道延伸。

“这与主要竞争对手相比如何？”菲丽斯满怀狐疑地说道，一边用手指在地图上画着。

广播大厦的情况似乎好了一些。我们判断，它比平均海平面高出大约八十五英尺。

“嗯，”她说，“好吧，如果我们住在顶层有什么打算的话，那他们搬到楼上也得费很多工夫。天哪。”她补充道，朝地图左边看了一眼，“看看他们的电视演播室！在二十五英尺高的地方。我想，回到艾丽·帕利身边不是件容易的事。”

在突破之前的几周，伦敦似乎过着双重生活。各种组织和机构都在尽可能低调地做着准备。官员们在公开场合装作漫不经心的样子，表示需要制定“以防万一”的计划，然后回到他们的办公室狂热地进行安排。公告的语气依然让人觉得很放心。从事这种工作的工人大多对他们的工作持怀疑态度，对加班费感到高兴，奇怪的是，他们不相信。他们似乎认为这是一个对他们有利的噱头，想象力显然拒绝将这种威胁与工作时间以外的现实联系起来。奇怪的是，即使在取得突破之后，恐慌也只局限于那些遭受过痛苦的人。人们匆忙地修复了防堤墙，而大批的外逃者也不过是一小撮人而已。

接下来的春潮带来了真正的麻烦。

这次受灾最严重的地区有很多预警。人们固执地、冷漠地对待这些预警。他们已经有了可供学习的经验。人们的主要反应是把财产搬到楼上去，大声抱怨当局办事效率低下，没有能力把他们从被卷入的麻烦中解救出来。通知张贴了三天的涨潮时间，所建议的预防措施是出于对引起恐慌的恐惧而提出的，因此几乎没有人注意。

第一天平安地过去了。在水位最高的那天晚上，在伦敦的大部分地区，人们都在闷闷不乐地等待午夜和危机过去。公共汽车都驶离了街道，地铁也在晚上八点停止运行。但是有很多人留在外面，他们走到河边，想从桥上看到些什么。他们相信眼见为实。

光滑的油污水面缓缓爬上桥墩，紧贴着挡土墙。浑浊的河水悄无声息地逆流而上，人群也几乎沉默不语，忧心忡忡地俯视着河水。不必担心它会越过防堤墙；估计河水会升高到二十三英尺四英寸，这个高度会给新的防堤墙的顶部留下四英尺的安全距离。压力是焦虑的根源。

从我们这次驻扎的滑铁卢桥北端，人们可以沿着墙顶眺望，一边是高高流淌的河水，另一边是堤岸的车行道，路灯还亮着，但街道上看不见一辆车或一个人影。在西边，国会钟楼上的指针绕着发光的表盘在爬行。当那根大指针懒洋洋地爬到十一点时，水涨了起来。大本钟随风传来的报时声在静悄悄的人群上空回荡着。

这声音使人们互相窃窃私语；然后他们又沉默了。

那根指针开始往下爬，十分钟，十五分钟，二十分钟，二十五分钟，就在接近半小时的时候，上游什么地方传来了一阵隆隆声，一阵嘈杂的声音随风传来。周围的人都伸长了脖子，又开始窃窃私语起来。

片刻之后，我们看到水涌了过来。洪水沿着堤岸向我们冲来，裹挟着垃圾和灌木丛，从我们下面冲了过去。人群中发出一阵呻吟声。突然，我们身后传来一声巨大的断裂声和砖石坍塌的隆隆声，靠近发现号曾经停泊过的地方有一段墙坍塌了。水从缝隙中倾泻而出，冲开了水泥块，墙就在我们眼前崩塌了，海水像巨大的泥泞瀑布一样倾泻到道路上。

* * *

在下一次潮水到来之前，政府已经不再采用外柔内刚的政策。在宣布紧急状态之后，出现了暂停行动的命令，并宣布了有秩序的撤离计划。我没有必要在这里描述这个计划的拖延和混乱。即使是发起这项计划的人，也很难相信它能得到认真对待。整个事情从一开始就笼罩着一种令人难以置信的气氛。这个任务是不可能完成的。如果只关注一个城市的话，也许可以采取一些措施，但由于这个国家三分之二以上的人口都渴望搬到高地去，只有最原始的方法才能成功地遏制住压力，然而也不会持续太久的。

虽然这里很糟糕，但其他地方更糟。荷兰人意识到他们输掉了与大海长达数世纪的战争，于是从危险地区撤退。

莱茵河和马斯河已经淹没了方圆数平方英里的土地。一群人徒步向南进入比利时或向东南进入德国。德国北部低地本身的情况也好不到哪里去。埃姆斯河和韦瑟河也变宽了，迫使越来越多的人从城镇和农场向南迁移。在丹麦，人们用各种各样的船，把家人运送到瑞典和那里地势更高的地方。

有一段时间，我们设法大致了解了正在发生的事情，但是，当阿登岛和威斯特伐利亚岛的居民沮丧地转过身来，通过击退饥饿、绝望的北方入侵者来拯救自己时，硬新闻被谣言和混乱淹没了。全世界肯定都在发生同样的事情，只是规模不同而已。在国内，东部地区的洪水已经把人们赶回中部地区。因为人们已经收到很多次警告了，所以死亡人数很少。真正的麻烦发生在奇尔特恩丘陵地区，那些已经占领该地区的人组织起来，以防被来自东部和伦敦的两股难民潮夺走他们的领地。

在伦敦，同样的模式也在小范围内形成。利谷、威斯敏斯特、切尔西和哈默史密斯的居民慢腾腾地、不情愿地离开了他们的家园，但随着水位不断上涨，迫使他们朝着汉普斯特德和海格特的高地的方向迁移，当这些逃亡的人接近那些地方时，他们开始在街上遇到路障，不久，又遇到了武力阻拦。在他们被阻击的地方，他们洗劫了当地，寻找武器。一旦发现敌人，他们就从楼上的窗户和屋顶开始狙击，防御者被赶出路障后，这些逃亡的人向他们冲杀过去。

在南部，西德纳姆和图廷贝克也发生了类似的事情。尚未被洪水淹没的地区开始陷入恐慌。虽然涨潮时海水还没有达到十五英尺的等高线，但政府努力维持的井然有序的气氛被打破了。很大程度上是由于人们坚信占据最有可能活下来的位置，而明智的做法是尽快确定这个位置。高地上的居民也有同样的看法，他们下定决心要保护自己以及自己的财产。

在伦敦市中心未受洪水影响的地区，一种周日般的优柔寡断情绪持续了好几天。许多人不知道还能做些什么，仍然试图像往常一样继续生活。警察继续巡逻。虽然地铁被洪水淹没了，但还是有很多人继续去上班，而且有些工作也在继续，似乎是习惯或动力使然，然后渐渐地，目无法纪从郊区向里渗透，一种崩溃感无可逃避。一天下午，紧急供电中断，接下来又是一个漆黑的夜晚，这使秩序发生了突然的变化。对商店，特别是食品店的抢劫开始了，并以一种规模蔓延开来，警察和军队都被打败了。

我们认为是时候离开公寓，搬到新的EBC堡垒居住了。从短波所告诉我们的情况来看，在地势低洼的城市里，几乎无法区分事件的发展过程——只是在某些地方，法律的消亡速度更快。细说这些细节超出了我的范围；我毫不怀疑，这些细节将会在以后无数的官方历史中得以描述。

在那段日子里，EBC扮演的角色主要是重复BBC宣读政府指令，希望能恢复一定程度的秩序：千篇一律地告诉那些家里没有马上受到威胁的人留在原地，并将洪水引导到某些更高的地区，远离那些据说已经人满为患的地区。也许有人听到了我们的声音，但看不到明显的证据表明我们的提议受到了重视。在北部可能有一些影响，但在南部，伦敦不均衡的高度集中，以及大量铁路和公路被洪水冲毁，破坏了所有有序疏散的努力。迁移的人数让那些本可以等待的人感到恐慌。除非一个人在大批人群到来之前先到达避难所，否则可能根本无处可去，这种感觉令人揪心——同样令人揪心的是，任何试图乘车到达避难所的人都拥有不公平的优势。如果一个人走路的话，不管走到哪里都会很快变得安全了——尽管这样也并不特别安全。最好就是尽可能少出门。

旅馆的数量和高于正常海平面七百英尺的海拔高度，无疑是影响议会选择约克郡的哈罗盖特镇为其所在地的因素。人们在那里聚集的速度之快令人惊讶，很可能是由于许多人对此地也有同样的兴趣——害怕别人可能会捷足先登。在局外人看来，威斯敏斯特被洪水淹没仅仅几个小时后，这个古老的机构就在它的新家以其惯常的流畅运作起来。有人就北极地区炸毁巴斯的政策提出了质疑：是否注意到，该地区广泛使用氢弹和其他裂变材料炸弹只加速了冰原的解体，却没有对麻烦的始作俑者产生任何明显的威慑作用？事实上，我们在那里所做的不是对自己不利吗？

海军大臣认为可能确实如此。众议院不顾专家意见，做出了轰炸的决定。

在回答另一个问题时，外交大臣表示，我们的军队现在停止轰炸也无关紧要，因为他认为，俄国人在他们的地区投下的炸弹比我们在自己的地区投下的炸弹更多——或者说，比我们的美国盟友在我们的地区投下的炸弹更多。当被问及克里姆林宫突然改变主意的原因时，他回答说：

“从一些不明智的消息来源来看，我们了解到，俄国人比以往任何时候都更重视局势。卡累利阿和白海南部的沼泽地似乎洪水泛滥，而且迅速恶化。再往东是北冰洋的一个海湾，叫作鄂毕湾。它的南面延伸着一大片正在被洪水淹没的沼泽地。如果水位继续上升，我们很可能会在俄国中部看到一个巨大的内陆海，可能比哈德逊湾还要大——毫无疑问，这一特征比鄂毕湾更为下院议员所熟悉。”

我们开始听到很多关于哈罗盖特和行政区的消息，很明显，这一地区已经做了大量的准备工作。一方面，EBC管理中心就建在位于该地区一个恢复的军营里，不过，据我们的线人说，这里离城镇如此之远，以至于唯一的休闲活动是用望远镜观察同样位于山谷另一侧的主要竞争对手。

大家已经开始按部就班地工作了。我们的生活区位于顶楼。楼下有办公室、工作室、技术设备、发电机、商店等。地下室的大油罐里装满了大量的柴油和汽油，必要时可以从油罐里抽出来。我们的天线系统就在两个街区外的屋顶上，可以通过架设在中间街道上高悬的桥梁到达。屋顶大部分被清理干净，以备直升机降落，并作为雨水集水区。大家逐渐摸索出一种在那里生活的技能，这种技能还是很容易培养的。

即便如此，在我的记忆中，刚开始的几天里，大家几乎把所有的空闲时间都花在了将供应的东西搬到自己的住处，以免被别人拿去。

对我们应该扮演的角色似乎有一个基本的误解。据我所知，当时的想法是，我们应尽可能保持一切如常的印象，然后，随着事情变得越来越困难，EBC 中心将随着管理部门逐步迁至约克郡。这似乎是建立在这样一种假设之上的：伦敦的建筑是如此单元化，以至于当水流进某一个单元时，这个单元就被遗弃，而其余的单元则会照常运转。就我们而言，乐队、演讲者和艺术家都会以通常的方式做他们的事情，直到水淹没了我们门前的台阶——如果它能到达那么远的话——到那时，他们可能会改变习惯，转而去约克郡车站。在节目方面，任何人对不会以这种幼稚方式发生的事情所做的唯一准备，就是在我们的录音库真正有必要保存之前将其转移。人们设想的是一种缩小而不是崩溃。奇怪的是，相当多尽责的播音员确实设法在几天内露面了。然而，在那之后，我们几乎完全依靠自己和录音。不久，我们就开始生活在被包围的状态之中。

* * *

我不打算详细谈论接下来的一年。这是一个关于衰败的冗长故事。那是一个漫长而寒冷的冬天，河水漫过街道的速度比我们预料的要快。当时，武装团伙四处游荡，寻找没有被抢劫过的食品店，无论白天还是黑夜，当两伙人相遇时，人们都会听到枪声。我们没遇到什么麻烦，似乎在几次试图突袭我们之后，就有消息传出说我们已经做好了防御的准备，既然有那么多风险很小，甚至没有风险的商店可以突袭，还不如留到以后再对付我们。

天气转暖时，可以看到的人明显减少了。因为现在大量的食物被掠夺，并且由于缺乏淡水和排水系统问题，人们开始遭受流行病的侵袭，大多数人逃离城市，到乡下过冬。我们听到的枪声通常都很遥远。

我们的人数也在减少。由原来的六十五人减少到现在的二十五人，其余的人都成群结队乘直升机离开了，因为全国的焦点越来越集中在约克郡。我们已从昔日的中心变成了为维护威望而设立的前哨站。

菲丽斯和我讨论是否我们也要提出申请离开这里，但是从直升机飞行员和机组人员那里了解到的情况来看，EBC 总部听起来拥挤不堪，没有吸引力，所以我们决定多待一段时间。我们对自己所处的环境丝毫没有感到不适，留在伦敦高层建筑里的人越少，我们每个人的空间和物资就越多。

春末，我们得知一项法令：我们将与主要竞争对手合并，所有无线电通讯将置于政府直接控制之下。广播公司的全体成员被迅速空运走了，因为他们的办公场所很容易被破坏，而我们的办公场所已经准备就绪，留下来的一两个 BBC 的人过来加入我们。

我们主要通过两个渠道获得消息：与 EBC 的私人联

系，虽然谨慎，但消息通常比较真实；以及广播，不管它们来自哪里，都充斥着明显不诚实的乐观主义。我们对此非常厌倦和怀疑，我想其他人也一样，但他们仍在继续。似乎每个国家都以尊重其人民传统的决心迎接并战胜了这场灾难。

到了仲夏时节，这是一个寒冷的仲夏，镇上变得非常安静。帮派已经走了，只有那些固执的人留下来了。毫无疑问，他们虽然人数很多，但分散在两万多条街道上，似乎寥寥无几，他们还没有绝望。虽然明智的做法是带着枪，但他们又可以在相对安全的情况下四处走动了。

水位在这段时间里上涨的幅度比任何估计值都要高。最高的水位现在已经达到了五十英尺的高度。洪水线位于哈默史密斯以北，包括肯辛顿的大部分地区。洪水沿着海德公园的南边，然后流到皮卡迪利大街的南部，穿过特拉法尔加广场，沿着斯特兰德街和舰队街，然后朝东北方向流向利亚山谷的西侧。在这座城市中，只有圣保罗大教堂周围的高地仍未被洪水触及。在南方，洪水已经穿过了巴恩斯、巴特西、南华克、德普福德的大部分地区和格林威治的下城区。

一天，我们走到特拉法尔加广场。正赶上涨潮，水几乎涨到了国家美术馆下北面的墙顶。我们靠在栏杆上，看着水冲刷着兰西尔的狮子，不知道纳尔逊会如何看待他的雕像现在的景象。

在我们的脚下，洪水的边缘满是浮渣和各种各样的漂浮物。更远的地方，喷泉、灯柱、红绿灯和到处竖立的雕像。在白厅远处和下面我们所能看到的地方，水面像运河一样光滑。几棵树仍然耸立着，麻雀在树上叽叽喳喳地叫着。椋鸟还没有离开圣马丁教堂，但是鸽子都飞走了，海鸥取而代之，站在它们惯常栖息的地方。我们勘察了一下现场，静静地听了几分钟潺潺的流水声。我问菲丽斯：

“不是某个人还是谁说过，‘这就是世界结束的方式，并非一声巨响，而是一阵呜咽’。”

菲丽斯看上去很震惊。“某个人还是谁！”她喊道，“那是艾略特先生说的！”

“啊，看来他那时确实有此意。”我说。

她对我说：“诗人的工作就是要有想法。”

“嗯。也可能是这样，诗人的工作是要有足够的想法，为任何特定的环境提供引文，但这无关紧要。这一次，让我们向艾略特先生致敬。”我说。

过了一会儿，菲丽斯说：“我想我现在经历了一个阶段，迈克。在很长一段时间里，我一直觉得我们可以做些什么来拯救我们已经习惯的这个世界——如果我们能做些什么。但我想很快我就能够感觉到：‘好吧，那已经过去了。怎么才能做到物尽其用？’尽管如此，我还是不认为到这种地方来有什么好处。”

“再找不到像这样的地方了。这里是或曾经是独一无二的。这就是问题所在。这里死气沉沉，但还没有准备好成为博物馆。也许很快，我们就能感觉到，‘瞧！我们昨天的所有盛况是尼尼微[①]和提尔[②]的盛况'——很快，但还不完全是。”

“今天你似乎和别人的缪斯相处得异常愉快。那是谁的?”菲丽斯问道。

“好吧，”我承认，“我不确定你是否会把她归类为缪斯女神——也许，也许更像一个怪胎。吉卜林先生的。”

“哦，可怜的吉卜林先生。他当然会有一位缪斯女神，她可能曲棍球还打得非常棒。”

“狠毒的女人，”我说，“不过，我们也要向吉卜林先生致敬。”

一阵沉默之后。

“迈克，”她突然说道，“我们现在就离开这里吧。”

我点点头，然后说道:“或许那样更好。恐怕我们的处境会更艰难，亲爱的。”

她挽着我的胳膊，我们开始向西走。快走到广场拐角处时，传来了马达的声音，我们停了下来。这声音似乎不太可能是从南边来的。声音越来越近，我们等在那里。不久，一艘快艇从海军部拱门驶出。它转了一个急弯，沿着白厅疾驰而去，留下的涟漪从庄严的政府办公室的窗户里斜泻下来。

“非常漂亮，”我说，“我们当中不可能有很多人在清醒

---

① 西亚古城，现属伊拉克。

② 古代腓尼基人的城市，现属黎巴嫩。

的时候做到这一点。”

菲丽斯凝视着不断扩大的波纹，突然又变得理智起来。

她说：“我想我们最好看看能否找到一条船。以后可能会有用。”

* * *

水位上升速度继续加快。到了夏末，水位又上升了八九英尺。天气恶劣，甚至比前一年同期更冷。我们中更多的人申请了转走，到九月中旬，留下来的只剩十六人了。

就连弗雷迪·惠蒂尔也宣布，他厌倦了像一个遭遇海难的水手那样在这里浪费时间，打算看看能否找到一些有用的工作来做。当直升机载着他和他的妻子离开时，我们重新考虑了一下自己的立场。

我们的任务是根据我们所说的主题创作永不言败的材料，也是为了这个帝国的心脏，这个血腥但仍未屈服的心脏，我们知道，即使在现在，它也应该具有稳定的价值，但我们对此表示怀疑。太多的人在同样的黑暗中吹着同样的调子。惠蒂尔夫妇离开前一两个晚上，我们举行了一个晚会，有人在凌晨时分调到了纽约的一台发报机。一男一女在帝国大厦上描述这一场景。他们勾勒出这样一幅画面：在月光下，曼哈顿的塔楼像冻僵的哨兵一样伫立着，波光粼粼的河水拍打着低矮的墙壁。这幅画面绝妙地、几乎是抒情般的美丽——然而，它并没有达到目的。在我们的脑海中，我们可以看到那些闪闪发光的塔——它们不是哨兵，而是墓碑。这让我们觉得，我们在粉饰自己的墓碑方面更是一败涂地；是时候离开这个避难所，去找更有用的工作了。我们对弗雷迪说的最后一句话是，我们可能很快就会步他后尘。

然而，几周后，当他打电话给我们时，我们还没有达到明确申请的地步。寒暄过后，他说：

“这不仅仅是社交，迈克。对于那些打算从煎锅里跳出来的人来说，这是一个无私的建议——不要那样做！”

“哦，”我说，“有什么问题吗？”

“我告诉你。如果我没有把我离开的理由说得那么有说服力的话，我现在就申请回去找你了。我是认真的。你们两个再坚持一段时间。”

“但是……”我刚要说话。

“等一下。”他打断了我。

不久，他的声音又传了过来。

“好吧。我想这上面没有监视器。听着，迈克，我这里人满为患、食物不足，而且一团糟。各种物资供应不足，士气也在下降。这里的气氛就像一堆钢琴弦。我们现在正处于围困之中，如果几周内不爆发内战那将是一个奇迹。外面的人比我们境况更糟，但似乎他们一直认为我们在这里过着养尊处优的生活。看在上帝的分上，别把这事说出去，你就待在那儿吧，就算不是为了你自己，也要看在菲儿的分上。”

我灵机一动。

“如果事情真那么糟，弗雷迪，而你在那里又没什么好处，为什么不乘下一班直升机回来呢？要么偷渡登机，要么我们可以给飞行员一些他想要的东西？”

“好吧。我们在这里确实毫无用处。我也不知道他们为什么让我们过来。我会努力的。下一班飞机去接我们吧。祝你们俩好运。”

“祝你好运，弗雷迪，代我向林恩问好——还有博克尔，如果他还在那里，还没有被人杀了的话。”

“哦，博克尔在这里。他现在有了一个理论，认为水位不会超过一百二十五英尺，他似乎认为这是个好消息。”

“嗯，鉴于他是博克尔，情况有可能会更糟。再见。期待见到你。”

我们很谨慎。我们只讲了听说约克郡的住处已经人满为患，所以我们继续留在这儿。一对本来打算乘下一班飞机离开的夫妇也改变了主意。我们等着直升机把弗雷迪带回来。飞机本该到达后的第二天，我们还在等待。我们打电话询问情况。除了飞机按时起飞外，他们什么也不知道。我问了弗雷迪和林恩的事，似乎没人知道他们在哪里。一直没有那架直升机的消息。他们说再没有可派的直升机了。

凉爽的夏天渐渐进入了寒冷的秋天。我们听说，自从海水开始上涨以来，海坦克又出现了。作为在场的唯一与他们有过私人接触的人，我们以专家的身份给人们提出建议——尽管我们能给出的唯一的建议是始终佩戴一把锋利的刀，并且要把刀放在任何一只手都可以够到并能快速进行劈砍的位置。但是，在伦敦几乎空无一人的街道上，海坦克肯定发现捕捉不到什么东西，因为现在我们再也听不到它们的任何消息了。然而，我们从收音机里得知，在其他一些地方情况并非如此。很快就有报道说，它们在许多地方重又出现，那里不仅有新的海岸线，而且由于组织的崩溃，很难有效地打击这些海坦克。

与此同时，还有更严重的麻烦。一夜之间，联合起来的 EBC 和 BBC 电台抛弃了一切平静自信的伪装。当我们看到与其他所有电台同时传送给我们的消息时，我们知道弗雷迪是对的。该消息呼吁所有忠诚的公民支持他们合法选出的政府，反对任何可能以武力推翻政府的企图，其方式使人毫不怀疑这种企图已经在进行。这件事混合着令人遗憾的劝诫、威胁和恳求。最后却以一种错误的自信语调收场——这种语调曾在西班牙和法国响起，当这些话必须说出来的时候，说话者和收听者都知道，末日即将来临。即使是业内最好的读者，也不能一锤定音。

这种连线不能、也不会为我们澄清情况。他们说，枪声还在继续。一些武装团伙企图闯入行政区。军方掌控了局势，很快就会解决问题。广播只是为了阻止夸大的谣言，恢复人们对政府的信心。我们说，无论是他们对我们讲的内容，还是信息本身都没有给我们带来任何信心，我们想知道到底发生了什么。他们都很正式，生硬、冷淡。

二十四小时后，当他们再次向我们传递信心时，连线突然中断了。再也没成功过。

* * *

一个人能听到来自世界各地的声音，却听不到自己国家正在发生的事情，这种情况在人们习惯之前是很奇怪的。我们收到了来自美国、加拿大、澳大利亚和肯尼亚对我们为何沉默的质疑。我们用发射机的最大功率发射我们所知甚少的一点信息，后来我们可以听到外国电台转播的消息。但我们自己都远远没有理解到底发生了什么。即使约克郡的两个广播系统的总部被占领了，至少苏格兰和北爱尔兰应该有独立的广播电台，虽然他们并不比我们了解的情况更多。然而，一个星期过去了，仍然没有他们的声音。世界其他地方似乎都忙着为自己的麻烦戴上面具，无暇再为我们操心——尽管有一次我们确实听到一个声音以历史上的冷静口吻说着“英格兰的毁灭”。我对“*ecroulement*”（毁灭）这个词不太熟悉，但它有一个可怕的尾音……

* * *

冬天将至，与一年前相比，现在街上的人少之又少。通常走一英里也看不到一个人。那些留下来的人是如何生活的我们不得而知。大概他们都藏着一些被洗劫一空的商店里的东西，用来养活自己和家人；显然，这与密切调查无关。人们还注意到，他们看到的人中有多少人理所当然地携带了武器。我们自己也习惯了把枪支——而不是步枪——挎在肩上，尽管我们并不期望需要它们，而是为了阻止需要它们的机会出现。有一种谨慎的准备，离本能的敌意还有一段距离。偶遇的人仍然在传播流言蜚语，有时甚至是当地的重大消息。正是通过这种方式，我们了解到，在伦敦周围现在确实存在着一个敌对的圈子；周围的地区是如何在驱逐了许多难民之后，以某种方式形成了小型的独立国家，并禁止外人进入；那些试图越过边界进入这些社区的人是如何不被问询就遭到枪击的。

“以后会很糟糕的。”我采访过的大多数人都这么认为。所有剩下的人都还藏着一些这样那样的箱子，主要担心不让其他人发现它在哪儿。但后来担心反过来了；找到那些有一些剩余的家伙们藏箱子的地点，是件很麻烦的事情。”

新的一年里，我们感觉到事情越来越紧迫。水位标记现在已经接近七十五英尺的高度。天气恶劣，寒冷刺骨。似乎每天晚上，都在刮着西南风。街上的行人比以往更加稀少，不过等风停了一会儿，从屋顶上可以看到许多冒烟的烟囱。人们猜想，主要是木头、家具和装修材料燃烧产生的烟雾，因为发电站和铁路调车场的煤仓在去年冬天就已经全部消失不见了。

从纯粹实际的角度来看，我怀疑在这个国家里是否还有人比我们这群人更幸运。最初供应的食物和后来买的食物一起组成了一个可以供十六个人用几年的储备库。我们还储备了大量的柴油和汽油。物质上，我们比一年前人口多时过得更好了。但是，和我们之前的许多人一样，我们已经认识到，一个人需要的不仅仅是足够的食物。到了二月底，水第一次漫过了我们门前的台阶，整个屋子里都是水倾泻进地下室的声音，这时，那种凄凉感更加沉重了。

* * *

一些人变得更加担心了。

“水位肯定不会再升高了。一百英尺是极限，不是吗？”他们在谈论着。

虚情假意的安慰没有什么好处。我们只能重复博克尔说过的话；那只是猜测。没有人知道，在广阔的范围内，南极有多少冰。没有人确切地知道，北方地区有多少看似坚实的陆地、苔原，实际上只是古代冰基上的沉积物；我们只是对此了解不够。唯一的安慰是，博克尔现在似乎出于某种原因认为水位不会超过一百二十五英尺——我们高处的房屋应能幸免于难。然而，当一个人晚上躺在床上，听着风沿着牛津街吹来的波浪声，要想从这种想法中找到安慰是需要勇气的。

五月的一个晴朗的早晨，虽然不是很温暖，但阳光明媚，菲丽斯不知去了哪里。最后我在屋顶找到了她。她站在西南角，凝视着点缀在曾经是海德公园的湖面上的树木，她在哭泣。我靠在她旁边的护墙上，用一只胳膊搂住了她。过了一会儿，她不哭了，轻轻擦了擦眼睛和鼻子，说道：

“我没能变得坚强起来，我觉得我撑不了多久了，迈克。请带我走吧。”

“要去哪儿呢？如果我们能去的话。”我说。

“玫瑰小屋，迈克。在乡下情况不会这么糟。那里的土地会长出植物来，而不是所有的东西都像这里这样慢慢死去。这儿没有任何希望了——如果根本没有希望，我们还不如从这堵墙上跳下去。”

我想了一会儿。

“但即使我们能到达那里，我们也不得不生活，”我说道，“我们需要食物、燃料和其他东西。”

“有的，”她说，然后犹豫了一下，改变了主意，“我们可以找到足够的东西来维持一段时间，直到我们可以种植作物。那里会有鱼，还有大量的残骸可以作为燃料。无论如何我们会撑过去的。尽管会很艰难——但是，迈克，我不能再待在这个墓地一般的地方了——我待不下去了。

“瞧瞧，迈克！瞧瞧！我们从没做过应受这种罪的事。我们中的大多数人都不是很好，但我们当然也没有坏到该受这种罪折磨的地步。而且没有机会！如果这是我们可以与之战斗的东西就好了！但是它们生活在我们无法到达的地方，并且是些我们从未见过的东西！我们现在只能被淹死，挨饿，被迫为了生存而自相残杀。

“当然，我们中的一些人会度过这个阶段——最艰难的阶段。但是到那时下面的东西会做什么呢？有时我梦见它们躺在幽暗的深谷里，有时它们看起来像巨大的乌贼或大鼻涕虫，有时它们就像由发光的细胞组成的巨大云团，悬挂在岩石的裂缝里。我想我们永远也不知道它们的真面目，但不管它们是什么，它们一直都在那里，想办法把我们干掉，这样一切就都属于它们了。

“我梦见那片海底；那片广阔的平原，几个世纪以来，那里不停地如倾盆大雨般倾泻着牙齿、鳞片、骨头、贝壳和数以百万计的浮游生物。平原上有连绵起伏的山峦，有些地方蜿蜒的沟壑把巨大的悬崖劈开，下面的东西把海坦克成群结队地运过平原，兵团分成几路，进入沟壑，排起长长的队伍来寻找我们；冲出沟壑，进入浅水区，然后穿过那些已经淹没在海底的城镇，仍然在寻找和猎杀我们。

“有时候，不管博克尔怎么想，我认为也许是那些东西本身就在海坦克的身体里，只要我们能捕捉到一只海坦克，仔细检查一下，我们就应该知道如何打击它们。有几次，我梦见我们抓到了一只海坦克，并设法发现了它的工作原理。除了博克尔，没有人相信我们。但是我们告诉他的事情让他想到了一种奇妙的新武器，这种武器已经把海坦克都干掉了。

“我知道这一切听起来很傻，但在梦里很美妙，我醒来时感觉好像我们已经把整个世界从噩梦中拯救了出来——然后我听到街道上的水拍打墙壁的声音，我知道这一切还没有结束；它还在无休无止地继续，继续……

“我再也受不了这里了，迈克。如果我只能坐在这里无所事事，眼睁睁看着一座大城市在我周围一点点地消失，我会发疯的。在康沃尔，在这个国家的任何地方，情况都不一样。我宁愿夜以继日地工作来维持生命，也不愿这样继续下去。我想我宁愿为了离开这里而死，也不愿面对另一个像去年那样的冬天。”

我没有意识到情况会这么糟糕。这不是什么值得争论的事情。

“好吧，亲爱的，”我说，“我们离开这里。”

我们听到的都是不要试图用正常的方式逃离这里的警告。有人告诉我们，为了扫清射界，那里的所有东西都被夷为平地，还布有诱杀装置、警报器，以及警卫。据说，这些地带之外的一切都是基于对每个自治区能够养活人数的残酷估算。这些地区的居民已经联合起来，把难民和无用的人赶到较低的地方，在那里他们不得不自己转移。在每一个地区，人们都敏锐地意识到，如果有一张嘴需要养活，就会加剧所有人的物资短缺。任何设法溜进来的陌生人都不能指望长时间不被发现，而他被发现时受到的待遇是残酷的——为了生存，必须这样做。看来我们的生存需要尝试其他的方法。

通过水路，沿着一定会不断拓宽并延伸更远的水湾离开这里看起来更好些。我们寻找快艇的结果令人失望。我们没有发现比玻璃纤维小艇更好的交通工具了。我开始往里面装物资，希望这些物资至少能为我们提供安全的旅程。

我们把出发的日期推迟了一段时间，希望天气会转暖，但到了六月下旬，我们放弃了希望，向上游出发了。

* * *

要不是我们运气好，找到了那艘结实的小摩托艇——

蠓号，我不知道我们会怎么样。我倒觉得我们应该再往上游试一试，但很可能会挨枪子。然而，这艘摩托艇改变了整个前景。第二天，我们把她开回了伦敦。在洪水较深的街道上航行很有压力。凭着记忆辨别着路灯是在街中央，还是在路边，我们小心翼翼地行进着，时时刻刻提心吊胆，唯恐船会被撞出一个洞来。浅一些的区域我们可以走得快些。在海德公园角，我们盘旋了几个小时，等待涨潮，然后在洪水中安全地行驶到牛津街。

起初让我们感觉不安的是，既然船上有足够的空间，其他人可能也想离开，迫切地想和我们一起走，结果证明这种感觉是毫无根据的。他们无一例外地认为我们俩都疯了。很多人设法在某个时候把我们中的一个拉到一边，告诉我们，放弃温暖、舒适的住处，进行一次必定寒冷、危险的旅程，到更恶劣、更难以忍受的环境中去，这是何等的轻率。他们帮忙给这只摩托艇加油和储存物资，直到船身因为重量下沉了几英寸，可没有一个人愿意和我们一起离开。

我们谨慎而缓慢地沿河而下，因为不想让这趟旅行带来不必要的危险。我们经常遇到的主要问题是在哪里过夜。我们清楚地意识到，作为入侵者的可能命运，也清楚地意识到，这只装着物资的摩托艇就是诱人的战利品。我们通常将船停泊在某个被洪水淹没的城镇的隐蔽街道上。有几次刮大风时，我们不得不在这样的地方逗留了好几天。原以为淡水是主要问题，结果发现并不难；我们几乎总是能在一所部分被水淹没的房子的屋顶的水箱里发现一些仍然存有的水。总的来说，我们花了一个多月的时间才航行完这趟曾经二百六十八点八（或二百六十八点九）英里的公路之旅。

摩托艇转过拐角，进入英吉利海峡，白色的悬崖在水中看起来如此正常，简直不敢相信会有洪水——直到我们更仔细地观察城镇间本应存在的空隙。又过了一会儿，情况就完全不同了，因为我们开始看到第一批冰山。

我们小心翼翼地接近了旅程的终点。从我们沿着海岸前进时所能观察到的情况来看，地势较高的地方常常有一些棚屋扎营。在地势陡峭的地方，还能看到城镇和村庄，虽然地势较低的地方被洪水淹没了，但地势较高的房屋仍然有人居住。我们不知道在彭林，尤其是玫瑰小屋，会是什么样的情况。

我小心翼翼地把船驶入了赫尔福德河，手里拿着枪。山坡上不时有几个人停下来看我们，但他们既没有开枪，也没有挥手。直到后来，我们才发现，他们把我们的船当成了当地为数不多的仍有燃料行驶的船只之一。

我们从主河向北拐。由于水位接近一百英尺，水道的增加令人困惑，辨不清方向。我们迷路了六次，然后在一个全新的小湾拐了个弯，突然看见一座小屋矗立在熟悉的陡峭的山坡上。

我想，应该有很多人去过小屋，但尽管相当混乱，损失并不大。很明显，他们主要找的是消耗品。从食品柜到最后一瓶酱汁和一包胡椒粉，所有的备用物品都不见了。油桶、蜡烛和少量的煤也都没了。

菲丽斯快速地看了一眼翻箱倒柜后留下的残迹。然后跑进地下室。过了一会儿，她走了出来，跑向她在花园里建的凉亭。透过窗户，我看见她在仔细地检查地板。不一会她回来了。

“还好，谢天谢地。”她说道。

现在似乎不是关心凉棚的时候。

“什么还好？”我问道。

“食物，”她说，“在我确定之前我不想告诉你这件事。如果它不见了，那就太令人失望了。”

“什么食物？”我迷惑不解地问。

“你的直觉太差了，对吧，迈克？你真以为像我这样的人会为了好玩而砌砖吗？我把半个地窖用墙隔开，里面塞满了东西，凉亭底下也有不少。”

我盯着她说：“你的意思是说？但那是很久以前的事了！在洪水还没有到来之前。”

“但是在海坦克开始快速击沉船只之前。在我看来，在事情变得困难之前做好准备是一件好事，因为很明显，以后的事情会变得更困难。我认为在这里进行储备是明智的，以防万一。不过告诉你也没用，因为我知道你只会觉得我无聊。”

我坐下来，打量着她。

“无聊？”我问道。

“嗯，有些人似乎认为，支付黑市价格比采取合理的预防措施更合乎道德。”

“哦，”我说，“所以是你自己用砖砌的？”

“嗯，我不想让当地人知道，所以唯一的办法就是自己动手。当时，食品空运的组织比人们想象的要好得多，所以那时候我们不需要这些食品，但它们现在会派上用场。”

“有多少？”我问。

她想了想，说道：“我不太确定，但至少能装满一辆大货车，再加上摩托艇里的所有东西。”

我明白了，也确实从几个角度看清楚了这件事，但如果在那个时候提及，那就太不领情了，所以我没有说。接下来我们就忙着收拾东西，搬进去了。

没过多久我们就明白了为什么这座小屋无人占据。人们只要爬到山顶，就会发现我们所在的这座山注定是一座孤岛。四个月后，它真的就变成了一座孤岛。

这里和其他地方一样，先是在水位开始上涨时人们谨慎地撤退，后来，当高地还有空间时，他们就惊慌失措地冲上去占领高地。那些已经留下来，以及正在留下来的人，是顽固的、迟疑不决的和充满希望的混合体，他们不断地认为水不会永远没完没了地涨下去。留下的人和离开的人之间的宿怨已经根深蒂固。高地上的人们不允许新来者进入他们严格限定的领地：低地人携带枪支并设置陷阱来阻止对他们田地的袭击。虽然我不知道有多少是真相，但据说这里的条件比德文郡和更远的东方的其他地方要好，因为很大一部分人口，一旦开始逃亡，就决定继续向高沼地以外的更肥沃的地区前进。在德文郡、萨默塞特郡和多塞特郡发生的饥饿人群之间的游击战有很多可怕的故事，但在这里人们只是偶尔听到枪声，而且规模很小。

除了偶尔的传闻之外，彻底的孤立是我们难以忍受的事情之一。唯一的一台收音机即便不能告诉我们自己国家的事情，也可以告诉我们世界其他地方的情况如何，但在我们到达这里几个星期后这台收音机就坏了，我们既没有办法检测它，也没有办法更换必要的零部件。

幸运的是，我们所在的岛屿诱惑力太小，所以没人来骚扰。去年夏天，附近的人利用收获的食物以及丰富的鱼类资源来维持自己的生活，而且，我们的身份也不完全是陌生人，我们也一直小心翼翼地不提出任何要求。我想，菲丽斯和我应该是靠鱼以及摩托艇上的补给品生存下来的，到目前为止剩下这些东西，并不能成为我们被袭击的理由。

如果去年夏天庄稼歉收的话，情况可能就不一样了。

* * *

我从十一月初开始做记录。现在是一月底了。水位继续小幅上涨，但从圣诞节前后起，水位就没有增加，我们也无法测量，只是希望水位已经达到了极限。在英吉利海峡里还能看到冰山，但在我们看来，它们似乎比以前少了。

海坦克的袭击仍然时有发生，有时只有一次，但更多的时候是四五次连续袭击。通常情况下，与其说它们是一种危险，不如说是一种麻烦，因为住在水塔附近的人会发出警报。海坦克避免任何攀爬，也很少冒险离开水边四分之一英里开外的地方；当找不到猎物时，它们就会很快离开。

到目前为止，我们不得不面对的最糟糕的事情，就是冬天的严寒。即使考虑到所处环境的不同，我们也认为天气比去年冷得多。小海湾已经结冰好几个星期了，在风平浪静的天气里，海水从岸边开始结冰。但大部分情况下，天气并不平静；连续几天都有大风，海水裹挟到内陆的冰覆盖了一切。我们很幸运地躲过了来自西南方向狂风的袭击，但情况已经够糟了。

我们决定，等夏天来临时，一定要设法离开这里。也许我们还能在这里再撑一个冬天，但食物就没那么充足了，也就不那么适合去面对这趟迟早要走的旅程。我们希望也许能够在普利茅斯或德文波特剩下的地方找到燃料，来补充我们航行到这里时消耗掉的燃料；但是，无论如何，我们都打算装一根桅杆，这样，如果有人警告我们离开，或者如果没有找到燃料，就可以在现有的补给耗尽后继续向南航行。

去哪里呢？现在还不知道。至少找个暖和点、更容易种植作物的地方，重新开始生活。也许在试图登陆的地方我们只能挨子弹，但即使这样也比在严寒中忍饥挨饿要好。

菲丽斯表示同意。“华生，我们的希望很渺茫！”她说，“可是，毕竟我们的运气已经很好了，如果不继续利用它，这些好运气又有什么用呢？”

＊　＊　＊

5月24日

我修正一下前述内容。我们不向南走。这份手稿也不会像我原打算的那样，被丢在一个铁皮盒子里，留在这儿等着别人偶然发现。我们会把它带走。也许它最终会被很多人读到，因为这已经发生：

我们把摩托艇拖上岸，为旅行做着准备。菲丽斯正在刷油漆，我把发动机拆开，试图把气门正时调准；这时，一艘小船拐进了我们所在的水湾，船上只有一个人。当他走近时，我认出他是一个当地人，之前见过他一两次。我不知道他的名字。但是除了我们之外，也没有什么人会来水湾。我看了看枪，确定它是否在身边。他继续逆风行驶，经过我们之后，才调转船头。

“喂！”他招呼道，“你叫华生吗？”

我们告诉他是的。

“很好，”他喊道，“我有个口信带给你。”

他收短了帆脚索，放下舵，径直向我们驶来。他将船帆放下，让小艇径直驶向石南丛。他从船上跳下来，拉住了小船，然后转向我们。

“你们是迈克和菲丽斯·华生？曾在EBC工作过？”他问道。

我们惊奇地点头称是。

他说："他们在电台上播报了你们的名字。"

我们茫然地盯着他。

"谁在找我们?"我疑惑地问道。

"他们自称重建委员会，"他说，"他们已经连续一周或差不多十天左右每晚广播一次。每次他们都有一份他们想找的人的名单。昨晚你们的名字也在其中——他们认为你们住在康沃尔的彭林附近——所以我想最好把这件事告诉你们。"

"但是——但是他们是谁？他们想要干什么?"我问他。

他耸了耸肩，又说："有人想把这件事理理清楚。不管他们是谁，祝他们好运。早就应该有人这么做了。"

菲丽斯一直盯着他看。她的脸色有点苍白。

"那是不是意味着一切都结束了?"她说。

那人看了看她，然后转过身来，看着从前的田野上漫延的洪水以及延伸回陆地的新水湾，还有被一次次的潮水冲刷过的废弃的房屋。

"不，"他果断地说，"不是这个意思。但努力去充分利用要比仅仅忍受要好得多。"

"但是和我们有什么关系呢？他们想要什么?"我问。

"他们只是说想让你们回伦敦——如果你们能够安全到达的话。如果做不到，你们就要待命，等待以后的指示。他们还提供一份名单，上面写着要去伦敦、马尔文、谢菲尔德或者其他一两个地方的人——去伦敦的人不多，可是你们要去的。”

“他们没说这是干什么用的吗？”

他摇了摇头说：“目前还没有太多消息，但他们很快就会投放带电池的小型收音机，稍后还会投放一些发射机。目前他们只是告诉人们在通讯正常运转之前，要组建地方政府组织。”

菲丽斯和我若有所思地彼此凝视了一会儿。

“我想我知道他们找我们的原因了。”我说。

她点了点头。我们慢慢地接受了这个想法，然后我又转向那个人。

“走吧，”我朝小屋扬扬头说，“上面有两瓶酒，我一直保存着，以防有什么特别的事情。似乎就是现在这个时候了。”

菲丽斯挽着我的胳膊，我们三个人一起上山了。

“我们想知道更多的情况。”我边说边放下喝了一半的杯子。

“没有多少情况，”他重复道，“但是，现在的一切听起来好像终于有了转机。还记得博克尔那个家伙吗？一两天前的晚上，他们让他在广播里发表了讲话，他比以前开朗了一些，并对形势做了一番他所说的全面的调查。”

“和我们说说，”旁边的菲丽斯说，“能让亲爱的博克尔高兴的事情应该是值得一听的。”

“嗯，主要是说水不会再上涨了——我们本可以在大约六个月前告诉他这件事，但我想有些地方的人还没有听说过。很多肥沃的土地都被淹没了，但尽管如此，他认为，如果人们组织起来，应该有足够多的土地用来耕种，因为他们认为人口已经下降到原来的五分之一到八分之一，甚至可能更少。”

“就这些吗？”菲丽斯问道，不敢相信地盯着他，“你确定？”

“相比大多数地方，听起来好像我们这里非常幸运，”那个男人说道，“主要的麻烦是肺炎。食物不足；人们没有抵抗力，没有医疗服务，没有药物，三个地狱般的冬天——他们就像苍蝇一样地死去了。”

他停顿了一下。我们没有作声，试图理解这一切的严重性，以及它意味着什么。除了告诉自己一个显而易见的事实——这将是一个与旧世界截然不同的世界之外，我别无想法。菲丽斯看得更远一点：

“但我们真的能有公平的机会去尝试吗？”她说，“我是说，巴斯还在那儿。假设它们还有其他尚未使用的东西……”

那人摇了摇头。他满意地咧着嘴笑了笑。

“哦，博克尔也谈到了巴斯。估计这次他们真的能够战胜这些怪物了。”

“怎么战胜？”我问。

“据他说，他们掌握了某种可以潜入海底的东西。它会产生超物质——不是紫外线；是一种声音，只是你听不见罢了。”

“超声波？“我问道。

“就是它。听起来很奇怪，但他说它发出的波会杀死水下的东西。”

“是这样的，”我告诉他，“四五年前就有很多人在研究这个东西。问题在于要找到一个可以放在下面的发射器。”

“他说他们现在已经做到了——你认为是谁呢？日本人。他们认为已经清理了几个小规模的深海区域。不管怎么说，美国人似乎觉得这很管用，因为他们在西印度群岛附近也制造了一些。”

“他们发现巴斯究竟是什么东西了吗？……它们长什么样子？”菲丽斯急切地问道。

他摇了摇头。“据我所知没有。博克尔只是说，很多果冻状的东西浮上来，在阳光下很快就变质了。没有形状，也没有把东西粘在一起的压力，明白吗？所以谁都不知道巴斯在海里是什么样子，而且很可能一直都是这样。”

“它们死后的样子对我来说已经足够了，”我说着，又把杯子斟满了酒，我举起酒杯，“为了空旷的深渊和重获自由的海洋干杯。”

* * *

那个人走后，我和菲丽斯走到外面，并排坐在凉亭里，望着窗外发生了巨大变化的景色。有一会儿我们谁也没有说话。我偷偷瞥了菲丽斯一眼，她看上去容光焕发。

“我又活过来了，迈克。”她说道。

“我也是，”我表示赞同，“虽然这不是件轻松的事。”

我补充道。

“我不在乎。只要有希望，我不介意努力工作。我忍受不了毫无希望的生活。”

“这将是一个非常奇怪的世界，因为只剩下五分之一或八分之一的人口了。”我沉思着说。

她说：“伊丽莎白一世的时候，英国人口也就只有五百万左右。”

我们一直坐在那里，盘算着要做的以及需要重新调整方向的事情。

“我们把摩托艇准备好后就出发吗？”我问，“我想剩下的燃料足够我们走那么远了。”

“是的，越快越好。”她告诉我。

她仍然坐在那里，两肘支在膝盖上，双手托着下巴，望着远方。太阳落山了，天气有点冷。我走到她身边，抱住她。

“在想什么？”我问。

“我只是在想……我们经历的这些事情也没啥，对吧，迈克?

“很久很久以前，在一片被森林覆盖着的大平原上，到处都是野生动物。我们的祖先曾经在那里打猎。后来有一天洪水来了，把平原全都淹没了——这就是后来的北海……

“我想人类以前也遇到过这种情况，迈克……我们都挺过来了……”